레시피

최정원 미스터리 스릴러 소설집

아프로스
◎미디어

menu

밴댕이무침

1

안개가 푸른색이었다. 푸른 안개 속에서 나는 길을 잃은 듯 서 있었다. 주위엔 아무도 없었다. 빨간 벽돌로 된 5층 건물이 눈에 들어왔다. 다른 건물들은 마치 존재하지 않는 듯 희미하게 형체만 보였다. 주변 모습이 모두 안개에 덮여 있었다.

멀리서 희미한 허밍 소리가 들려왔다. 코로 내는 발성은 조용한 건물 사이로 메아리처럼 울려 퍼졌다. 나는 허밍 소리가 들리자 급하게 빨간 벽돌집 사이로 몸을 숨겼다.

"음……. 음……. 음……."

허밍 소리가 점점 커지면서 소녀 모습이 안개 속에서 보였다. 검은 머리가 보이더니 이내 소녀의 빨간 입술이 눈에 띄었다. 하얀 얼굴에 찢어진 입술을 한 괴이한 소녀였다. 검은 머리카락이 허리 부분에서 찰랑거렸다. 소녀 모습은 늙은 창부를 연상케 했다. 마치 일본의 가부키 배우처럼 석고를 바른 듯 하얗게 화장을 했다. 긴 생머리와 찢어진 빨간 입술의 소녀는 숨을 쉴 수 없을 정도로 꽉 조인 교복을 입고 있었다. 소녀가 숨을 내쉴 때마다 단추가 들썩였다. 소녀는 무거운 가방을 어깨에 짊어지고 표정 없이 콧노래를 불렀다.

"음……. 음……."

소녀의 허밍 소리가 점점 가까워질수록 내 심장은 조금씩 소였다. 허밍 소리는 내가 숨어 있는 근처에서 가장 크게 들리더니 이내 멀어졌다. 소리가 멀어지자 나는 안개 속으로 몸을 숨기고 소녀를 뒤따라갔다. 소녀는 내가 숨어 있는 빨간 벽돌 건물을 지나 푸른 안개와 어둠이 짙게 깔린 골목 안으로 들어갔다. 나는 주변을 경계하며 소녀 뒤를 밟았다.

끝이 보이지 않는 골목이었다. 골목 끝은 지옥으로 연결된 듯 음산했다. 작은 신음이 들리는 듯하기도 하고, 속닥속닥 속삭임도 들렸다. 가로등이 양쪽으로 환하게 켜져 있었다. 소녀가 가로등 옆을 지나갈 때마다 불빛이 하나씩 꺼졌다.

꺼진 가로등 속에서 검은 그림자가 보였다. 검은 그림자 얼굴에는 하얀 눈만 있었다. 나는 눈동자를 보며 낯이 익다고 생각했다. 그림자는 소녀를 쫓았다. 소리 없이 형체도 불분명한 채 소녀 뒤를 바짝 쫓았다. 소녀는 그림자의 존재를 인식하지 못하고 앞으로만 걸었다. 나는 골목 입구에서 멈췄다. 골목 안은 마치 이승과 저승의 갈림길처럼 느껴졌다. 나는 두려워하며 골목 안으로 발을 내딛지 못했다. 숨을 죽이고 몸을 웅크린 채 검은 그림자와 소녀를 지켜봤다.

골목 중간에서 소녀가 멈췄다. 소녀가 갑자기 멈추자 검은 그림자는 당황한 듯 잠시 주위를 살피더니 대문이 열려 있는 이층집 안으로 급히 몸을 숨겼다. 소녀는 환한 가로등 앞에서 어깨에 짊어진 가방을 앞으로 내린 후 지퍼를 열었다. 그 안에서 흉측한 경고 사진이 붙어 있는 담뱃갑을 꺼냈다.

소녀는 주위를 살피더니 아무도 없는 것을 확인한 후, 담배 한 개비를 꺼내 입에 물었다. 담배를 물고 불을 붙인 소녀 입가에 미소가 번졌다. 빨간 립스틱이 하얀 담배에 자국을 남겼다. 소녀는 고개를 들어 하늘을 보며 담배 연기를 길게 내뿜었다. 하얀 연기가 하늘로 올라가자 푸른 안개가 빠르게 움직이며 소녀를 감쌌다. 소녀는 정지된 채 담배 연기만을 바라봤다.

소녀 모습이 푸른 안개 속에서 사라졌다 나타났다를 반복했다. 소녀는 담배를 흡입할 때마다 눈을 감았다. 검은 그림자는 그때를 놓치지 않고 담배에 취해 있는 소녀를 향해 빠르게 움직였다. 소녀가 서 있는 바로 뒤, 공사 중인 빌라 기둥 옆으로 몸을 숨겼다. 아무것도 눈치채지 못한 소녀는 담배 연기를 길게 내뿜은 다음, 다시 담배를 가슴 속 깊이 빨아들였다. 소녀는 담배를 깊게 빨아들이며 잠시 눈을 감았다. 소녀가 담배 연기를 내뿜으며 눈을 뜬 순간, 소녀 등 뒤에 검은 그림자가 서 있었다.

소녀는 빨갛게 타오르는 담배를 바닥에 던진 뒤, 발로 비비며 침을 뱉었다. 그림자는 소녀 바로 등 뒤에서 하얀 눈동자로 소녀를 쳐다봤다. 소녀가 골목 끝을 향해 몸을 돌린 순간, 검은 그림자와 눈이 마주쳤다. 놀란 소녀 얼굴이 하얗게 변했다.

검은 그림자는 그대로 빨간 벽돌로 소녀 머리를 내리쳤다. 소녀는 앞으로 고꾸라졌다. 검은 그림자 얼굴에 빨간 입술이 생기 더니 소리 내 웃었다.

"하하하. 하하하. <u>흐흐흐</u>. 히히히. 히히……."

검은 그림자는 미친 듯이 소녀 얼굴을 향해 벽돌을 내리쳤다. 소녀는 비명조차 지르지 못했다. 눈이 튀어나오고 뼈가 짓이겨 졌다. 머리는 형체를 알아볼 수 없을 정도로 뭉개지고 피가 사방 에 튀었다.

"으……. 으윽. 으……."

아직 숨이 끊어지지 않은 소녀가 신음을 냈다. 검은 그림자는 소녀의 입을 향해 다시 벽돌을 내리쳤다. 순간 소녀의 작은 움직 임이 멈췄다. 그림자도 미친 듯이 내리치던 행동을 멈췄다. 갑자 기 주위가 조용해졌다. 골목 안에서 속닥거리던 소리와 신음도 한꺼번에 사라졌다. 정적이 감돌았다.

쿵. 쿵. 쿵. 내 심장 소리만 들렸다. 세상 사람들에게 모두 들 릴 만큼 커다란 울림이었다. 나는 심장 소리에 놀라 손을 떨며 몸을 웅크렸다. 검은 그림자가 서서히 뒤돌아봤다. 내 심장 소리 를 들었다. 검은 그림자는 소녀의 시신 앞에서 벌떡 일어나더니 나를 향해 달려왔다.

몸이 움직이지 않았다. 두려움으로 공황 상태가 돼 버린 몸은 그대로 마비돼 꿈쩍도 하지 않았다. 나는 숨을 헐떡이며 무거운 다리를 떼어 내려고 노력했다. 검은 그림자는 피에 흥건하게 젖은 벽돌을 들고 점점 내게 다가왔다. 검은 그림자의 하얀 눈동자에 서린 빨간 핏줄이 조금씩 또렷하게 보였다.

검은 그림자가 내 앞에 서 있었다. 그대로 빨간 벽돌로 내 머리를 내리쳤다.

"으아…… 악."

놀라 잠에서 깨어났다. 하얀 천장이 보이고 전등이 보였다. 암막 커튼 사이로 한 줄기 빛도 보였다. 집 안이란 생각이 들자 안도의 숨이 나왔다.

"지독한 꿈이네. 요즘 왜 이런 꿈을 자주 꾸지? 며칠째 계속 꾸네. 우울해서 꾸는 꿈인가?"

나는 혼자 중얼거리며 침대에서 일어났다. 잠옷이 땀으로 축축해져 있었다. 이마에서 식은땀이 주르륵 흘렀다. 꿈속에서의 살인 장면이 마치 현실에서 일어난 것처럼 눈앞에 생생했다. 나는 인상을 찌푸리며 기분 전환을 위해 서둘러 커튼을 올렸다. 남쪽으로 난 창문으로 아침 태양이 환하게 비쳤다.

"휴."

길게 숨을 내쉬었다. 빽빽이 붙어 있는 집들 사이에서 들어오는 유일한 빛이었다. 나는 아침의 강렬한 태양 빛을 피하며 기지개를 켰다. 창문 옆 거울에 내 모습이 비쳤다. 거울 가까이 얼굴을 들이댔다. 눈이 빨갛게 충혈돼 있었다.

"어제도 술을 많이 먹었나 보네. 미치겠다. 요즘 나 왜 이러니? 앗, 땀 좀 봐. 빨리 씻어야겠다."

끈적한 몸을 참을 수 없어 바로 욕실로 향했다.

따뜻한 물이 몸을 감싸며 축축한 땀을 씻어 냈다. 샤워할 때 습관처럼 나는 노래를 흥얼거렸다. 꿈속에서 죽은 소녀가 흥얼거리던 노래가 머릿속에서 빙빙 돌더니 입으로 나왔다.

"내 속엔 내가 너무도 많아 당신의 쉴 곳 없네. 내 속엔 헛된 바램들로 당신의 편할 곳 없네. 내 속엔 내가 어쩔 수 없는 어둠, 당신의 쉴 자리를 뺏고. 내 속엔 내가 이길 수 없는 슬픔, 무성한 가시나무 숲 같네."

가사를 되새기며 노래를 불렀다. 긴 한숨도 저절로 나왔다. 왜 나에게만 이런 일이 생기는 걸까? 학원 원장과 강 선생 얼굴이 떠올랐다. 얼굴이 일그러졌다. 몸에 힘이 가해지더니 이를 뿌드득 갈았다.

"재수 없는 쓰레기들."

나는 인상을 찡그리며 욕을 내뱉었다.

어제 학원에서 퇴직 요구를 받았다. 머리숱이 많고 작은 키에 검은 뿔테 안경을 낀 원장은 아침에 출근해 수업 준비하는 나를 불렀다. 나는 긴장하며 원장실로 향했다.

원장은 나를 보며 어색한 표정을 지었다.

"김 선생님, 커피 한잔 어때요? 내가 한잔 탈 테니 마셔 봐요."

"원장님, 저 아침에 커피 마시고 왔어요. 하실 말씀이 있다고 하시지 않으셨나요?"

내 대답에 원장은 당황한 듯 입을 다물었다.

"그래요? 그럼 다른 차도 있는데……."

"전 괜찮습니다."

원장은 우물쭈물하고 앉아 있다가 겨우 입을 열었다.

"김 선생님, 요즘 학원 운영이 힘들어요. 잘 알고 있을 거예요. 그래서 고민 많이 했어요. 김 선생님, 서운해하지 마세요."

나는 마음속으로 제발 아니길 바라며 원장 입을 쳐다봤다. 겨우 햇빛이 들어오는 원룸으로 이사했다. 마침 목돈이 필요한 집주인이 전세를 원했다. 나는 전세 보증금이 비싸다고 생각했지만 귀한 전세 물건이었기에 다른 사람이 계약하기 전에 서둘러 계약을 했다. 매달 월세로 돈이 나가지 않는다는 것으로도 행복했다. 이제 조금만 더 돈을 모은다면 방이 두 칸 있는 집으로 이사 갈 수 있다. 그럼 부모님이 서울에 왔을 때도 마음 편히 쉬고 대구로 내려갈 수 있다. 나는 부모님이 아침에 왔다가 서둘러 대구로 내려가는 모습을 보며 마음이 편치 않았다. 방 두 칸짜리에서 사는 꿈은 내겐 작지만 소중한 꿈이다. 그 꿈을 이루려면 쉬지 않고 일해야만 가능했다.

나는 원장 말에 화가 나서 얼굴이 벌겋게 변했지만 매달리며 설득하고 싶었다.

"원장님, 무슨 말씀이세요. 저 열심히 일했잖아요. 한 번도 지각하지 않았고 열심히 가르쳐서 학생 수도 많이 늘어났잖아요. 원장님도 인정하셨잖아요."

"그건 인정해요. 하지만 지금은 경기가 너무 안 좋아요."

원장의 허접한 변명에 분노가 치밀어 올라 참았던 말을 했다.

"그럼, 원장님 처제인 강 선생님을 자르셔야죠! 자주 빠지고 아이들도 제대로 가르치지 못하잖아요."

"김 선생님! 왜 없는 말을 지어내고 그래요? 강 선생님이 언제 빠졌다는 거예요. 그리고 학생들도 잘 가르치고 있잖아요. 남을 모함하면 안 되죠!"

원장이 표정 하나 바뀌지 않고 거짓말을 했다. 내 얼굴도 싸늘하게 변했다. 욕이 나오려는 걸 겨우 참아 가며 말했다.

"그렇게 말하면 저도 할 말 없습니다. 알아서 하세요. 저는 오늘 그만두겠습니다. 퇴직금하고 월급 정산해서 보내 주세요."

갑작스러운 내 말에 원장은 당황한 듯 헛기침을 하며 비굴하게 말을 이었다.

"김 선생님, 또 이렇게 갑자기 그만두는 건 아니죠. 이번 달까지는 일을 마무리해야 하는 거죠. 사람이 마무리를 잘해야 하는 거죠. 그래야 앞으로 사회생활에 문제가 없는 거예요."

"마무리는 원장님이나 하세요. 잘 먹고, 잘 사세요. 덕담이니 기분 나빠하지 마세요. 이만 가겠습니다."

나는 그대로 학원을 나왔다.

원장 말을 자르고 뛰쳐나오듯 학원을 나왔지만, 갈 곳이 없었다. 전화할 만한 친구도 없었다. 엄마에게 전화하고 싶었지만 일하는 시간에 전화하면 괜한 의심만 하고 대구로 내려오라며 집요하게 설득할 게 분명했다. 나는 잠시 전화기를 쳐다보다 그대로 가방에 넣었다.

5월의 태양은 눈이 부셨다. 나는 눈살을 찌푸리며 고개를 들고 하늘에 뜬 태양을 쳐다봤다.

"나는 이렇게 초라한데 너는 왜 이리 눈부시냐?"

나는 한마디 후 고개를 떨군 채 천천히 걸었다. 발이 천근이나 되는 듯 무거웠다. 터벅터벅 길을 걷다가 눈에 보이는 카페 안으로 들어갔다. 낮에도 카페 안에는 사람들이 북적거렸다. 일부는 태양 빛을 즐기려는 듯 카페 밖 테라스에서 커피를 마시고 있었다. 나는 카페에서 구석진 곳을 찾아 자리를 잡았다.

스트레스가 심할 때 나는 단 음식을 찾았다. 고열량 음료가 필요했다. 생크림과 설탕이 듬뿍 들어간 차가운 커피를 골라 주문했다. 빨리 단 음료를 마시고 싶었다. 갈증이 목까지 차올랐다. 차가운 물을 마셔 보았지만 소용없었다. 흥분된 뇌가 계속 열량을 소모하고 있는지 기운이 빠졌다. 자리에 앉고 10분 정도 지나자 가지고 있던 호출 벨이 달달 떨리며 반짝반짝 빛났다. 나는 급하게 일어나 주문대로 뛰어갔다.

주문대에서 받아 온 커다란 머그잔에 담긴 달콤한 커피를 보며 침이 입 안에 고였다. 서둘러 빨대를 이용해 커피를 쭉 빨아들였다. 차갑고 달콤한 맛이 몸 깊숙한 곳까지 퍼지자 분노로 가득 찼던 가슴이 조금은 진정됐다.

"아, 살 것 같다. 머리까지 맑아지네. 맞아, 화가 날 때는 맛있는 음식을 먹어야 기분이 좀 풀어지지."

나는 빨대로 커피를 쭉쭉 빨아 대며 중얼거렸다. 두근거리며 쉴 새 없이 뛰던 심장이 진정되며 일정한 간격으로 펌프질을 했다. 하지만 이내 학원에서 받았던 부당한 대우들이 하나씩 떠오르면서 얼굴이 빨갛게 변했다.

원장 부부가 부탁하는 사소한 잡일까지 마다하지 않고 했던 일들이 떠올랐다. 자주 빠지는 원장 처제인 강 선생 수업까지 도맡아 한 일, 집안일도 도와주고 밤늦게까지 원장이 해야 하는 일까지 처리하고 퇴근한 일, 원장 자식에게 한 푼도 받지 않고 과외 수업까지 해 줬던 일들이 떠오르면서 다시 심장은 불규칙하게 두근거렸다. 한 번도 불평한 적이 없었다. 등신.

'왜 열심히 일한 걸까? 왜 잘 보이려고 노력했을까? 어차피 이렇게 잘릴 거였는데…….'

후회됐다.

'더 뒤집어 놓고 올걸. 원장에게 의자라도 집어 던질걸. 괜히 순순히 그만뒀네.'

화가 치밀어 올랐다. 커피로는 분이 풀리지 않았다.

'소주 한잔 먹고 싶다.'

나는 입을 '쩝' 하고 다셨다. 대낮에 술 한잔하고 싶다고 전화할 만한 친구도 없었다. 나는 발을 질질 끌며 집으로 향했다.

집으로 향하는 길에 마트에 들렀다. 맛있는 소주 안주가 있을까 고민하면서 마트 안으로 들어가 한 바퀴 돌았다. 5월이라 생선 판매대에 싱싱한 밴댕이가 있었다. 가격도 싸고 싱싱해 보여 밴댕이 1kg을 샀다.

우리 가족은 김포에서 살다가 아버지가 사업을 정리한 뒤 대구로 내려갔다. 김포에 살 때는 5월이 되면 늘 밴댕이회를 먹었다. 온 가족이 둘러앉아 싸고 푸짐한 밴댕이를 회로 먹기도 하고, 나물과 무쳐 먹기도 하고, 튀겨 먹기도 했다. 정말 맛있었는데……

밴댕이를 먹었던 시절이 생각나자, 침이 꿀꺽 넘어갔다. 서울에 혼자 살면서 밴댕이 요리를 못 먹은 지 10년이 넘었다.

집에 도착한 나는 밴댕이를 어슷어슷 썰며 원장 생각을 했다. 짜증이 밀려오면서 미간에 주름이 잡혔다.

"그렇게 열심히 일했는데 나를 자르다니……. 평생 학원이 망하라고 저주를 걸 거야. 죽어 버려라. 미친놈들은 모두 죽어라."

나는 도마 위에 있는 양파와 오이, 대파, 미나리, 당근을 칼로 내리치며 저주를 퍼부었다. 탁. 탁. 탁. 칼질 소리와 같이 도마 위에는 채소가 수북이 쌓였다. 나는 커다란 양은 냄비를 가져와 채소를 넣고 섞었다. 그리고 양념으로 준비한 고춧가루, 고추장, 간장 약간, 다진 마늘과 설탕, 식초, 겨자를 넣었다. 나는 비닐장 갑을 꺼내려다 어릴 적 엄마가 맨손으로 주물럭, 주물럭거리며 밴댕이와 채소를 무치던 생각이 났다. 나도 맨손으로 채소와 양념과 밴댕이를 주물럭, 주물럭거렸다. 손이 빨갛게 변했다. 손이 빨개질수록 입안은 군침으로 가득 찼다. 시큼 달콤한 향이 스멀스멀 올라와 코를 찔렀다. 미나리의 싸하고 시원한 향도 기분 좋았다. 입안에 침이 고였다. 꿀꺽.

나는 다 무친 밴댕이를 채소와 같이 집어 입안으로 넣었다. 오물오물. 꿀꺽.

"음, 맛있다. 오랜만에 먹어 보니 정말 맛있네. 하지만 엄마가 해 준 그 맛이 아니네. 그래도 맛있다. 내가 밴댕이무침 정말 먹고 싶었나 보네. 빨리, 술 한잔해야지."

나는 밴댕이 양념이 묻은 손을 수돗물로 씻은 다음, 남은 밴댕이를 냉동실에 넣었다.

안주가 완성되자 냉장고에 보관해 놓았던 소주 한 병을 꺼냈다. 오른손에 힘을 주며 소주 뚜껑을 돌렸다. 뚜껑이 툭 떨어지며 시원한 알코올 향이 코를 자극했다. 같이 마실 친구는 없었지만, 기분은 좋았다. 혼자 마시는 소주도 안주만 좋다면 기분 좋게 마실 수 있다. 소주병을 들고 잠시 고민을 하다 찬장에서 맥주잔을 꺼냈다. 맥주잔에 소주를 쿨럭쿨럭 따랐다. 싸한 향이 코를 찔렀다. 나는 침을 꿀꺽 삼킨 다음, 한 번에 쭉 들이켰다. 순간, 몸속이 차가운 듯 얼얼해지더니 이내 열이 올랐다.

나는 밴댕이무침 한 젓가락을 집어 입 안으로 넣었다. 매콤함과 새콤달콤함이 입 안으로 번졌다. 입을 오물거리며 열심히 씹었다. 곧 밴댕이의 고소한 맛이 느껴졌다. 씹으면 씹을수록 맛이 좋았다. 술도 좋고 안주도 좋았다. 기분이 좋아진 나는 한 잔 먹고 또 한 잔을 먹었다. 안주가 맛있어서 술도 달았다. 자꾸 마시다 보니 술이 나를 마셨다. 술에 취할수록 감정은 더욱 격해졌다. 억울한 생각이 들며 눈물이 났다.

"사는 게 참 힘들다. 언제까지 이렇게 살아야 하는 걸까?"

서러운 마음에 자꾸자꾸 술잔을 비웠다.

나는 샤워기로 몸을 적시며 자꾸 떠오르는 원장과 강 선생 얼굴을 지우려고 노력했다. 생각할수록 불쾌한 감정이 밀려왔다.

샤워를 마친 후 뽀송뽀송한 수건으로 머리를 털었다. 여전히 머리가 지끈거렸다.

"아, 머리야."

긴 한숨을 내쉰 후 욕실을 나와 터덜터덜 걸어가다가 멈췄다.

발끝에 툭 하고 걸리는 게 있었다. 발밑을 내려다봤다. 유럽 고대 성의 풍경이 새겨진 300조각 퍼즐이 완벽하게 맞춰져 있었다.

"어, 어제 또 맞췄나 보네. 이상하게 술만 마시면 이걸 맞추고 자네. 평상시에는 도저히 머리가 아파서 맞추지 못하는데…….
푸……. 이상하네. 아, 머리 아파."

신기하기도 하고 우습기도 했다. 나는 잠시 퍼즐을 쳐다본 다음, 떨어지는 물방울을 피해 주방으로 향했다. 다시 수건으로 머리를 돌돌 말았다.

나는 주방에서 밴댕이 매운탕 요리를 하며 부산스럽게 움직였다. 아무래도 해장을 해야 몸이 좀 가벼워질 듯싶었다. 그때 전화벨 소리가 들렸다.

따르릉, 따르릉.

전화를 받으며 식탁 위에 뒹굴고 있는 소주병을 바라봤다.

[김 선생님? 나 최 원장인데, 혹시 어젯밤에 학원에 온 적 있어요?]

뜬금없는 원장 말에 내 말투는 싸늘하게 변했다.

"그게 무슨 말씀이세요? 왜 아침부터 전화해서 그런 이상한 말을 하세요. 이만 끊을게요."

[아, 미안해요. 어제 학원에 도둑이 들어와서 학원 물건을 다 부숴 버려서요. 아니, 그냥 물어본 거예요. CCTV를 확인해도 교

묘하게 CCTV 자리를 피해서 다녔더라고요. 그냥 혹시나 해서 학원에 왔는지 물어봤어요.]

원장은 이해하기 어려운 말을 늘어놓은 후 전화를 끊었다. 나는 전화기를 들고 식탁에 늘어져 있는 소주 다섯 병을 쳐다봤다. 어느 순간부터 기억이 나지 않았다. 어제 밴댕이무침을 먹으면서 입맛이 좋아져서 연신 소주를 따라 마신 기억만 났다.

원장과 통화한 내용이 마음에 걸렸다. 어제는 정말 학원 책상을 다 부숴 버리고 불을 지르고 싶었다. 나는 술병을 치우며, 오래전 대학을 졸업하고 다녔던 첫 직장에서의 일을 떠올렸다.

입사하자마자 어린 나에게 심하게 추근거리며 집착했던 부장이 있었다. 비쩍 마른 몸에 2 대 8의 가르마, 늘 진한 블랙커피를 마시던 인간이었다. 항상 내게 커피 심부름을 부탁했던 부장은 내가 딸처럼 귀엽다는 말을 하곤 했다. 그러면서 어깨를 감싸 안거나 주무르기도 했다. 다른 직원들은 눈살을 찌푸렸지만 그런 부장 행동에 입도 뻥긋하지 않았다. 내가 알아서 처신하라는 듯 무관심했다.

부장은 가끔 지나치게 가까이 얼굴을 들이대며 말을 했다. 내 얼굴에 침이 튀기도 했다. 냄새가 나고 거품이 있는 누런 침이었다. 그래도 나는 입가에 미소를 띠며 참았다.

부장은 나에 대해 사람들에게 이것저것을 물어보고 다녔다.

결국, 내가 고시텔에서 혼자 산다는 것을 알아낸 부장은 늦은 밤에 전화하거나 문자를 보내기 시작했다.

- 자고 있나, 영신 씨? -

라는 문자로 시작해서 점점 부담스러운 내용의 문자를 보냈다. 매일 자기 전 20통에서 30통에 가까운 문자를 보냈다. 나는 피곤함을 무릅쓰고 꼬박꼬박 답변하며 예의를 갖췄다.

- 네, 부장님, 덕분에 회사 생활 잘하고 있습니다. -

마지막 문자에는 늘 같은 대답으로 부장 마음이 상하지 않도록 노력했다.

나는 죽을힘을 다해 회사에서 살아남으려고 했다. 아무리 부장이 재수 없어도 회사를 그만두고 싶지 않았다. 학자금 대출도 갚아야 했고, 아버지가 진 빚도 도와줘야 했다. 하나밖에 없는 딸을 위해 평생을 노력하며 산 부모님을 버릴 수 없었다. 또 이 회사에 입사하기 위해 필사적으로 노력했던 시기도 있었다. 수십 번의 면접을 보고 불합격 통지를 받으며 겨우 입사한 회사였다. 쉽게 그만둘 수 없었다.

서울에 있는 대학에 합격했을 때 다른 사람들의 부러움을 샀다. 앞으로 내 인생에 꽃길만 있을 거로 생각했다. 하지만 대학 1학년을 다닐 즈음에 아버지가 운영하던 작은 회사에 문제가 생기면서 꿈은 멀어졌다.

사업에 실패한 아버지는 모든 걸 청산하고 김포에서 대구로 이사 했다. 나는 부모님과 함께 대구로 가고 싶었지만, 학교 때문에 혼자 서울에 머물러야 했다.

좁은 고시텔에서의 삶이 시작됐다. 빚 문제로 힘들어하는 부모님에게 손을 내밀 수 없었다. 학자금 대출을 받았다. 또 월세와 생활비로 쓸 돈이 부족해 평일과 주말에도 과외와 카페 아르바이트를 하며 바쁜 나날을 보내야 했다. 늘 쓰러질 것 같은 상태로 집에 도착해 새벽까지 시험공부를 했다.

학점 관리와 아르바이트, 매달 내는 월세에 대한 부담감, 빚 독촉에 시달리는 부모님의 초췌한 얼굴이 내 학창 시절의 전부였다. 학교에서나 집에서 늘 자랑스러웠던 내 모습은 고시텔의 좁은 공간에서 점점 쪼그라들었다.

대학 시절을 생각하면 매일 부장으로 인해 심한 스트레스를 받으면서도 그만둘 생각을 할 수 없었다. 대기업에 다니는 나를 자랑스러워하는 부모님과 부러워하는 친구들 모습이 어른거렸다.

하지만 부장에 대한 스트레스가 극에 달하면서 몸과 마음이 뒤틀리기 시작했다. 정신은 피폐해졌고 몸에도 작은 증상들이 나타났다. 뒤통수에 동그란 모양의 탈모가 생긴 걸 알게 된 건 탈의실에서 옷을 갈아입는 내 모습을 지켜보던 다른 부서 직원의 말 때문이었다.

"영신 씨, 자기 탈모가 있네. 완전히 동그란 모양으로 있어. 뒤쪽이라 잘 보이지 않았나 보다. 빨리 병원 가 봐야겠다. 내 동생도 탈모로 고생 많이 하거든. 원형 발모인데, 자기도 내 동생이랑 같은 원형 탈모 같아. 빨리 치료하는 게 좋아. 아니면 점점 탈모가 심해지거든."

나는 여직원 말에 놀라 거울을 들고 뒷머리를 비춰 봤다. 까만 머리카락 사이에 동전 모양의 하얗고 매끈한 피부가 보였다. 나는 "앗." 하고 소리를 질렀다. 아침마다 머리를 감으며 빠지는 머리카락을 보면서도 한 번도 의심한 적이 없었다. 구멍이 점점 커질 거라는 여직원 말에 온몸에 힘이 빠졌다.

다음 날 근무를 마친 뒤 회사 근처 병원을 찾았다. 피부가 뽀얀 의사가 내 머리를 여기저기 만져 보더니 조곤조곤 설명했다.

"탈모의 원인에는 여러 가지가 있어요. 자가 면역 질환, 유전적 요소, 심한 스트레스, 호르몬 이상, 과도한 다이어트 등이에요. 그중 요즘 20, 30대 여성의 탈모 원인은 무리한 다이어트와 스트레스라고 볼 수 있어요. 치료 방법은 여러 가지가 있어요. 치료 전에 먼저 스트레스를 줄이도록 하세요. 마음에 담아 두지 말고, 운동이나 다른 취미 활동으로 풀어 보세요. 그렇게 건강을 찾으면서 치료를 해야 빨리 회복될 수 있습니다. 이 병이 재발률이 높아요. 다시 몸이 약해지면 머리가 빠질 거예요."

나는 입을 꾹 다문 채 고개를 끄덕였다.

다음 날부터 일주일에 두 번씩 피부과를 방문해 치료를 받았다. 스테로이드 치료나 면역 치료를 받기도 하고, 약을 처방받기도 했다. 치료는 생각보다 쉽지 않았다. 약이 독해서 마른 몸이 더욱 말라 갔다. 내가 고통스럽게 치료를 받는 동안 부장의 문자는 점점 노골적으로 변했다.

　– 영신 씨, 나 오늘 너무 피곤한데 영신 씨가 옆에 있으면 좋겠다. 우리 딸처럼 나를 꼭 안아 주면 아픈 게 싹 달아날 것 같네. 보고 싶다, 영신 씨. 밤이 되니 더 그립네. –

　– 우리 영신 씨 오늘 분홍색 브래지어를 했네. 하얀 살에 분홍색 브래지어가 비치니 오금이 저리도록 자극적이더라고. –

　– 영신 씨의 보들보들한 피부를 보면 막 만지고 싶은 생각이 들어. 언제 한번 만질 날이 오겠지, 영신 씨? –

　문자를 볼 때마다 온몸에 소름이 돋았다. 식욕도 사라지고 우울한 날이 이어졌다. 매일 반복적으로 오는 문자에 인내심은 한계에 다다랐다.

　문제가 생긴 건 송년회였다. 송년회 모임은 1차에서 2차로 이어졌고, 3차는 노래방으로 갔다. 모두 술에 취해 제정신이 아니었다. 나도 오랜만에 술에 취해 회사 동료들과 즐거운 시간을 보내고 있었다.

　직장 생활도 1년 차가 돼 가고 업무에 대한 여유도 있었다. 무사히 일 년을 버틴 자신이 대견스럽기도 했다. 하지만 부장이 문제였다. 부장의 노골적인 관심으로 인해 회사 직원들이 부장과 내 사이를 의심했다. 종종 회사에서 직원들에게 이유를 알 수 없는 따돌림을 당했다. 억울함으로 남몰래 눈물 흘리는 날도 있었다. 부장이 죽어 없어지길 간절히 빌며 잠이 들었다.

3차 노래방에서 나는 몸을 가누지 못할 정도로 취했다. 능력보다 아부가 생명인 과장이 부장의 감정을 눈치채고 있었다. 과장은 내가 자리를 잡을 때마다 끌고 다니며 부장 옆에 앉혔다. 부장은 내 그릇에 맛있는 고기 부위를 담아 주며 음흉한 눈빛을 보냈다. 나는 그런 눈빛을 못 본 체하며 직원들과 어울려 술을 마시고 춤을 추며 즐거워했다.

모두 술에 취해 있는 와중에도 부장에게 잘 보이기 위해 애를 쓰던 과장은, 트로트 가사 일부분을 개사까지 하며 부장의 흥을 돋우려고 노력했다.

"부장님을 향한 나의 마음은 무조건, 무조건이야. 부장님을 향한 나의 마음은 특급 사랑이야. 태평양을 건너 대서양을 건너 인도양을 건너서라도 부장님이 부르면 달려갈 거야. 무조건 달려갈 거야."

이렇게 승진을 앞에 둔 과장이 선창하자 남자 직원들이 모두 일어나 어깨동무를 하고 춤을 추며 부장을 향한 찬가를 불렀다. 나도 얼떨결에 그들과 한패가 돼 부장 비위를 맞췄다.

노래가 끝나고 내가 자리로 돌아가자 옆에 앉아 있던 남자 직원이 맥주와 소주를 탄 폭탄주를 한 잔 건넸다. 기분이 좋아진 나는 한 번에 쭉 폭탄주를 들이켰다. 그때 과장이 다가와 내 손을 잡아당기더니 부장 옆에 앉혔다. 나는 폭탄주로 인해 정신이 없었다. 내가 부장 옆에 털썩 주저앉자 부장의 음흉한 얼굴에 징그러운 미소가 가득했다. 부장은 내 손을 잡더니 얼굴을 바짝 들이대며 귓속말로 중얼거렸다. 나는 부장 말을 전혀 알아듣지 못했지만 계속 고개를 끄덕였다. 부장의 술 냄새와 입 냄새 때문에 숨을 쉴 수 없었다. 나는 인상을 찡그리며 부장의 쉴 새 없는 지껄임을 들었다. 한참을 지껄인 부장은 손을 슬그머니 내려 내 치마를 천천히 걷어 올리더니 허벅지를 쓰다듬었다. 나는 놀라 아무 말도 못 하고 부장 얼굴을 쳐다봤다. 부장은 히죽 웃으며 손을 더 깊숙한 곳으로 넣었다.

내 손이 더 빨랐다. 눈앞에 놓여 있는 은색의 날카로운 포크를 집어 그대로 부장의 손등을 찍었다.

"악……."

부장의 비명이 들렸다. 나는 고통스러운 소리를 지르며 몸부림치는 부장의 비명에도 아랑곳하지 않고, 바로 다른 포크를 집어 들어 이번엔 부장의 허벅지에 꽂았다. 순식간에 벌어진 일이었다. 부장은 피가 흐르는 다리를 잡고 뒤로 넘어졌다. '꽈당' 소리와 부장 신음이 노래방에 울려 퍼졌다. 술에 취한 직원들은 재빨리 상황 판단을 하지 못했다. 음악 소리와 노랫소리에 묻혀 부장의 비명은 제대로 들리지 않았다.

"으악. 부…… 부장님, 괜찮으세요?"

잠시 후 여기저기서 사람들 비명이 들렸다. 나는 여기서 멈추지 않았다. 유리잔을 테이블에 내리친 후, 깨진 조각을 들고 부장 목으로 향했다. 순간 사람들이 몰려와 내 몸을 꼼짝 못 하게 제어했다. 노래방은 아수라장이 됐다.

이성을 잃고 미쳐 날뛰는 나를 누군가가 밖으로 끌고 나왔다. 나는 강제로 택시에 태워져 집으로 갔다.

다음 날, 깨질 듯한 머리를 잡고 일어났다. 나는 눈살을 찌푸린 채 고시텔을 둘러봤다. 어떻게 집에 왔는지 기억이 나지 않았다. 침대 밑에 놓인 퍼즐 조각들이 눈에 들어왔다.

"뭐지? 어젯밤에 또 술을 진탕 마셨나 보네. 퍼즐을 맞춘 걸 보니⋯⋯."

침대 밑에는 300조각 퍼즐이 완벽하게 맞춰져 있었다. 음주 상태에서 보이는 기묘한 치밀함이었다.

나는 맞춰진 퍼즐 조각들을 심각하게 쳐다보다 머리를 잡고 일어나 바로 옆 책상 밑에 있는 미니 냉장고를 열고 생수를 꺼내 머그잔에 따랐다. 책상 위에 놓여 있는 벌꿀도 같이 머그잔에 짜 넣었다. 젓가락으로 휘휘 저은 후 단숨에 꿀꺽꿀꺽 마셨다. 차가운 물이 몸으로 빠르게 흡수됐다. 곧 단맛이 느껴지더니 몸이 따뜻해지며 철근처럼 무거운 머리에 피가 돌았다.

띠링띠링.

문자가 왔다는 신호음이 들렸다. 동영상이 도착했다는 메시지였다. 나는 고개를 갸웃거리며 메시지를 눌렀다. 화면 속에 직원들 모습이 보였다. 노래방 안은 아수라장이었다. 누군가를 제지하기 위해 사람들이 모여드는 모습이었다.

나는 들고 있는 컵을 떨어뜨렸다. 바닥으로 떨어진 머그잔이 둔탁한 소리를 내더니 곧 파편이 돼 사방으로 튀었다.

영상 속에서 미쳐 날뛰는 여자 모습이 보였다. 내 모습이었다.

전날 회식 자리에서 벌어진 일을 직원 한 명이 촬영해 보냈다. 영상을 보기 전까지는 지난밤 일을 기억해 내려고 아무리 애를 써도 기억나지 않았다. 하지만 영상을 보며 조각난 기억이 떠올랐다. 빨갛게 물든 부장의 손과 허벅지가 기억났다. 내 얼굴은 하얗게 질려 갔다.

그날 온종일 집 안에만 있었다. 직원들이 보내는 문자와 영상을 감당할 자신이 없어 전화기를 꺼 놓았다. 이틀을 꼼짝하지 않고 집에 있다가 전화기를 켜자 해고 문자가 도착해 있었다. 심장을 도려내는 문자였다.

그 후 친하지도 않은 회사 여직원들이 부장에 대한 소식을 내게 전했다.

– 부장 손등은 병원에서 치료 중이야. 목은 유리 조각이 그냥 스쳐 지나가서 반창고만 붙이면 되나 봐. 미친놈. 쌤통이지. 매일 영계만 찾더니 이번에 제대로 당했네 . –

– 영신 씨 대단해. 부장이 영신 씨 고소를 못 하네. 둘이 무슨 일 있었어?

형사 고발도 가능할 텐데 말이야. -

　- 영신 씨 해고하고 새로운 여직원 뽑았는데 정신을 못 차리고 또 지랄하네. 부장이 말이야. -

　사람들이 무서웠다. 내 불행을 재미 삼아 즐기려는 사람들이 악마처럼 느껴졌다. 모든 걸 정리하고 아버지처럼 대구로 내려가고 싶었다. 하지만 부모님 빚과 학자금 대출이 발목을 잡았다. 나는 전화번호를 바꿨다. 그리고 현실 속 사람들과 접촉은 되도록 하지 않으려고 노력했다. 일 이외는 사람들과 만나지 않았다. 사이버 속 가짜 인연들과 대화하며 외로움을 달랬다.

　오래전 직장에서 일어난 일이었지만 그 상처는 10년이란 세월이 흘러도 치유되지 않았다. 나는 고개를 저으며 떠오른 기억을 지웠다. 학원 원장 전화와 과거의 일을 연결하고 싶지 않았다. 끝난 직장 문제들로 더는 신경 쓰고 싶지 않았다. 한편으로는 고소하다는 생각이 들기도 했다. 속이 후련하기도 했다. 난감해하는 원장 얼굴을 본다면 분이 좀 풀릴 듯싶었다.

　원장과 전화를 끊은 후, 밴댕이 매운탕에 아침밥을 먹었다. 뜨거운 매운탕이 몸 안으로 들어가자 서서히 몸이 활기를 찾았다. 나는 후룩후룩 소리를 내며 밴댕이 매운탕에 밥을 말아 단숨에 먹었다. 국물까지 다 마시자 찌뿌듯했던 몸이 조금은 가벼워졌다. 나는 양손을 머리 위로 올려 길게 기지개를 켰다.

"이제 좀 살 것 같다. 어휴, 설거지해야겠네."

의자에서 일어서며 TV를 켰다. 아침 뉴스가 나왔다. 영화배우처럼 성형 수술을 한 여자 앵커와 족제비처럼 턱이 날카로운 늙은 남자 앵커가 사나운 표정을 지으며 살인 사건에 관한 소식을 전했다. 수돗물 소리에 섞여 앵커 목소리가 귀를 스쳐 지나갔다. 얼핏 내가 사는 동네가 언급되는 듯했다. 나는 무슨 사건인지 들어 보려다가 귀찮아지면서 하던 설거지를 마무리하고 윙윙 울리는 TV를 껐다.

설거지를 끝냈다. 지치도록 한가로운 시간이 흘렀다. 학원에 있어야 하는 시간이었다. 텅 비어 있는 시간을 어떻게 채워야 할지 막막했다.

식탁 옆에서 멍하니 서 있다가 정신을 차린 듯 커피 병을 꺼내 꽃무늬가 그려진 커다란 머그잔에 커피 두 수저를 넣은 후 냉장고를 열고 연유를 꺼냈다. 나는 하얀 연유를 과하다 싶을 정도로 머그잔에 짜 넣고 뜨거운 물을 부었다. 수저로 휘휘 젓는 동안 달콤하고 고소한 향이 코를 자극했다. 나는 식탁에 앉아 뜨거운 커피를 후후 불어 가며 마셨다. 뜨끈한 커피가 목을 넘어갈 때마다 고소하고 향긋한 향이 우울한 뇌를 일깨웠다. 머리가 맑아질수록 깊은 한숨이 나왔다. 할 일이 없었다.

TV를 꺼 버린 자리에 작은 소음들이 채워졌다. 옆집에서 아기 울음소리가 들렸다. 또 위치를 알 수 없는 곳에서 들리는 웃음소리, 자동차 소리, 확성기 소리가 들렸다. 사방이 소음으로 오염돼 있었다.

"이런 몇 평 안 되는 원룸에서 아기를 키우다니……."

코웃음이 나왔다. 고시텔에 비하면 여긴 천국과 같다. 복층이고 화장실과 주방이 온전히 나만의 공간으로 분류돼 있다. 작은 공간이지만 고시텔에서 여기로 옮긴 후 나는 한동안 행복했다. 학자금도 갚고, 부모님 빚도 갚았다. 모든 빚을 다 갚은 날, 하늘을 나는 듯한 가벼움을 느꼈다. 어깨를 무겁게 짓누르던 짐이 떨어져 나간 날이었다. 온몸에 묶여 있던 쇠사슬이 풀린 듯한 완전한 자유로움을 느꼈다. 하지만 기쁨도 잠시, 고시텔이라는 숨 막히는 공간에서 탈출하기 위해서는 피나는 노력이 필요했다. 고시텔에서 탈출해 원룸으로 이사하기까지는 대학 졸업 후 10년이란 세월이 필요했다.

고시텔에서는 늘 소음에 시달려야 했다. 벽 여기저기서 소음이 들렸다. 자신을 고시텔에 버린 아들을 보고 싶어 하며 우는 할머니의 소리, 사업에 실패한 뒤 아내와 이혼 후 술 한잔하며 노래하는 50대 남자의 소리, 미친 듯이 서로를 원망하며 싸우는 어린 동거 남녀의 소리, 어린 딸에게 온갖 욕설을 하며 학대하는 30대 일용직 남자의 목소리, 곧 이은 아이의 비명 등이 고시텔 안에서 들리는 흔한 소리였다. 조용한 소도시에서 살았던 내게는 견디기 힘든 고통스러운 환경이었다.

고시텔에서 지내는 10년 동안 내 정신은 피폐해졌다. 무수히 들리는 소리가 노이로제가 됐는지 종종 꿈속에서도 속닥거리는 소리와 울음소리가 들렸다. 특히 아들에게 버려진 할머니의 자살 소식은 내게 감당하기 어려운 충격으로 다가왔다. 죽은 할머니 모습이 마치 내 미래처럼 느껴졌다. 밤마다 죽은 할머니 울음소리가 들렸다. 벽 쪽에서 들리기도 하고 머리 위에서 들리기도 했다. 비가 오는 날에는 천장에서 들렸다. 내 머릿속은 아들을 원망하며 자살하는 할머니 모습으로 가득 찼다. 얼마나 원망스러웠을까? 얼마나 고통스러웠을까? 얼마나 외로웠을까?

우두커니 앉아 있던 나는 지치지 않고 울어 대는 아기 울음에 짜증이 났다. 나는 갖고 있던 휴대 전화기를 열고 SNS 앱을 눌렀다. SNS 세계를 보며 꿈을 꿨다. 이 세계에서 나는 다른 사람으로 살아가고 있었다. 완벽한 삶을 사는 여자처럼 포장돼 있었다. 모든 게 가짜였지만 사람들의 댓글을 보면 행복했다. 해외여행을 다니며 찍은 사진들과 배우처럼 아름다운 내 얼굴로 가득했다. 그 안으로 들어가고 싶었다.

모두 사진 조작이었다. 가끔은 해외여행을 갔지만, 나머지는 모두 다른 사진과 합성한 사진이었다. 독학으로 포토샵을 배웠다. 오로지 멋진 사진을 만들고 싶다는 열망에서 시작됐다. 처음엔 어색했지만, 작업 시간이 길어질수록 사람들을 속이기 쉬웠다. 사진 속의 나는 눈부시게 아름다웠다. 포토샵과 보정 앱을 통해 만들어진 사진이었다. 사람들은 합성된 사진 속 내 모습에 열광하며 부러워했다. 나처럼 삶의 허무함에 지친 인간들인 듯싶다.

얼마 전엔 특급 호텔에서 20만 원이나 하는 뷔페를 먹고 사진을 찍어 올려 놓았다. 부럽다는 댓글이 줄을 이었다. 댓글을 보면서 그동안 쌓였던 스트레스가 한 번에 날아갔다.

그날 특급 호텔에서 뷔페를 먹고 3일 동안 배탈이 났었다. 본전을 뽑기 위해 과하다 싶을 정도로 먹었다. 친구도 없이 혼자 호텔에 가서 먹은 뷔페였다. 몇 장의 사진을 위해 하이힐을 신고, 대여한 명품 옷과 가방을 들고 호텔로 향했다. SNS에 올릴 사진이 필요했다. 누군가 '부러워요', '좋아요'라고 하는 댓글을 써 주길 원했다.

집으로 돌아오면서 후회했다. 하루 외식비가 한 달 치 식료품비였다. 나머지 의상과 가방 대여비 역시 만만치 않았다. 왜 이렇게까지 거짓 인생을 살아야 하는지 알 수 없었다. 외로운 서울 생활에 지쳐서 생긴 정신병이란 생각마저 들었다.

SNS를 둘러보던 나는 화가 치밀어 올랐다. 입술을 실룩거리며 미간을 좁혔다. 호텔에서 돌아오던 버스 안에서 큰 소동이 있었다. 나는 기억이 되살아나자 고개를 저었다. 떠올리고 싶지 않았다. 아기 울음소리가 다시 신경을 건드렸다. 유리창이 하나밖에 없는 5평 공간이 숨통을 조였다. 나는 신경질적으로 앱을 닫은 후 벌떡 일어나 다시 세수했다. 숨 막히는 이 공간에서 벗어나고 싶었다.

2

우울한 기분에서 벗어나기 위해 백화점으로 가는 버스를 기다리고 있었다. 중간고사 기간인지 이른 시각에 주변 학교에서 여학생들이 우르르 몰려나왔다. 모두 약속이라도 한 듯 긴 머리에 짧은 교복 치마를 입었다. 30대인 나보다 더 진하게 화장한 아이들도 많았다. 키가 작고 마른 나는 여학생들에게 둘러싸여 앞도 제대로 보이지 않았다. 여학생들의 쉴 새 없는 지껄임에 정신을 차릴 수 없었다. 우울한 사람에게 견디기 힘든 소리는 여자들의 고음이었다. 뇌를 바늘로 찌르는 듯한 소음 공격은 가까스로 참고 있는 억눌린 감정의 뚜껑을 폭파하기에 충분했다.

버스가 도착하자 학생들은 버스 입구로 몰렸다. 나도 버스에 타려고 출입문으로 향했다. 내가 버스 입구 계단에 발을 올리려는 순간 허벅지가 씨름 선수만큼 굵은 여학생이 나를 밀쳤다. 나는 중심을 잡지 못하고 비틀거렸다. 겨우 중심을 잡은 후 나를 밀친 여학생 뒷모습을 바라봤다. 호흡이 거칠어지며 눈에 핏발이 섰다. 사람들 사이를 헤치고 뛰어 올라가 밀친 여학생의 뒷머리를 확 잡아당기고 싶었다. 머리카락을 다 뜯어 놓고 싶은 마음이 쉽게 가라앉지 않았다.

손이 여학생을 향해 올라갔지만, 경련을 일으키며 힘없이 밑으로 떨어졌다. 자신을 믿을 수 없었다. 아침에 온 원장 전화도 마음에 걸렸다. 많은 범죄가 한순간에 저질러진다. 감정을 다스려야 했다. 마음속으로 SNS 계정도 삭제해야겠다는 생각이 들었다. 현실과 점점 멀어져 가는 자신을 바라보는 게 괴로웠다.

마음을 가라앉히고 버스에 올라탄 나는 계속 안으로 들어갔다. 왁자지껄 떠드는 학생들과 같이 있는 것만으로 심장이 두근거렸다. 맨 뒷자리 창문 옆으로 자리가 하나 남아 있었다. 나는 불안한 듯 주변을 살핀 후 자리를 잡고 앉았다. 내 옆에는 두 명의 여학생이 친구인 듯 서로에게 욕을 하며 대화를 나누고 있었다.

"야, 좆나 무섭지?"

"뭐가?"

"그 살인 사건 말이야. 1학년 3반 여자애 죽은 일로 학교가 발칵 뒤집혔잖아? 경찰이 몇 번이나 학교에 찾아왔었나 봐."

"어, 나도 들었어. 좆나 잔인하게 죽였다며? 시발, 어떤 미친 새끼야. 너 그 아이 사진 있어? 나 얼굴 모르거든."

둘의 대화를 들으면서 나는 아침 뉴스에 나온 살인 사건을 떠올렸다. 호기심이 생긴 나는 고개를 돌려 슬그머니 그들을 쳐다봤다. 둘이 똑같아 보였다. 쌍둥이도 아니면서 둘은 똑같이 머리를 길렀고, 똑같이 화장하고, 똑같이 몸에 달라붙은 교복을 입었다.

'늘 봤던 모습이지만, 늘 이해가 안 되는 모습이군.'

나는 구분이 안 되는 그들을 번갈아 가며 쳐다봤다.

"응, 나 사진 있어. 같은 학원에 다녀서 사진 찍은 게 있어. 그 사진 지워 버려야겠어. 어쩐지 재수 없잖아."

"야, 없애기 전에 한번 보여 줘 봐."

한 여학생이 휴대 전화기를 누르며 여기저기를 살피더니 다른 친구에게 내밀었다.

"여기 있다. 한번 봐. 엄청나게 화장 진하게 하고 다녀. 여기 입술 좀 봐. 미친년 같지? 예진이가 이 애랑 원수지간이었잖아. 예진이가 어떤 늙은 새끼랑 모텔에서 나오는 것을 이 애가 봤나 봐. 예진이가 늙은 새끼들이랑 놀아난다고 소문내고 다녔잖아. 예진이가 그것 때문에 얘랑 대판 싸웠는데 일방적으로 두들겨 맞았나 봐. 예진이가 계속 이를 갈고 다녔잖아. 그런데 소문이 좀 이상하게 퍼지면서 예진이가 임신했었다는 말까지 나왔었어. 예진이가 헤픈 년이라고 학교 전체에 소문이 퍼진 거야. 그래서 예진이가 깡패들에게 끌려가 돌림빵을 당했다는 소문까지 있었어. 완전히 끔찍하지 않냐? 둘 다 대단해. 예진이는 그 아이 죽었다고 하니까 눈 하나 깜짝 안 하더라. 좀 좋아하는 것 같았어. 예진이 보기보다 무서운 아이잖아. 그런데 요즘 좀 얌전하더라. 무슨 일이 있었나 봐."

"야, 그래도 예진이 조심해야 해. 사람이 변하지는 않잖아. 예진이 그년 알고 보면 완전히 사이코패스야. 잘못 건드리면 눈알이 돌아간다니까."

전화기를 받아 든 학생이 킥킥거리며 말했다. 학생은 작게 찍힌 인물 사진이 마음에 들지 않은 듯 사진을 조금씩 확대하며 쳐다봤다. 고성능 기능이 있는 전화기였는지 화면은 선명하게 확대됐다. 내 눈에도 죽은 여학생 사진이 들어왔다.

순간 내 동공이 커지면서 눈 주변의 근육들이 가느다랗게 떨렸다.

"헉헉."

갑자기 숨이 쉬어지지 않았다. 구토가 밀려왔다. 나는 급하게 하차 벨을 눌렀다.

사진 속 죽은 여학생 모습이 꿈속에서 본 소녀 모습과 많이 닮아 있었다.

나는 답답한 버스에서 내려 정류장에 놓인 의자로 가서 털썩 주저앉았다. 맑은 공기를 마시니 밀려오던 구토 증세가 가라앉았다. 눈을 감은 후 호흡을 가다듬었다.

'분명히 꿈에 본 여자아이 모습이 맞는데……. 아닌가?'

혼란스러웠다. 꿈속에서 본 소녀는 희극 배우처럼 과장된 모습을 하고 있었다. 찢어진 빨간 입술, 허리까지 기른 머리카락,

가부키 배우처럼 하얗게 떡칠한 얼굴을 조금만 정리하면 바로 죽은 아이 모습과 같았다. 하지만 내 눈에는 버스 안의 모든 여학생이 꿈속의 여학생과 닮아 보였다.

나는 타인에게 관심이 없는 인간이다. 사람 눈을 쳐다보며 말하는 것을 불편해한다. 아무 공감도 없는 타인의 말에 호응하며 감정을 드러내고 싶지 않았다. 나는 친밀한 사람과 친밀하지 않은 사람 사이에 경계선이 명확했다. 친밀한 사람에 대해서는 미묘한 감정의 변화도 놓치지 않았다. 가끔 그들 감정이 필요 이상으로 읽힐 때도 있다. 마치 상대 마음속에 들어간 것처럼 고통과 기쁨에 공감했다.

문제는 친밀하지 않은 사람들에게는 지나치게 무관심하다는 거다. 특히 학원 학생들이나 원룸 사람들, 친척들, 동네 사람들 얼굴에 관심이 없다. 나는 사람들을 뚱뚱한 사람, 키가 큰 사람, 화장이 진한 사람, 마른 사람, 안경 낀 사람 등으로 기억했다. 그래서인지 몇 개월 동안 가르친 학생들을 길거리에서 만나도 제대로 알아보지 못했다.

의자에 앉은 나는 멍하게 하늘을 쳐다보며 계속 꿈속의 소녀 얼굴을 떠올리려고 노력했다. 머릿속에서는 꿈속에 나온 소녀 얼굴과 죽은 소녀 얼굴이 계속 겹쳐져서 떠올랐다.

자꾸 떠오르려는 사건 하나가 있다. 나는 머리를 저으며 기억 속에서 떨쳐 내려고 노력했다. 죽은 사진 속의 소녀는 나와 일면

식이 있는 사이였다. 한번 만난 사이였지만 소녀는 내 심장에 파고들어 피를 빨아 먹는 거머리 같은 존재였다. 매일 소녀가 죽어 없어지길 바랐다.

한 달 전쯤이었다. 호텔에서 20만 원짜리 뷔페를 먹은 날이었다. 공허함과 같은 알 수 없는 초라함이 겹쳐진 날이다. 오후 8시쯤 되자 뷔페에는 사람들이 거의 없었다. 나는 남은 음식을 준비해 온 비닐 지퍼 백을 열고 조심스럽게 넣었다.

8시 30분에 호텔을 나왔다. 호텔 앞에 즐비하게 서 있는 고급 택시들을 뒤로한 채 터벅터벅 걸으며 지하철로 향했다. 산꼭대기 중턱에 있는 호텔에서 지하철역까지 걸어 내려가야 했다. 10분 정도 걸으면서 발가락에 통증이 느껴졌다. 앞으로 쏠린 발가락이 구부러지면서 통증은 점점 심해졌다. 중간에 택시를 보며 타고 싶은 욕구를 겨우 가라앉혔다. 집에까지 택시를 타고 가면 몇만 원은 나올 거다.

겨우 지하철역에 도착해 집으로 향했다. 부은 발 때문에 피곤함이 밀려왔다. 신발을 벗은 채 잠시 눈을 붙였다. 불쾌한 피곤함이었다. 아무 일도 하지 않은 채 소비와 지출만으로 이루어진 씁쓸한 피곤함이었다.

"다음 내리실 역은 왕십리, 왕십리역입니다. 내리실 문은 오른쪽입니다."

안내 방송에 잠이 깬 나는 서둘러 지하철을 빠져나와 버스 정류장으로 향했다.

기다리는 버스에 일이 생겼는지 연착됐다. 버스를 기다리는 사람들이 하나둘 늘어났다. 여기저기서 투덜대는 소리가 들렸다. 나도 피곤함과 짜증으로 신경이 예민해졌다. 비닐 지퍼 백에 음식을 가득 담은 가방은 생각보다 무게가 나갔다. 하이힐을 신은 다리는 저리고, 명품 옷은 답답했다. 빨리 이 모든 상황에서 벗어나고 싶었다.

멀리 있는 신호등 앞에 파란색 간선 버스가 보였다. 사람들이 일제히 움직였다. 나도 움직였다. 버스가 설 위치를 예측하며 움직였다. 빨리 집으로 가고 싶었다. 버스가 정류장을 향해 서서히 진입했다. 사람들은 서로의 공간을 좁히며 버스를 기다렸다. 나는 앞문이 아닌 뒷문 쪽으로 움직였다. 뒷문으로 빨리 올라타 자리를 잡아 앉고 싶었다.

버스가 멈추고 앞문과 뒷문이 동시에 열렸다. 앞문으로 사람들이 급히 타기 시작했다. 뒷문으로 내리는 사람은 많지 않았다. 나는 빨리 자리를 잡고 싶은 마음에 급히 뒷문으로 올라탔다. 앉을 자리는 없었다. 실망스러웠지만 밀려 타는 사람들을 피해 몸을 맨 끝 쪽으로 움직였다.

뒤쪽에 자리를 잡고 서서 무거운 가방을 바닥으로 내려놨다. 하지만 빌린 가방이라 누가 건드리기라도 할까 봐 마음이 편치 않았다.

　버스는 천천히 달렸다. 주말이라 늦은 시각에도 길이 막혔다. 나는 피곤한 듯 시선을 창문에 고정한 채 멍하니 서 있었다. 차 창밖으로 도심의 건물들이 스쳐 지나갔다. 수많은 아파트가 내 눈으로 들어왔다.

　'저렇게 아파트가 많은데 내가 살 곳은 없구나!'

　나는 마음속으로 중얼거렸다. 그때 뒷자리 창문 쪽에 앉은 여자가 천장에 머리를 닿지 않기 위해 고개를 숙이고 일어섰다. 나는 빨리 자리에 앉고 싶어 바닥에 내려놓았던 가방을 집어 들었다.

　창가 쪽 끝자리에서 일어선 여자는 나오지 못하고 엉거주춤 서 있었다. 앞자리에 한 명만이 앉을 수 있는 의자가 있었다면 빠져나오는 일이 어렵지는 않았을 거다. 하지만 앞자리에 두 명이 앉을 만큼의 긴 의자가 놓여 있었다. 맨 뒤 창가 쪽의 사람이 통로로 나오려면 고개를 숙인 채 바로 옆 사람이 다리를 옆으로 비켜 주며 길을 터 주는 도움을 받아야 했다. 내가 탄 버스는 유난히 뒷자리 공간이 좁았다.

　30대로 보이는 마르고 단발머리를 한 여자가 나오려고 애를 쓰고 있는데, 바로 옆자리에 앉은 고등학생으로 보이는 몸집이 큰 소녀가 꿈쩍도 하지 않았다. 여자는 몇 번을 빠져나오려고 몸을 움직였지만, 소녀는 모른 척하며 움직이지 않았다. 여자는 소녀가 길을 터 주지 않자 불편한 몸을 숙여 겨우겨우 공간을 빠져

나왔다. 여자는 버스 출입문에 서서 소녀를 뚫어지게 쳐다봤다. 할 말이 있는 걸 겨우 참는 모습이었다. 소녀는 여자의 표정을 보며 가소롭다는 듯한 미소 지었다.

곧 버스 문이 열리고 30대 여자는 양미간을 찌푸리며 버스에서 내렸다. 여자는 버스에서 내렸어도 화가 난 모습으로 소녀를 쳐다봤다. 버스가 정류장을 벗어날 때까지 여자는 소녀에게서 눈을 떼지 않았다.

나도 소녀를 쳐다봤다. 내 눈에는 혐오감이 스며 있었다. 소녀도 나를 쳐다봤다. 나는 모르는 척하고 안으로 들어가려고 몸을 숙였다. 소녀가 허벅지에 힘을 주며 내가 들어가려는 걸 방해했다. 순간 머릿속이 하얗게 변하더니 소녀를 죽이고 싶다는 강한 충동을 느꼈다. 소녀의 거대한 살덩어리가 죽이고 싶도록 혐오스러웠다. 나는 들고 있던 가방으로 소녀의 허벅지를 옆으로 세게 밀치고 창문 끝으로 가 앉았다. 나는 가방을 뒤졌다. 칼이 나오면 바로 죽이고 싶었다.

귀를 둘러싼 귀걸이들, 빨간 립스틱으로 범벅이 된 입술, 두꺼운 파운데이션, 여드름으로 뒤덮인 얼굴, 짧은 반바지, 긴 검정 머리와 내 몸무게의 두 배는 돼 보이는 살들. 모든 게 거슬렸다. 그날은 그랬다. 모든 게 저주스러운 날이었다.

몇 정거장이 지나자 하차할 버스 정류장이 보였다. 나는 무거운 가방을 들고 하차하려고 몸을 구부린 채 일어섰다. 소녀가 몸을 움직여 줘야 작은 공간이 생겨 나갈 수 있었다. 하지만 소녀는 앞만 쳐다본 채 커다랗고 굵은 허벅지를 바닥에 고정하고는 움직이지 않았다. 곧 버스가 내가 내릴 정류장에 도착한다. 마음이 조급해졌다. 나는 가방으로 소녀 다리를 밀쳤다. 소녀는 더욱더 다리에 힘을 주며 움직이지 않았다. 심장이 빠르게 뛰었다. 발끝에서 머리끝까지 불구덩이가 치솟아 오르는 것 같았다. 나는 다시 힘을 주며 가방으로 소녀의 허벅지를 밀쳤다. 꿈쩍도 하지 않는 소녀를 쳐다보며 이성을 잃은 것처럼 눈앞이 하얗게 변했다. 내 얼굴이 점점 일그러졌다. 미친 세상에 같이 미쳐서 소녀를 죽이고 싶었다. 머리채를 잡아채 투명한 유리창에 얼굴을 짓이기고 싶었다. 분이 풀릴 때까지 머리를 부숴 버리고 싶었다.

소녀는 더욱 허벅지에 힘을 주며 나를 노려봤다. 나도 죽이고 싶은 표정으로 소녀를 쳐다봤다. 소녀가 이를 드러내며 웃었다. '어디 빠져나갈 수 있으면 빠져나가 봐.'란 표정이었다. 나는 분노에 치를 떨며 입술을 떨었다.

"뭘 봐? 쌍년아!"

소녀의 한마디에 영혼이 빠져나갔다.

"뭐? 너 지금 뭐라고 했니?"

"쌍년이라고 했다! 너 같은 년에게 한 말이야."

나는 할 말을 잃고 이를 악물었다.

"꺼져! 쌍년아."

하며 소녀가 나를 밀쳤다. 나는 몸의 균형을 잡지 못하고 공중에서 손을 허우적거렸다. 다행히 옆 의자를 잡았다. 하지만 달리는 버스에서 중심을 잡지 못하고 다시 버스 바닥으로 굴렀다.

그날 일을 떠올리자 온몸이 떨렸다. 손이 부르르 떨렸다. 누군가를 간절히 죽이고 싶었던 적이 많았다. 아무 말도 하지 않고 참고 살아가면 언제나 바보 취급만 받는다는 것을 서른이 넘어서야 알았다. 대충 참고 넘어가고 싶었다. 그러다 보면 잊어버리고, 잊어버리면 모든 게 해결될 거로 생각했다. '좋은 게 좋은 거다.'라고 사람들은 내게 신념처럼 말했다. 하지만 나에게는 해당하지 않았다. 모든 걸 참고 지내다가 어느 날 분노가 나를 지배해 인격을 바꿔 놓았다.

나는 정류장을 벗어나 편의점에 들러 생수 한 병을 샀다. 생수를 단번에 들이켰다. 생수를 잡은 손이 덜덜 떨렸다.

나는 버스에서 굴렀다. 버스 기사는 내가 균형을 잡지 못하고 넘어지자 급브레이크를 밟았다. 주변에서 사람들의 놀라는 소리가 들렸다. 버스가 멈추자 구르던 내 몸도 멈췄다.

쓰러진 상태에서 내 눈에 들어온 건, 바로 앞에 앉아 있는 늙은 남자의 비닐봉지였다. 그 안에 망치와 스패너가 들어 있었다. 내 머릿속엔 몇 초 동안 수많은 생각이 스쳐 지나갔다. 나는 비닐봉지에 들어 있는 망치를 꺼내 그대로 달려가 소녀의 머리를 부숴 버리고 싶었다. 소녀를 죽인 후 버스 안에 있는 모든 사람을 살해하고 싶었다. 영화의 한 장면처럼 머릿속엔 피로 얼룩진 버스 안 광경이 펼쳐졌다.

나는 천천히 일어서며 의자에 앉아 있는 늙은 남자 쪽으로 몸을 기울였다. 망치에 손을 대려는 순간 경찰차 소리가 멀리서 들렸다.

누군가 112에 신고했다. 버스는 정지된 채 있었고 사람들은 나를 진정시키기 위해 움직였다. 다행히 다친 곳은 없었다. 피한 방울 나는 곳이 없었다. 옷도 찢어지지 않았고 구두도 멀쩡했다. 나는 일어나 버스 안 사람들을 쳐다봤다. 늙은 남자, 파마머리를 한 중년 여자, 몇 명의 어린 여학생들이 있었다. 그사이 많은 사람이 내렸고, 버스는 내가 내려야 할 정류장을 훨씬 지나 있었다.

소녀가 보였다. 빨간 립스틱을 칠한 검은 머리 소녀가 나를 쳐다보고 있었다. 소녀는 아무 표정 없이 나를 빤히 쳐다봤다.

멈춰진 버스 안으로 경찰관들이 올라탔다. 나와 소녀는 경찰관들과 함께 버스에서 내렸다.

소녀는 묵묵히 경찰관들을 따라 걸었다. 나를 밀치며 사악한 미소를 짓던 모습은 찾아볼 수 없었다. 경찰관 앞에서 소녀는 순

진한 양의 모습을 하고 있었다. 나는 소녀 표정을 물끄러미 쳐다봤다.

조금 걷다 보니 공원이 나왔다. 경찰관들은 나와 소녀를 사이에 두고 멈췄다. 50대로 보이는 노련한 경찰관이 입을 쩝쩝거리다 소녀에게 말했다.

"학생이 잘못했으니 사과하고 여기서 마무리하도록 해. 여기이분이 다치지 않아서 다행이지, 이대로 경찰서에 가면 부모님도 오셔야 하고 문제가 커지거든. 학교에도 알려지면 학생에게 좋을 게 하나도 없어."

소녀는 입을 꾹 다문 채 아무 말도 하지 않았다. 두 명의 경찰관은 신고가 들어와 일단 출동은 했지만, 상황이 몹시 불편한 듯했다.

"그렇게까지 일이 커지는 걸 원하지 않아요."

나 역시 편치 않았다. 일이 커지면 경찰서에 들락거려야 한다. 다니던 학원에 알려지는 것도 두려웠다. 혹시 이 문제를 학원에서 마땅치 않게 생각할까 걱정도 됐다.

"학생, 여기 이분이 사과하면 받아 주신다고 하잖아. 빨리 사과드리고 마무리해."

"왜? 그때 저를 기분 나쁘게 뚫어지게 쳐다본 거예요?"

소녀의 어이없는 질문에 화가 치밀어 올랐지만 겨우 마음을 진정시키며 대답했다.

"학생이 옆에 앉은 여자가 내리는데 자리를 비켜 주지 않아 그 여자가 매우 불편해하는 모습을 보고 쳐다봤어. 왜 그런 행동을 하는지 이해가 안 돼서 말이야?"

"그럼 내게 화가 나서 쳐다본 게 아니에요?"

'네가 한 행동을 생각해 봐, 이런 개 같은 년. 네 잘못을 하나도 깨닫지 못하면 어떻게 해!'

나는 튀어나오려는 말을 꿀꺽 삼켰다. 빨리 이 상황에서 벗어나고 싶었다.

"응, 네게 화가 난 건 아니었어."

"그럼, 죄송해요. 욕한 것도 죄송해요. 그 여자가 나를 쳐다보는 게 너무 불쾌했거든요. 저 그렇게 나쁜 아이 아니에요. 다 그 여자 때문이에요. 그래서 아줌마에게 화가 난 거예요."

소녀는 울먹이며 말했다.

"다 그 이상한 여자 때문이에요. 죄송해요. 욕한 것도 죄송하고 밀친 것도 죄송해요."

나는 소녀의 울먹이는 모습을 보고 뱃속이 뒤틀렸다.

'울면 다 해결되냐? 네가 무슨 짓거리를 하고 있는지 생각해 보라고. 죽어 버려, 그 구역질 나는 낯짝을 갈아 버리기 전에.'

나는 공원 입구에 나뒹굴고 있는 돌덩이를 쳐다봤다. 경찰관들이 없었으면 고개를 숙이고 울고 있는 소녀 머리를 향해 돌덩이를 내리치고 싶었다.

"다 해결됐죠? 그럼 저희는 갑니다."

경찰관들은 '빨리 해결돼 다행이다'라는 표정을 짓고 경찰차를 타고 사라졌다. 소녀는 멀어져 가는 경찰차를 바라보며 그대로 눈물을 멈췄다. 소녀가 고개를 들어 나를 쳐다봤다. 만 가지 생각이 스쳐 지나가게 하는 눈빛이었다.

편의점에서 산 생수를 다 마신 나는, 그날 기억을 떠올리며 길게 한숨을 내쉬었다. 다시 버스 정류장으로 향했다.

백화점으로 향하는 다른 버스를 기다렸다. 차 안에 교복을 입고 있는 학생들이 있는지를 살핀 후 버스를 탔다. 창밖으로 지나가는 풍경을 바라보며 마음이 착잡했다. 그날 버스 안에서의 일과 꿈속에서의 일이 연관되어 있을 것 같은 불길한 예감이 들었다.

일요일 아침부터 대청소를 했다. 그동안 시간이 없다는 핑계로 청소기만 살짝 돌리고 대걸레질만 했을 뿐 구석구석 쌓인 물건을 정리하지 않았다. 언젠가는 쓸 날이 있을 거로 생각하고 원룸 안 가득 물건을 쌓아 놓았다.

그런 날은 오지 않았다. 물건은 시간이 지날수록 첩첩이 쌓였다. 10년이 지난 옷이나 책상 가득 쌓인 문제집들을 보며 긴 한숨이 나왔다. 좁은 원룸 안을 더욱 비좁게 만드는 원흉들이었다.

누군가가 설레지 않으면 버리라고 했다. 그 말은 여유가 있는 사람들에게나 해당한 말이다. 내가 가지고 있는 물건들은 모두 설레지 않았다. 옷도, 신발도, 가방도 모두 10년이 넘은 물건들이다. 설레지 않아 버린다면 남는 물건은 하나도 없을 거다.

먼저 신발들을 정리했다. 10년 넘게 신은 가죽 구두 바닥이 너덜너덜했다. 20만 원이 넘게 주고 산 구두라 계속 아끼며 신었는데 아끼다 똥이 된 사례다. 싸구려 신발도 신은 지 10년이 넘었다. 이래저래 정리하니 신을 만한 신발이 세 켤레 정도만 남았다.

다시 오래된 컵과 그릇을 정리하고 안 쓰는 반찬통과 너덜너덜한 베개도 모두 분류해 비닐봉지에 담았다. 참고서와 문제집은 고물상에 넘기려고 꽁꽁 묶어 쌓아 놓았다. 마지막으로 옷장을 정리했다. 여름옷, 봄옷, 가을옷과 겨울옷을 차례대로 옷장에서 꺼냈다. 하나씩 꺼내려니 시간이 걸렸다. 나는 두 손과 몸을 옷장 깊숙이 집어넣고 수북하게 쌓인 옷을 한꺼번에 바닥으로 밀었다.

쿵!

무언가 둔탁한 것이 바닥으로 떨어졌다. 나는 놀라 바닥을 내려다봤다. 엄마가 음식을 싸서 보내 준 황금색 보자기로 둘둘 말린 육면체 모양의 물건이었다.

"뭐지?"

제법 무게감이 느껴지는 물건이 무엇인지 궁금했다. 보자기는 꽁꽁 묶여 있었다. 나는 끙끙거리며 보자기를 풀었다. 육면체 물건은 다시 신문지로 돌돌 말려 있었다. 이상한 기분이 들었다. 풀어 보면 안 될 것 같은 불길함이었다. 나는 두껍게 말린 신문지를 뚫어지게 쳐다보다가 양손으로 확 풀었다.

숨을 쉴 수 없었다. 신문지에는 빨간 벽돌이 있었다. 벽돌에는 까맣게 썩은 살점과 피로 물든 머리카락이 찐득하게 붙어 있었다. 그 사이로 작은 애벌레들이 기어 다녔다.

버스 안에서의 일은 해결된 게 아니었다. 겉으로만 해결됐다. 소녀는 내게 사과했고 나는 소녀의 사과를 받아들였다. 경찰관들은 만족해하며 자리를 떴다. 그러면 해결된 거로 사람들은 생각했다. 하지만 내 증오는 그때부터 시작됐다.

소녀와 헤어지고 집으로 돌아와 쓰러지듯 자리에 누웠다. 자리에 누워 계속 소녀 머리를 벽돌로 내리치는 상상을 했다. 소녀 얼굴이 피에 물들어 버린 모습을 떠올렸다.

귓속에서 소녀 목소리가 계속 들렸다.

"이 쌍년아. 쌍년아, 쌍……년아……."

나는 치를 떨며 머리를 저었다. 소녀 눈빛이 떠오르며 신경이 날카로워졌다. 소녀가 경찰관에게 보여 준 나약한 모습도 거슬렸다. 생각하면 할수록 우롱당한 느낌이 들었다. 나는 다시 마음을 가다듬었다.

"잘 해결됐잖아. 끝난 일이잖아. 너도 결코 그 아이보다 나은 게 없다고. 여기까지 생각하고 마무리해. 더 끌어 봤자 너만 손해야. 아무도 그 아이를 비난하는 사람이 없잖아. 너만 밴댕이 같은 인간이 되는 거야. 속 좁은 년, 뒤끝 작렬인 년이 되는 거지."

자아는 분열돼 있었다. 자신을 달래는 자아에 더 분노했다.

"웃긴 소리 하지 마. 착한 척하지 말라고. 나는 원래 그런 년이라고. 밴댕이 같은 년이라고. 매일 그년이 죽길 바랄 거야. 그렇게 용서하면 안 돼. 그럼 바보가 되는 거야. 미친년들은 다 죽어야 해. 누군가 죽여야 해. 사회에 독이 되는 썩은 년이잖아. 그런 년들은 없어져야 모두 행복한 거야. 남들에게 피해만 주는 해충 같은 년. 그때 공원에 있던 벽돌로 그년을 죽여야 했어. 경찰들이 떠난 뒤 수풀로 끌고 가 죽여 버렸어야 했다고."

잠을 이룰 수 없었다. 자꾸 떠오르는 생각을 합리화하며 소녀를 죽여야 하는 이유를 찾아내려 했다. 다른 마음속 생각들과 타협하고 싶지 않았다.

3

벽돌을 발견한 다음 날, 나는 동네 고등학교 교무실에 전화를 걸어 수업이 끝나는 시간을 알아냈다.

버스 정류장에 앉아 여학생들이 학교에서 나오길 기다렸다.

버스 정류장에 여학생들이 모이기 시작했다. 나는 몰려드는 학생들 사이에서 며칠 전에 봤던 학생을 찾아내려고 사방을 둘러봤다. 버스 정류장에서 종알거리는 여학생들 얼굴은 거의 비슷해 보였다. 며칠 전에 본 학생 얼굴이 정확하게 기억나지 않았다. 유난히 욕을 많이 했던 아이란 생각만 났다. 목소리는 생각났다. 귀에 거슬리는 높은 톤의 목소리였다. 나는 얼굴이 정확히 기억나지 않자 목소리에 집중했다.

　"야, 오늘 학원 끝나고 같이 클럽에 가자."

　"그래, 화장 도구는 네가 좀 챙겨 와. 담배도 준비해. 알았지!"

　정신이 번쩍 났다. 나는 버스 정류장 의자에서 일어나 대화를 나누고 있는 두 여학생에게 다가갔다.

　"학생, 혹시 하나 물어봐도 될까?"

　내가 한 여학생에게 다가가 말을 건네자 여학생은 입을 삐쭉거리며 쳐다봤다.

　"며칠 전 버스 안에서 친구와 죽은 학생에 대해 말하는 걸 들었거든. 그 죽은 학생 집 주소 좀 알 수 있을까? 알려 주면 내가 고맙다는 성의로 5만 원 줄게."

　학원 강사였던 나는 아이들이 돈이 아니면 제대로 된 답변을 하지 않을 거라는 걸 알고 있었다.

　"그 아이 집은 왜 알고 싶은데요?"

　여학생이 나를 위아래로 훑어봤다.

"내가 예전에 학원 강사였는데 그 아이랑 친하게 지냈거든. 며칠 전 버스 안에서 학생 둘이 이야기하던 내용을 들었어. 내가 마음이 아프더라고. 그래서 한번 찾아가 보고 싶어서 말이야. 좀 도와주면 좋겠는데, 어려울까?"

"지금 주소는 모르지만 제가 그 아이 집을 알고 있는 친구를 알아요. 제가 전화할 테니 잠깐만 기다리세요. 그리고 꼭 5만 원 줘야 해요."

"응, 알았어."

여학생은 급하게 휴대 전화기를 꺼내더니 친구에게 전화했다.

주소를 받아 든 나는 길 찾기 앱에서 교통편을 알아봤다. 내가 사는 동네에서 버스로 세 정거장 정도였다.

나는 버스를 타고 가다 십자가 모양의 교회 간판이 보이는 작은 빌딩 앞에서 내렸다. 빌딩에는 학원과 마트 간판이 보였다. 나는 길을 따라 걸으며 죽은 소녀 집을 찾았다. 동네가 낯익었다. 꿈에 본 집들이 많았다. 이 동네는 빨간 벽돌로 지은 집들이 많았다. 내 호흡이 가빠졌다.

'설마 이곳에 내가 와 본 건 아니겠지?'

나는 마음속 생각을 부정하며 사방을 둘러봤다. 그때 꿈속에서 몸을 숨긴 빨간 벽돌집이 보였다. 다리가 후들거려 움직일 수 없었다. 이곳에 와 본 게 분명했다. 갑자기 심장이 아팠다. 어지러워 걸을 수 없었다. 나는 전봇대에 몸을 기대며 그대로 주저앉았다. 내가 일어서지 못하고 고개를 숙인 채 길가에 앉아 있는 걸 보고 지나가던 50대로 보이는 여자가 다가와 물었다.

"괜찮아요? 많이 아파 보이는데……. 집이 어디예요? 가까우면 내가 부축해 줄게요."

"아, 괜찮습니다. 고마워요. 조금만 앉아 있으면 좀 나아질 거예요."

나는 서둘러 대답했다. 인상 좋아 보이는 여자는 잠시 주춤거리더니 가던 길을 갔다. 나도 조금씩 진정됐다. 다시 일어서서 걸었다. 꿈속에서 본 골목길이 보였다. 대낮의 골목길은 꿈속에서 본 것처럼 음산하지 않았다. 길이 넓었다. 단독 주택들이 양쪽으로 늘어서 있었다. 단독 주택들의 대문은 거의 열려 있었다. 위험한 느낌은 전혀 들지 않았다. 나는 조심스레 골목 안으로 들어갔다. 혹시 나를 알아보는 사람이 지나갈까 두려워 몸을 움츠리며 천천히 걸었다. 두려움으로 발걸음이 무거웠다. 집으로 돌아가 버리고 싶은 충동을 느꼈다. 참아야 했다. 이대로 돌아간다면 더 많은 의혹이 증폭될 게 분명했다. 아니라는 증거를 찾고 싶었다. 나는 계속 중얼거렸다.

'아닐 거야. 분명히 착각한 거야…….'

고개를 숙이고 골목 중간까지 걸었다. 그림자가 몸을 숨긴 이층집이 보였다. 조금 더 걸어가자 공사 중인 빌라 현장이 보였다. 공사 현장에는 집에서 본 빨간 벽돌이 쌓여 있었다.

골목 한가운데에 살인 현장이 있었다. 소녀가 살해된 위치에 하얗게 테두리가 표시돼 있었다. 사건 현장이 보이자 몸이 빳빳하게 굳어졌다. 하얀 선과 죽은 소녀 모습이 겹쳐졌다. 식은땀이 흘러내렸다. 오한이 들며 몸이 오돌오돌 떨렸다. 나는 굳어 버린 다리를 질질 끌며 하얀 선 옆을 지났다. 사건 현장엔 접근 금지란 푯말이 있었다. 혹시 주변에 CCTV가 있을까 걱정이 됐다. 범인은 항상 사건 현장에 나타난다는 경찰들이 흔히 하는 말이 생각났다. 나는 쓰러질 듯한 몸을 겨우 진정시키며 숨을 멈추고 골목을 빠져나왔다.

집으로 돌아온 나는 몸살 증세를 보였다. 온몸이 오돌오돌 떨렸다. 상비약 중 해열제를 골라 입 안으로 쑤셔 넣었다. 알약이 목 안으로 넘어가지 않았다. 싱크대에 놓여 있는 생수통을 들 힘조차 없었다. 나는 이빨로 해열제를 짓이겨 삼켰다. 아리도록 쓴 맛으로 입 안이 얼얼했다. 짓이겨진 가루약이 빠르게 몸속으로 퍼졌다. 나는 그대로 누워 쥐 죽은 듯 잠이 들었다.

다음 날 열이 내리면서 기운을 차렸다. 자리에서 일어나 주방으로 가 물 한 잔을 마셨다. 차가운 물이 입술에 닿자 심하게 따가웠다. 거울을 찾아 얼굴을 봤다. 하루 사이에 얼굴이 변했다. 저승에 다녀온 얼굴이었다. 입술도 부풀어 오르고, 혀 중앙에 난 하얀 염증은 마치 화이트홀처럼 보였다. 나는 거울을 내려놓고 욕실로 가 이빨을 닦았다. 뱉어 낸 치약 거품에 빨간 피가 보였다. 이내 입에서 고통스러운 신음이 흘러나왔다.

입을 벌리는 것조차 힘들었다. 밥을 먹을 수 없었다. 나는 하얀 쌀을 불려 죽을 끓였다. 30분 정도 쌀을 저었다. 하얗게 부풀어 오른 쌀죽에 간장으로 간을 치며 먹었다. 내일 사형을 당할 사람처럼 손이 부들부들 떨렸다.

죽을 다 먹은 후 유진이에게 전화했다. 대학 친구로 그럭저럭 서로 연락하며 지내던 친구였다. 유진이 사촌이 강력계 형사라고 들은 기억이 죽을 먹으며 떠올랐다.

[여보세요?]

"유진아, 오랜만이야. 잘 지내? 나 요즘 학원 그만두고 쉬고 있어. 평일에도 시간 많아서 한번 보고 싶어 전화했어."

[그래? 잘됐다. 나도 평일에 시간 돼. 우리 아이가 유치원에서 바로 학원으로 가거든. 저녁 전에만 집에 들어오면 돼. 우리 얼굴 한번 보자. 진짜 오랜만이다. 보고 싶다.]

유진이가 반가워하며 만나자고 말하자 기분이 조금 나아졌다. 거절할까 걱정했다.

홍대입구역에서 유진이를 기다리며 주변 사람들을 살펴봤다. 찢어진 청바지를 입고 긴 머리 흩날리며 걸어가는 남자 모습, 온

갖 색깔로 염색한 여자 모습, 타인의 시선에 아랑곳하지 않고 애정을 과시하며 걸어가는 연인들 모습을 물끄러미 쳐다봤다. 모두 활기차 보였다. 부러운 듯 지나가는 사람들을 쳐다보던 나는 이내 인상을 찡그리며 긴 한숨을 내쉬었다.

'아닐 거야. 기분 탓일 거야. 설마 그런 짓을 내가 했을까? 아닐 거야……'

떠오르는 모든 생각을 부정했다. 가끔 누군가를 죽일 듯이 증오해서 살인 충동을 느낄 때도 있지만 그건 일시적인 감정이고, 현실에서 나는 선한 사람이고 법을 존중하는 사람이라고 계속 세뇌했다.

멀리서 유진이가 보였다. 오랜만에 봐서인지 살이 오른 유진이 모습이 보기 좋았다. 유진이가 아기를 낳고 바빠지면서 시간을 맞춰 만나는 일이 쉽지 않았다. 어떻게 지내는지 궁금했는데 유진이의 환한 얼굴을 보니 마음이 놓였다.

"결혼 생활이 행복하나 보다."

나는 중얼거리며 달려오는 유진이를 향해 손을 흔들었다.

유진이가 달려와 내 손을 잡았다. 약간은 거칠지만 따뜻한 손이었다. 갑자기 울컥했다. 오랜만에 사람에게 느껴지는 온기였다. 유진이와 나는 서로의 안부를 물으며 손을 잡고 근처 커피 전문점 안으로 들어갔다.

자리를 잡고 앉은 유진이는 핼쑥해진 내 얼굴을 보고 걱정스러운 목소리로 물었다.

"영신아, 너 어디 아프니? 핼쑥해졌다. 많이 힘들었나 보다. 학원 원장이 얼마나 못살게 굴었으면 네가 학원을 그만뒀겠냐."

유진이 말에 나는 씁쓸한 미소를 지었다.

"유진아, 너는 보기 좋다. 결혼 잘했나 보다. 살이 도톰하게 올라왔어."

"그래? 나 살쪘다고 말을 돌려 하는 건 아니지?"

"아니야. 나도 아픈 건 아니야. 좀 일이 많아서 힘들었어."

나는 안부를 전하며 유진이 비위를 맞췄다. 유진이 이야기는 끝이 없었다. 시댁 이야기, 아이들 이야기, 남편 이야기를 줄줄이 늘어놓는 걸 참을성 있게 들었다. 나는 인내하며 이야기할 차례를 기다렸다. 한참 시간이 지나고 나는 입을 열었다.

"유진아, 우리 동네 살인 사건 일어난 거 알아?"

"맞다, 그 사건 알지. 우리 사촌 오빠가 강력계에 있잖아. 오빠가 우리 집 근처에 살거든. 신랑이랑도 친해. 며칠 전 우리 집에서 술 한잔했는데 오빠가 그 사건에 대해 말하더라고. 나는 소름이 다 돋았어. 정말 잔인하게 죽였다고 하더라."

유진이 말에 나는 등이 축축해졌다.

"응, 그래서 나도 밤길이 무섭더라고. 내가 사는 동네하고 그리 멀지 않은 곳에서 일어났거든."

"그래! 나도 네 생각 났어. 너 밤길 조심해. 살인 사건이 새벽

12시에서 3시 사이에 일어났대. 바로 집 앞 골목길에서 말이야. 칼로 찌르고 벽돌로 머리를 내리친 것 같다고 하던데. 주변에 피가 엄청 많이 튀었대. 진짜 무서운 건 그 주변에 CCTV가 한 대도 없었다는 거야. 범인이 그 장소를 알고 있었을 확률이 높다나 봐. 아마 미리 알고 골목 안에서 여자아이가 나타나길 기다렸다가 범행을 저지른 것 같다고 하던데……. 그 골목이 환해서 새벽에도 사람들이 자주 드나드는 곳인데, 이상하게 그날 그 시각에 골목으로 사람이 한 명도 다니지 않았다는 거야. 무섭지 않냐?"

유진이가 말하는 동안 나는 다시 머리가 어지러워지며 정신이 혼미해졌다.

"웃기잖아. 무슨 학생이 새벽 1시에 집에 들어가냐. 너도 밤늦게 절대 다니지 마. 오빠가 그러는데 요즘 살인 사건이 정말 많다고 하더라고. 사소한 원한으로도 사람을 많이 죽인대. 거의 우발적으로 죽이는 경우가 많다고 하던데. 하지만 이번 사건은 우발적인 사고가 아닌 것 같대."

"그래? 왜 우발적인 사고가 아니라고 하는데?"

"지나치게 잔인하게 죽였대. 여학생이 비명을 지를 수 없을 정도로 빠른 속도로 찌른 후, 벽돌로 얼굴을 내리친 것 같다고 하더라고. 칼로 찌른 것 때문에 죽은 건 아니고, 벽돌로 내리쳐서 죽은 거로 부검 결과가 나왔나 봐. 일반적으로 얼굴을 내리친 건 원한 관계에 있을 경우가 많다고 사촌 오빠가 그러더라고. 죽은 아이 얼굴에 벽돌 가루가 묻어 있어서 아이를 내리친 벽돌을 사체 주변에 찾아봤는데 없었나 봐. 아무래도 범인이 벽돌하고 칼을 가져간 것 같다고 하던데……. 연쇄 살인 사건 같기도 하고 원한 관계로 인한 살인 사건 같기도 해서 쉬쉬하고 있었는데, 경찰서에 찾아온 기자가 눈치를 채고 사건을 밖으로 터뜨렸나 봐."

유진이가 벽돌에 관해 말하자 내 입 안은 바싹 타들어 갔다. 다른 말은 귀에 들어오지 않았다.

"영신아, 너 어디 아파? 땀을 많이 흘리네. 이리 와 봐."

유진이는 내 얼굴을 만지며 말했다.

"너 열이 심하다. 왜 약속 취소하지 그랬어. 빨리 집에 가서 쉬어. 내가 미안하다. 다음에 만나도 되니 어서 집에 가."

유진이는 나를 카페에서 억지로 끌고 나와 택시를 잡았다.

집으로 돌아온 나는 다시 해열제를 찾아 먹었다. 머리가 무거웠다. 깊은 잠 속으로 빠져드는 것 같았다. 원룸 안에서 소리가 났다. 아기 우는 소리가 들렸다. 울음소리는 시간이 지날수록 더 커졌다. 나는 귀를 틀어막았다. 귀를 틀어막자 소녀 비명이 들렸다.

눈을 번쩍 뜨고 귀에서 손을 뗐다. 환청인 듯 주위는 조용했다. 아기 울음소리조차 들리지 않았다. 나는 잠시 눈을 감고 있다가 벌떡 일어나 휴대 전화기를 찾았다.

3주 전 토요일에 살인 사건이 있었다. 그날 친구들을 만났던

게 기억났다. 만취 상태에서 새벽 12시쯤 친구들과 헤어지고 버스를 탔다.

그날 버스를 탄 다음, 집으로 와서 잠을 잔 거로 기억하고 있다. 술을 많이 마신 것만 기억났다. 1차에서 2차로 이어지고 3차까지 간 다음 12시가 넘어가자 술꾼인 친구들은 남아서 계속 술을 마시고 나는 집으로 향했다. 중간에 필름이 끊긴 게 분명했다.

친구들과 헤어진 다음 날 아침, 침대 바닥에 300조각 퍼즐이 맞춰져 있었다. 300조각 퍼즐이 맞춰진 날 대부분은 내가 술을 지나치게 마시고 필름이 끊긴 날이었다. 기억이 사라진 날에만 나는 300조각 퍼즐을 맞췄다.

원장과의 통화 내용도 께름칙했다. 소주 다섯 병을 먹은 내가 학원에 가서 문제를 일으킨 게 아닌가 하는 의심이 들었다. 앞뒤로 맞춰 보면 중요한 부분에서 모두 필름이 끊겼다. 모두 300조각 퍼즐이 맞춰진 날들이었다.

나는 휴대 전화기에서 지도 앱을 눌렀다. 살인 사건이 일어난 3주 전 토요일과 원장에게 해고 통지를 받은 날의 동선이 궁금했다. 위치 정보가 늘 켜진 상태로 휴대 전화기를 사용했다. 분명 살인 현장에 있었으면 그 주위 중요한 건물에 대한 정보가 남아 있을 거다.

해고 통지를 받은 날의 방문 장소를 살펴보니 학원에 갔다 온 것과 카페와 마트에 갔다 온 것 외에 아무것도 발견된 것이 없었다. 시각을 보니 집에 도착한 시각 외에 다시 학원을 간 흔적은 찾을 수 없었다.

"휴."

안도의 한숨이 나왔다.

'아닐 거야. 그래, 내가 아닌 거야. 내가 의심을 너무 많이 했어. 학원에서 잘린 후 예민해져서 자꾸 이상한 생각이 드는 거야. 벽돌은 사건 현장의 벽돌이 아니라 우연히 주운 걸 거야. 아마 술에 취해 주워 왔겠지. 전에도 이상한 물건들 많이 주워 왔었잖아. 분명 그럴 거야.'

나는 반은 부정하고 반은 의심하며 다시 소녀가 살해된 토요일 동선을 살폈다. 친구들과 만난 장소가 하나씩 보였다. 계속 동선이 보이며 화면이 넘어갔다. 새벽 1시 29분. 빨간 벽돌집 근처의 교회 간판이 있는 빌딩 사진이 보였다. 정확한 시각까지 찍혀 있었다. 나는 일요일 새벽, 소녀가 죽은 시각에 그곳을 서성이고 있었다.

아침에 눈을 떴다. 어제 집에 있는 해열제를 입안에 다 털어넣었다. 집에 있는 모든 알약을 찾아 꾸역꾸역 삼켰다. 감당하기 힘든 사실들을 받아들이기 어려웠다. 그대로 죽고 싶었다.

위가 뒤틀리는 고통을 느끼며 눈을 떴다. 나는 일어나자마자 화장실로 달려가 어제 먹은 약과 음식을 토해 냈다. 한 시간 정도를 변기 앞에 쭈그리고 앉아 있었다. 붉은 피가 보일 즈음에 구토를 멈췄다.

탈진된 상태에서 화장실을 나왔다. 기어서 소파로 가 앉았다. 멍하니 천장을 쳐다보다 눈물이 뚝뚝 떨어졌다. 엄마가 보고 싶었다. 전화기를 찾아 1번을 눌렀다. 따르릉 소리가 몇 번 들리더니 엄마 목소리가 들렸다.

[딸, 엄마 보고 싶어 전화했어?]

입술이 떨리며 눈물이 손등으로 떨어졌다. 나는 울지 않으려고 입술을 깨물었다. 엄마는 서른이 훌쩍 넘은 자식을 아직 아이라고 생각하는지 반가워하며 딸이라고 말했다.

"엄마, 보고 싶어서 전화했어. 목소리 들으니 좋다. 엄마 건강하지? 엄마가 해 준 음식도 먹고 싶어. 엄마, 나 얼마 전에 밴댕이를 사다가 밴댕이무침 해 먹어 봤어. 맛은 있었지만, 엄마가 해 준 밴댕이무침이 훨씬 맛이 좋았던 것 같아. 내가 하니까 그 맛이 안 나네."

[우리 딸 밴댕이무침 먹었구나. 다음에 내려오면 엄마가 꼭 밴댕이무침 해 줄게. 우리 가족 셋이서 소주 한잔하자. 언제 내려와. 이달 중에 내려와. 밴댕이가 요즘 제철이잖아. 5월 지나면 구하기 어렵다고. 이번 달에 꼭 내려와, 알았지!]

"엄마……."

나는 엄마를 부른 다음 아무 말도 하지 않았다. 엄마는 불안해하며 입을 열었다.

[우리 영신이 무슨 일 있어? 학원 일이 힘들어?]

엄마 물음에 목이 메었다.

"아니야. 학원 잘 다니고 있어. 원장도 날 좋아해. 내가 일 하나는 똑 부러지게 잘하잖아."

[그렇지? 우리 딸은 뭘 해도 열심히 하잖아. 네 아빠와 나는 전생에 나라를 구했나 봐. 우리 딸처럼 효심이 지극한 자식을 뒀으니 말이야. 엄만 늘 네게 미안해. 한창 행복할 나이에 빚 걱정이나 하게 만들고 말이야. 하지만 이제 빚은 다 갚았으니 엄마 아빠 더 열심히 일해서 우리 딸 행복하게 해 줄게.]

엄마 말에 참았던 눈물이 왈칵 쏟아졌다.

"엄마, 혹시 내게 무슨 일이 생기더라도 너무 힘들어하지 마. 내가 엄마, 아빠 정말 사랑하는 거 알지? 다음 세상에 태어나더라도 나는 엄마 아빠 딸로 태어날 거야. 고마워."

엄마는 떨리는 내 목소리가 걱정돼 다시 물었다.

[너 우니? 혹시 어디 아픈 건 아니야?]

"아냐. 엄마, 이제 전화 끊어야겠다. 누가 벨을 누르네."

[그래, 건강 조심하고. 전화 끊을게.]

나는 울음이 나오려는 걸 엄마에게 들킬 것 같아 거짓말을 하고 서둘러 전화를 끊었다.

입술 한쪽을 깨물고 눈물을 흘렸다. 서러움으로 어깨가 들썩였다. 분노도 치밀어 올랐다.

"내가 왜 이렇게까지 된 거지? 어디까지 추락하며 살아야 하는 거야. 충분히 바닥까지 갔다고 생각했는데 왜 더 떨어져야 하는 거야. 대체 왜 이런 일이 벌어지냐고? 대체 왜?"

미친 듯이 고함을 질렀다. 정신이 나간 사람처럼 감정을 다스릴 수 없었다.

나는 소리를 지르다 갑자기 입을 다물었다. 소파 위에 던져져 있는 전화기가 눈에 들어왔다. 전화기를 들었다. 화사한 분홍색 꽃바구니로 가득 찬 잠금 화면이 보였다. 비밀번호를 누른 후 화면에 펼쳐진 수십 개의 앱을 뚫어지게 쳐다봤다. 그대로 모든 앱을 삭제했다. 삭제된 앱이 복구 가능하다는 사실이 떠오르자 심장이 진정되지 않았다. 호흡이 불규칙하게 변하더니 이내 설정 화면을 찾아 초기화를 눌렀다. 연속해서 초기화를 눌렀다.

두려웠다. 누군가 내 전화기를 쳐다볼까 두려웠다. 앱이 없어지기만 하면 모든 일이 잠잠해질 것 같은 어리석은 생각마저 들었다. 휴대 전화기에 '네가 범인이야!' 하고 찍혀 있는 듯했다. 두 번이나 초기화를 눌렀지만 계속 불안한 마음을 가눌 수 없었다. 나는 일어나 원룸 안을 빙빙 돌다 신발장을 열고 망치를 가져와 전화기를 사정없이 내리쳤다. 날카로운 파편이 사방으로 튀었다. 나는 이를 악물고 눈동자의 빨간 핏줄이 터질 듯이 부릅뜬 채 전화기가 가루가 되도록 망치질했다. 탕! 탕! 탕.

양쪽 벽에서 시끄럽다고 벽을 치는 소리와 인터폰 소리, 현관 벨 소리가 들렸다. 나는 갑자기 모든 행동을 멈췄다. 다시 몇 시간을 허공만 쳐다봤다.

　몇 시간을 앉아 있다가 정신이 든 나는, 또다시 공포에 질려 충혈된 눈동자를 좌우로 굴렸다. 벽 쪽으로 다가가 머리를 세게 박았다. 쿵, 머리가 부서질 것 같았다. 나는 통증을 참으며 이를 악물었다. 다시 한번 머리를 박았다. 쿵! 이마가 빨갛게 부풀어 올랐다.
　"을……. 아파!"
　양손으로 머리를 잡고 고통스럽게 몸부림을 쳤다.
　"벽돌로 맞으면 얼마나 아플까? 칼로 찌르면 얼마나 더 아플까?"
　나는 살해당하는 소녀의 고통을 몸으로 느끼며 부르르 떨었다.
　잠시 소파에 앉아 통증이 가라앉길 기다렸다. 테이블 위에 놓인 거울을 들어 얼굴을 봤다. 이마가 부어올라 한쪽 눈이 찌그러져 있었다. 나는 상비약통에서 요오드를 찾아 얼굴에 발랐다. 붉은 약의 색깔이 피처럼 느껴졌다. 약을 바른 다음, 거즈 붕대로 이마를 감쌌다. 응급처치가 끝난 후 일어나 붙박이장을 열었다. 구석에 있는 황금색 보자기에 싸인 빨간 벽돌을 꺼내 화장실로 갔다. 그리고 피가 뭉쳐져 있는 머리카락과 살점이 덕지덕지 묻은 벽돌을 솔을 이용해 박박 닦았다.

"아무도 보지 않았잖아. 아무도 모를 거야. 나와 죽은 여자아이만 아는 거야. CCTV가 없었다고 유진이가 말했잖아. 나도 확인했고. 그럼 된 거야."

나는 계속 중얼거렸다. 미친 사람처럼 중얼거렸다.

4

몇 주가 흘렀다. 세상이 멈춰 선 듯했다. 나만이 움직이는 존재였다. 침묵을 결정하고 난 뒤부터 원룸에서 소리가 들리지 않았다. 오래도록 나를 괴롭히던 아기 울음도 들리지 않았다. 나에게만 들리지 않았다. 모든 소리는 그대로였다. 내 몸과 정신은 분리돼 몸은 시간에 따라 움직였고 정신은 멈춰 있었다.

부숴 버린 전화기는 신문지로 말아 쓰레기통에 버렸다. 전화기가 없어져도 통신사에 기록이 남아 있다는 사실은 알고 있다. 하지만 사용했던 전화기를 보면 살인 사건이 머릿속에 찰거머리처럼 달라붙어 나를 괴롭혔다. 일상생활이 불가능할 정도였다. 자살하고 싶은 충동을 느꼈다. 빨간 벽돌로 머리를 내리치고 죽고 싶었다. 스스로 머리를 내리치는 행동은 불가능했다. 목을 매달든지, 창문으로 몸을 던지든지, 손목을 긋는 방법과 독약을 먹는 방법을 선택해야 했다.

엄마에게서 메일이 왔다. 연락이 안 돼 걱정된다는 내용이었다. 서울로 올라오겠다는 문장에 놀라 나는 정신을 차렸다. 바로 휴대 전화기 판매장을 방문해 새로운 전화기를 샀다. 포털 사이트의 이메일 주소를 바꾸고 전화기를 개통했다. 최소한으로 필요한 앱 외에는 모두 강제 중지시켰다.

학원 여기저기에 이력서를 넣고 면접을 보러 다녔다. 경기가 나빠서인지 연락 오는 학원이 없었다. 적금을 깼다. 모아 둔 돈으로는 1년을 겨우 버틸 수 있었다. 매일 잔액을 확인했다. 나날이 줄어드는 잔액을 볼 때마다 긴 한숨이 나왔다. 통장 잔액이 줄어드는 스트레스가 살인 사건이 주는 공포를 이겨 낼 수 있게 했다.

나는 정신세계의 활동을 멈추고 현실 세계에만 집중했다. 더는 살인 사건에 대해 생각하지 않았다. 머릿속에 죽은 소녀가 떠오를 때마다 관리비, 매달 나가는 생활비, 새로 사야 하는 물건, 이력서, 입사 원서, 통장 잔액 따위에 집중했다.

뉴스는 보지 않았다. TV를 없앴다. 낯선 사람이 가장 두려웠다. 어느 날 낯선 사람이 나타나 나를 끌고 어둠 속으로 사라질 것 같았다. 병원에 가서 수면제를 처방받아 매일 약을 먹고 잠들었다.

원룸에 앉아 온종일 천장만 쳐다보는 시간이 많아졌다. 천장을 쳐다볼 뿐 아무 생각도 하지 않았다. 그렇게 천장만 쳐다보다 보면 어느새 사방이 어두워졌다. 나는 일어나 수면제를 먹고 다시 잠이 들었다.

시간이 흘렀다. 어느 날 비어 있는 수면제 통이 보였다. 나는 빈 통이라는 걸 알면서 수면제 통을 뒤집어 손바닥에 올려놓고 탁탁 두드렸다. 하얀 가루가 나오자 그걸 입 안으로 털었다. 병원에 가서 약을 처방받아야 했다. 나는 침대에서 일어나 일주일 만에 샤워를 했다. 화장실 거울 속에 내 모습이 비쳤다.

"네가 범인이야."

놀라 다시 거울을 쳐다봤다. 거울 속에 죽은 소녀 얼굴이 보였다.

샤워를 끝낸 후 아침을 먹으려고 냉장고를 열었다. 하얀 냉장고 안은 겉과 마찬가지로 하얗게 아무것도 없었다. 달걀이 몇 개 있을 거로 생각했는데 며칠 사이 다 먹었는지 남은 게 없었다. 나는 혹시나 하는 마음으로 냉장실 신선칸을 열었다. 역시 텅 비어 있었다. 마지막으로 냉동실을 열었다. 두 달 전에 산 밴댕이가 꽁꽁 얼어붙어 있었다.

"어, 밴댕이가 아직 남아 있었네. 이것으로 뭘 좀 해 먹어야겠다."

나는 냉동실에서 밴댕이를 꺼내 뜨거운 물로 깨끗이 씻었다. 찬장에서 부침 가루를 꺼내 물을 부어 걸쭉하게 만든 후 깨끗하게 씻은 밴댕이를 한꺼번에 넣었다. 작은 프라이팬에 기름을 반쯤 붓고 기름이 데워지기를 기다렸다. 프라이팬에서 열기가 느껴졌다. 나는 부침 가루를 입힌 밴댕이를 뜨거운 기름 안으로 풍덩 집어넣었다. 뽀글뽀글 작은 방울들이 프라이팬 안에서 사방으로 퍼지면서 밴댕이가 가라앉았다가 다시 위로 올라왔다. 곧이어 고소한 향이 원룸 안으로 퍼졌다. 오랜만에 입 안에 침이 고였다. 맛있겠다.

할머니가 좋아했던 요리다. 지금은 돌아가셨다. 분홍색을 좋아하고 예쁘게 꾸미기를 좋아했던 할머니는 오랜 투병 생활 끝에 죽음을 맞이했다. 쪼글쪼글했던 할머니 얼굴이 생각났다. 코끝이 찡했다.

밴댕이는 뼈까지 먹을 수 있는 생선이라며 할머니는 다리가 아플 때마다 밴댕이를 통째로 튀겼다. 5월에 한 바구니 밴댕이를 사서 냉동실에 꽁꽁 얼렸다.

할머니는 밴댕이 튀김이 먹고 싶을 때마다 냉동실에서 꺼내 튀겼다. 할머니가 고소한 냄새를 풍기며 밴댕이를 테이블 가득 튀겨 놓으면 부모님과 할머니, 나는 식탁에 빙 둘러앉아 저녁밥 대신 튀김을 먹었다. 와사삭 튀김 소리가 음악 소리처럼 들리는 저녁이 됐다. 와사삭 와사삭. 나는 튀김에 우유를 마시고 부모님과 할머니는 소주를 한 잔씩 했다.

술주정이 심했던 할머니는 늘 자신을 밴댕이 소갈딱지 여자라고 말했다. 밴댕이 튀김을 안주 삼아 술 한잔하면 할머니는 기분이 좋아져 노래를 부르며 춤을 췄다. 어린 나도 할머니를 따라 춤을 췄다. 내가 춤을 추며 즐거워할 때 할머니 얼굴은 찌그러지며 눈물로 뒤범벅이 됐다. 내가 할머니에게 왜 우냐고 물으면 엄마는 나를 향해 고개를 좌우로 흔들며 묻지 말라고 했다.

할머니는 가끔 술을 지나치게 마셨다. 그런 다음 날은 자기 행동을 기억하지 못했다. 막걸리 몇 되를 마신 어느 날, 할머니는 바람을 피운 할아버지를 칼로 찔렀다. 다행히 깊지 않았고 사람들이 많이 있었기에 칼을 들고 할아버지를 쫓아가는 할머니를 막을 수 있었다. 그 후 할머니가 무서워진 할아버지는 바람난 여자와 멀리 도망갔다.

할머니 이야기는 동네에 파다하게 소문이 나 있었다.

할머니는 자신이 밴댕이 소갈딱지 여자라 남편도 잃었다며 술을 먹을 때마다 울었다. 나는 할머니를 닮았다. 납작한 코도 닮았고, 작은 키도 닮았고, 술주정도 닮았다.

나는 밴댕이를 씻으며 흘러나오는 눈물을 손등으로 닦았다. 할머니가 보고 싶었다.

튀김옷을 입힌 밴댕이를 기름 속으로 집어넣으며 문득 대구로 내려가야겠다는 생각이 들었다. 이대로 있다가는 언젠가는 자살할 것 같았다. 원룸에서 죽어 가는 내 모습이 상상되며 외로움과 슬픔이 한꺼번에 밀려왔다. 부모님이 사는 따뜻한 대구로 내려가고 싶었다.

나는 밴댕이를 다 튀긴 후 하얀 습자지 위에 올려놓고 기름기를 뺐다. 그사이 원룸 주인에게 전화했다.

"안녕하세요. 504호예요. 제가 요즘 일이 없어서 아무래도 여기에 살기 어려울 것 같아서요. 부모님 계신 곳으로 내려가려고요. 급하게 빼지는 않을게요. 집 빠지면 그때 내려가려고요. 네. 그럼 죄송해요. 요즘 제가 거의 집에 있으니 집 보러 오실 때 전화 주세요. 제가 외출할 때는 미리 말씀드릴게요."

나는 전화를 끊으며 길게 한숨을 쉬었다.

"집으로 가야겠어. 서울 생활이 힘들어. 이제 지친 것 같아. 집에 가서 편히 좀 쉬어야겠어. 엄마가 해 주는 밥도 먹고……. 이렇게 살다가 또 무슨 일을 저지를지도 모르잖아. 사는 게 힘들다."

나는 고개를 저었다. 다시 살인 사건이 떠오르려고 했다. 떠오르려는 생각을 억누르려고 서둘러 밴댕이 튀김 하나를 입으로 가져갔다. 와사삭. 와사삭. 튀김옷의 아삭함이 느껴졌다. 나는 갑자기 입맛이 돌자 허겁지겁 튀김을 입 안으로 넣었다.

띠링띠링.

전화벨이 울렸다. 나는 기름이 묻은 손을 티슈로 닦은 후 전화를 받았다. 유진이 이름이 화면에 떠 있었다.

"유진아, 웬일이야?"

[영신아, 넌 좀 어때? 그날 만나서 네가 아파 보여 걱정했거든. 너 택시 타고 집에 가는 모습 보고 다시 연락해야겠다고 생각하고 지금에서야 연락한다. 미안하다. 내가 이래. 애들 뒤치다꺼리

하다 보면 이렇게 사람이 무심하게 된다. 미안해.]

나는 유진이 전화에 당황하며 대답했다.

"아니야, 유진아. 조금 좋아졌어. 그날 이상하게 아팠어. 내가 미안하지. 기껏 만나자고 해 놓고 건강 관리도 못 하고 말이야. 연락 줘서 고마워."

[나아졌다니 다행이다. 일은? 아직 시작 안 했어?]

"응, 경기가 안 좋아서인지 아무 곳에서도 연락이 없네. 이참에 부모님 있는 곳으로 가려고."

[그래, 잘 생각했다. 너의 동네 살인 사건 뉴스 봤지?]

"응, 지난번에 만났을 때 너랑 이야기했잖아."

[그 이야기 말고. 살인범이 잡혔잖아. 서남부 연쇄 살인 사건이었대. 28명을 죽였다는 거야.]

"정말? 범인이 잡혔어?"

나는 잡고 있던 전화기를 놓칠 뻔했다.

[너 뉴스 안 보는구나. 지금 난리야. 범인이 28명을 죽였다는 거야. 서남부 일대를 돌아다니며 닥치는 대로 사람을 죽였다고 뉴스에 나왔어. 길거리에서도 죽이고, 현관이 닫힌 집은 창문을 통해 들어가서도 죽이고 그랬나 봐. 정말 무서웠어. 주로 CCTV가 없는 곳을 택해 범행을 저질렀다는 거야.]

"무섭다. 어떻게 그렇게 사람을 많이 죽일 수가 있지?"

[묻지 마 범죄인 듯해. 잘됐어. 원룸 같은 곳에서 혼자 사는 너

를 생각하니 걱정이 되더라. 빨리 부모님 댁으로 가. 원룸 밀집 지역이 특히 사건 사고가 잦대. 넌 괜찮니? 영신아, 너도 빨리 좋은 사람 만나 경호원처럼 데리고 다녀. 늦은 밤에 다니지 말고.]

"그래. 나 지금 병원 가야 해서 나가야 해. 유진아, 연락 고마워. 내가 내려가기 전에 밥 한번 살게. 서울에서 살면서 힘들 때마다 네가 전화 줘서 고마웠어."

[아냐. 그래, 빨리 병원 가고 한번 얼굴 보자. 꼭 전화 줘. 밥은 네가 사고 커피는 내가 살게.]

"그래. 잘 지내."

나는 병원 핑계를 대고 유진이 전화를 끊은 후 바로 인터넷에 접속해 서남부 살인 사건을 검색했다.

사건 경위와 일지를 읽어 보던 나는, 17세 김모양이란 단어에 눈이 멈췄다. 새벽 3시경 자기 집 근처 빌라 공사장에서 변사체로 발견됐다는 내용이었다. 범인은 닥치는 대로 살인을 저지르면서 살해 방법에 대해 정확한 진술을 못 하는 것으로 쓰여 있었다. 더는 자세한 내용을 찾아보기 어려웠다.

나는 오랫동안 컴퓨터 앞에 앉아 있었다. 안도의 한숨이 나오면서도 의문이 풀리지 않았다.

'그럼, 왜 내가 빨간 벽돌을 가지고 있는 거지? 나는 사건 현장에서 도대체 무엇을 하고 있었던 거지?'

의문은 풀리지 않았지만 깊게 몰입해서 생각하고 싶지 않았다. 사건이 해결된 것으로 마무리하고 싶었다.

"이대로 모든 게 끝나면 되는 거야. 더는 알고 싶어 하지 말자. 이제 집으로 돌아가 다시 시작하는 거야. 다 끝난 거야."

나는 옷장 안에서 깨끗하게 닦인 빨간 벽돌을 꺼냈다. 벽돌을 무릎 위에 올려놓고 생각을 정리했다. 머릿속이 정리되자 전화기를 꺼내 병원 예약을 취소하고 오랜만에 예쁘게 화장을 했다. 이마에는 파란 멍이 남아 있었다. 나는 앞머리로 이마의 멍을 가린 후 벽돌을 커다란 가방 안에 넣었다.

버스를 타고 한강이 보이는 한적한 곳에서 내려 산책을 하며 주위를 둘러봤다. 한강의 작은 섬에는 낚시꾼들이 자리를 잡고 앉아 무표정하게 낚싯줄을 쳐다보고 있었다.

나는 섬 한가운데 있는 의자에 앉아 낚시꾼들이 걸어 놓은 낚싯대를 쳐다봤다. 7월이라 아직 바람이 시원했다. 강바람에 무릎까지 오는 플레어스커트가 팔랑거렸다. 나는 가방에서 고무줄을 꺼내 휘날리는 머리를 묶었다. 강 가까이에는 비릿한 물 냄새도 났다. 익숙하지 않은 비릿한 냄새에 나는 코를 킁킁거렸다.

강으로 내려가는 계단을 따라 밑으로 걸었다. 바로 발밑에 강물이 출렁거렸다. 살짝 발을 집어넣으려고 오른발을 들었다. 생각보다 수심이 깊어 보였다. 나는 올린 다리를 내린 후 쪼그리고 앉아 물 밑을 내려다봤다. 몇 명의 낚시꾼들이 나를 쳐다봤다.

수초들이 물결에 따라 흐느적거리며 움직였다. 죽은 여자의 머리카락처럼 물 밑에서 좌우로 흔들리며 나를 유혹했다.

  '강물로 뛰어들어. 생각보다 마음이 편해져.'

  나는 수초의 손짓을 가만히 노려보다 고개를 저으며 마음을 다졌다.

  "어, 이거 큰 놈인가 보네."

  멀리서 낯선 낚시꾼의 목소리가 들렸다. 낚시꾼은 몸을 뒤로 빼며 필사적으로 낚싯대를 잡아당겼다. 낚싯줄은 생각보다 심하게 흔들렸다. 흩어져 있던 낚시꾼들이 그 사람 곁으로 몰려들었다.

  "큰 놈인가. 힘 좀 봐요."

  "어어. 그렇게 힘주면 물고기가 도망가지. 이렇게 몸을 움직여 봐요."

  "좋아요, 좋아. 다시 힘을 줘요."

  낚시터 주변에 모인 사람들이 웅성거리며 정신이 없을 때, 나는 가방을 열고 벽돌을 꺼내 슬그머니 강 밑으로 밀어 넣었다.

  집은 내놓은 지 한 달이 되기 전에 나갔다. 며칠 후면 대구로 가 부모님과 같이 살게 된다. 짐을 정리했다. 가지고 갈 물건은 거의 없었다. 옷가지와 노트북, 그릇과 이불 정도였다. 나머지는 원룸에 있던 것들이라서, 깨끗하게 닦아 놓으면 된다.

  나는 깨끗하게 원룸을 청소한 다음, 부모님께 드리려고 그동안 열심히 저축해 놓은 돈을 찾으려 집을 나섰다. 돈 냄새가 나는 빳빳한 현금을 준비해서 드리고 싶었다. 부모님은 선물보다 현금을 좋아했다. 나는 기뻐하는 부모님 모습을 떠올렸다. 입가에 미소가 번졌다. 오랜만에 지어 보는 미소였다.

8월 중순, 여름의 막바지였다. 여기저기서 매미 울음소리가 들렸다. 여름이 끝나기 전에 짝을 찾아야 하는 매미는 이 나무 저 나무 사이를 옮겨 다니며 울었다. 5년 동안의 한을 풀어야 하는 매매 울음소리는 귀를 틀어막아야 할 정도로 처절했다. 가로수 밑에는 짝짓기를 끝내고 죽은 매미들이 배를 드러내 보이며 바싹 말라 있었다.

여름 방학이 끝났는지 버스 정류장에는 고등학교 여학생들이 삼삼오오 짝을 이루며 무리 지어 있었다. 나는 그들 사이를 벗어나려고 몸을 움직였다. 여학생들과는 한동안 마주치고 싶지 않았다. 여학생들에게서 시큼한 땀 냄새가 났다.

나는 학생들 사이를 뚫고 나오려다 지난번에 죽은 소녀의 집 주소를 알려 준 여학생과 눈이 마주쳤다. 학생은 나를 알아보고 살짝 웃었다. 나도 따라 웃었다. 그때 나와 눈이 마주친 낯선 소녀가 있었다. 낯선 소녀는 나를 향해 미소 지으며 인사했다.

"안녕하세요."

나는 낯선 소녀를 쳐다봤다. 노랗게 머리를 물들인 단발머리 소녀였다. 화장기 없는 맑은 얼굴이었다. 나는 소녀를 보며 누군지 알아내려고 눈을 껌벅거렸다.

"아, 기억 못 하나 보다. 지난번 버스 안에서 있었던 일 기억 못 하세요?"

나는 소녀를 쳐다봤다.

"설마……."

"그냥 지나가면서 나를 쳐다보며 웃길래 인사했어요."

"아, 아……. 그…… 그래요. 그때 버스 안에서 나랑 싸웠던 그 학생이구나!"

나는 더듬거리며 말했다. 어지러웠다. 혼란스러워진 나는 머리를 잡고 순간 휘청했다.

'살아 있었구나. 살아 있었던 거였어. 내가 착각한 거였어. 죽은 소녀는 네가 아니었던 거였어. 나는 바보같이 혼자 착각한 거야. 혼자 죄책감으로 죽을 뻔했다고……. 살아 있었구나. 다행이야. 정말 다행이야.'

나는 차마 입 밖으로 내뱉지 못하고 정신을 가다듬었다.

"괜찮으세요. 어디 아프세요?"

소녀가 걱정스러운 듯 물었다.

"아니야. 학생, 고마워."

나는 중심을 잡으며 소녀를 쳐다봤다. 소녀 얼굴이 환하게 빛이 났다. 마치 하늘에서 내려온 천사처럼 얼굴과 몸 주변에서 광채가 보였다.

"내가 좀 어지러워서……. 이름을 좀 물어봐도 될까?"

내가 묻자 소녀는 잠시 머뭇거리다 대답했다.

"예진이에요. 이예진."

"예진이었구나. 이름이 예쁘네."

나는 소녀와 헤어지는 게 아쉬웠다. 고맙다는 말을 하고 싶었다. 살아 있어서 정말 고맙다는 말을 하고 싶었다. 나는 아무 말도 하지 못한 채 소녀를 쳐다봤다. 소녀를 힘껏 안아 보고 싶었다. 꿈인지 생시인지 확인하고 싶었다. 나는 불편한 듯 쳐다보는 소녀를 뒤로한 채 빠르게 은행으로 향했다.

은행은 버스 정류장에서 걸어서 2분 거리다. 나는 있는 힘껏 달려 은행에 도착했다. 서둘러 돈을 찾았다. 통장에 있는 돈을 다 찾았다. 5만 원짜리 지폐가 출금기에서 두둑이 나왔다. 부모님께 드릴 돈은 가방에 넣고, 다시 예진이가 있는 버스 정류장을 향해 달렸다. 숨이 목까지 찼다. 버스 정류장에는 아직 아이들이 모여 있었다. 예진이 모습도 보였다.

나는 달려가 예진이 앞에 섰다. 앞으로 흘러내린 머리카락은 땀에 젖어 축 늘어져 이마에 붙어 있었다. 숨을 헉헉거리며 달려온 내 모습을 예진이와 친구들이 당황한 듯 쳐다봤다.

"뭐, 할 말 있어요?"

예진이는 겁에 질린 표정으로 나를 쳐다봤다.

나는 손에 들고 있는 돈뭉치를 예진이에게 내밀었다. 내 손에는 5만 원짜리 지폐 뭉치가 정리되지 않은 채 쥐어져 있었다. 예진이는 갑작스러운 내 행동에 당황한 듯 불안한 표정으로 쳐다봤다. 나도 예진이 얼굴을 쳐다봤다. 버스 사건 이후로 기억나지 않았던 예진이 얼굴이 눈에 들어왔다. 낯설지 않았다. 물론 한번 본 얼굴이니 낯설지 않은 게 당연할지도 모른다. 하지만 나는 지금까지 예진이 얼굴을 제대로 기억하지 못했다. 분명, 이 얼굴, 버스 안에서가 아니라 어디서 본 얼굴이었다. 어디서 본 눈동자였다. 나는 예진이 얼굴을 정면에서 쳐다봤다.

　예진이는 내 시선이 불편한지 고개를 돌렸다. 나는 다시 정신을 차린 후, 머뭇거리며 손을 내밀지 않는 예진이 손을 잡아당겨 돈을 쥐여 줬다.

　"나는 멀리 이사 가. 잘 지내고, 건강해."

　돈을 받은 예진이는 인상을 찡그리며 나를 바라봤다. 나는 인사를 한 후 뒤돌아섰다. 앞을 향해 걸었다. 등 뒤에서 예진이의 친구들 목소리가 들렸다.

　"예진아, 너 땡잡았네. 요즘 너 좋은 일만 생기네. 네가 매일 죽이고 싶어 했던 애도 살인범에게 살해되고 말이야. 오늘은 갑자기 돈까지 받네. 너 완전히 좋겠다. 우리 오늘 밤새 술 마시면 어때?"

　"야! 죽은 애 이야기는 그만해. 재수 없잖아. 저리 꺼져."

예진이가 거칠게 말했다. 소녀들은 예진이 한마디에 모두 기가 죽어 입을 다물었다.

나는 걸었다. 복잡한 마음이 가라앉을 때까지 걸었다. 한 시간 정도 걸었다. 8월의 태양은 작열하고 있었다. 강한 자외선으로 얼굴이 타 따끔거렸다. 겨드랑이와 허벅지 사이에도 땀이 배 축축했다. 8월의 태양에 몸이 녹아 없어질 것 같았다.

작은 공원이 보였다. 공원엔 빨간색, 파란색, 노란색으로 칠해진 미끄럼틀과 주황색 그네가 있었다. 원색들이 조화를 이룬 공원에 바닥이 둥근 모양의 초록색 의자가 있었다. 공원에는 유치원생으로 보이는 아이들 세 명과 엄마들이 있었다. 아이들은 뜨거운 태양열에도 아랑곳하지 않고 미끄럼틀을 타며 놀고 있었다. 무엇이 좋은지 땀에 젖은 모습으로 줄기차게 미끄럼틀 계단을 오르내렸다. 엄마들은 그늘진 곳의 의자에 앉아 조용히 수다를 떨며 웃었다.

나는 그들과 멀리 떨어져 앉아 아이들이 놀고 있는 모습을 바라봤다. 행복해 보였다. 나도 행복했다. 이렇게 후련한 행복감이 밀려올 줄 몰랐다. 예전과 세상이 다르게 느껴졌다. 밝은 태양을 볼 수 있다는 사실 하나만으로도 열심히 살 수 있을 것 같은 감사함이 내 안에 퍼졌다.

눈물이 한두 방울씩 떨어졌다. 몇 개월이었지만 여러 번 자살을 생각했을 정도로 감당하기 어려운 절망감에 빠져 있었다. 안도의 눈물과 서러움의 눈물이 겹쳐지면서 이내 감당하기 어려울 정도로 눈물이 쏟아졌다.

'살아 있어 다행이야. 정말 네가 살아 있어서 다행이야. 내가 너를 죽인 줄 알고 얼마나 고통스러운 시간을 보냈는지 넌 모를 거야. 미안하다. 미안해. 매일 밤 너를 죽이는 꿈을 꿨어. 매일 네가 죽어 없어지길 바랐어. 매일 너를 죽이고 싶은 마음이 이렇게 큰 고통을 줄지는 몰랐어. 미안해. 살아 있어 다행이야.'

나는 울면서 마음속으로 중얼거렸다. 놀이터에서 놀고 있던 꼬마들이 미끄럼틀 위에서 나를 쳐다봤다. 아이들은 무심히 나를 쳐다보더니 다시 놀이에 집중했다. 엄마들은 수다에 열중하느라 내게는 관심도 없었다.

밝은 태양 아래서 실컷 울고 나니 마음이 후련했다.

집으로 향했다. 가벼워진 발걸음과 달리 머릿속이 자꾸 무거워지며 예진이 얼굴이 다시 떠올랐다. 분명히 어디서 본 얼굴이었다. 눈동자와 입술이 내 기억 속에 또렷하게 남아 있었다.

활기차던 걸음이 조금씩 느려졌다. 몸도 무거워졌다. 다시 가슴이 답답했다. 예진이 눈동자가 떠오르면서 혼란스러웠다. 그 얼굴, 어디에서 본 얼굴이었다. 까만 눈동자가 낯이 익었다. 나는 기억하려고 애를 썼다. 내가 손을 잡았을 때 예진이 눈동자는 심하게 흔들렸다. 무언가 비밀을 담은 눈동자였다.

"설마……."

심장이 얼음송곳으로 찔린 것처럼 차갑게 얼어붙었다. 차가운 피가 몸 곳곳으로 퍼졌다. 작열하는 태양 아래서 내 몸은 그대로 얼어 버렸다.

꿈속에서 본 그림자의 얼굴과 닮아 있었다. 소녀 머리를 내리치던 악마의 눈동자와 예진의 눈동자가 같았다.

살인 사건이 있었던 날, 소녀를 죽인 그 장소에 나는 있었다. 예진이 역시 그 장소에 있었다. 눈동자를 떠올리자 그날 기억이 스멀스멀 피어올랐다.

5

그날 나는 세 명의 친구들과 술을 마시며 3차까지 갔다. 다들 오랜만에 만나는 친구들이었다. 거의 1년이 된 듯했다. 고등학교 때까지는 친하게 지냈는데 대학에 가면서 모두 흩어졌다. 대학에 간 친구, 학교를 졸업하자마자 취직한 친구, 결혼한 친구, 재수한 친구 등 삶의 방향이 달라지면서 만나는 횟수가 점점 줄어들었다. 어린 시절에는 친구라는 사실 하나만으로도 모든 게 부끄럽지 않았는데 나이를 먹을수록 사소한 일조차 말할 수 없는 사이가 됐다.

매년 한 번씩만 만나도 할 이야기가 없었다. 지난날 학교에서 있었던 추억을 되씹는 일 외에는 서로의 공통 관심사가 없었다. 일방적인 이야기를 했다. 서로의 삶에 관심이 없었다.

　결혼을 안 한 나는 친구들과의 대화가 불편했다. 결혼 이야기, 시댁 이야기, 아이 이야기만 하는 친구들의 대화에 끼어 할 말이 없었다. 나는 술을 마셨다. 마시다 보니 기분이 좋아졌다. 나는 기분이 좋아지면 친구들 과거를 들춰냈다. 모두 기억하고 싶지 않은 일들을 들춰내며 바보같이 비웃었다.

　"근희야, 너 정말 재수 없었어. 고등학교 때 말이야. 넌 이상하게 친구들을 깔보는 경향이 있었잖아. 그렇게 잘난 척하더니 지금 넌, 그냥 아이나 키우는 애 엄마잖아. 겨우 애나 키울 거면서 잘난 척하기는……. 정말 재수 없어."

　내 말에 몸무게가 20kg이 늘어난 근희는 눈을 치켜뜨며 소리질렀다.

　"야! 김영신, 너야말로 재수 없지? 겨우 학원 강사나 할 거면서 서울에 있는 대학에 다닌다고 거들먹거렸잖아."

　근희의 빈정거리는 말에 나는 마음이 상해 다시 소리쳤다.

　"그래, 미친년아, 나 비참하게 산다. 너무 비참해서 이대로 죽고 싶어. 내 인생은 버려지 그 자체야. 네가 생각하는 것보다 더 비참해."

　나는 분을 참지 못하고 엉엉 울었다. 술에 취한 친구들은 그만

하라고 하며 내 술잔에 술을 가득 부었다. 나는 술을 몇 병을 마신 후 다시 친구들의 과거를 들춰내며 빈정거렸다. 친구들은 짜증이 나고 화가 치밀어 오른 모습이었지만 모두 술에 취했는지 내가 한 말을 바로 잊었다. 우리는 이렇게 매년 싸우고 1년 뒤에 또 만났다.

술에 취해 정신이 없는 나에게 근희가 집에 가라고 소리쳤다. 나는 친구들과 새벽까지 술을 마시고 싶었다. 하지만 친구들은 내가 지나치게 술을 마시면 이상한 짓을 한다는 걸 알고 있었다. 친구들은 정신이 조금이라도 있을 때 나를 보내고 싶어 했다.

나는 술에 취해 지하철을 탔다. 다시 지하철에서 내려 버스 정류장으로 갔다. 파란색 간선 버스가 보이자 나는 정신없이 뛰어가 버스에 올라탔다. 새벽 0시 50분, 막차였다. 나는 술에 취해 비틀거리며 버스 맨 뒷자리로 가 자리를 잡았다.

몸은 비틀거렸지만, 정신은 맑았다. 술에 취한 나는 기억력이 좋아졌다. 운전석 바로 뒤에 앉아 있는 여학생이 눈에 들어왔다. 지난번 버스에서 내게 '쌍년'이라고 욕한 미친년이었다. 나는 씩씩거리며 소녀의 뒤통수를 뚫어지게 쳐다봤다. 밤길에 쫓아가 뒤통수를 갈겨 주고 도망가야겠다는 생각을 했다. 매일 밤 죽어 없어지라고 빌며 잠을 잤는데 여전히 살아 있었다. 나는 마음속으로 '이번엔 정말 죽여 버리겠어.'라고 중얼거렸다.

내가 내려야 하는 버스 정류장이 지났다. 내가 사는 곳에서 몇 정거장이 지나자 예진이가 급하게 하차 벨을 눌렀다. 나도 따라 움직였다. 예진이는 나를 보지 못했다. 예진이는 급하게 버스에서 내렸고, 나도 예진이를 따라 내렸다. 예진이는 한 번도 뒤돌아보지 않았다. 앞만 보고 걸었다. 예진이 앞에 머리가 긴 예진과 비슷하게 생긴 소녀가 걸어가고 있었다.

예진이는 소녀를 쫓았다. 소녀의 움직임에 맞춰 걸음이 빨라졌다가 늦어졌다가를 반복했다. 소녀가 골목 안으로 들어갔다. 예진이는 빠르게 움직이며 골목 입구에 있는 문이 열린 이층집으로 들어가 몸을 숨겼다. 나는 갑자기 사라진 예진을 찾아 골목 입구까지 뛰었다.

모든 게 순식간에 벌어졌다. 골목 중간까지 걸어간 소녀가 가방 안에서 담배를 꺼내려는 순간 낯선 남자가 빠르게 소녀를 스쳐 지나갔다.

남자는 빌라 공사장에서 소녀를 기다린 듯 보였다. 소녀가 나타나자 신문지로 돌돌 말아 들고 있던 생선회 칼을 꺼내 빠르고 강하게 소녀를 찌르고 사라졌다. 소녀는 배를 움켜잡고 바로 무릎을 꿇었다. 소녀 몸에서 붉은 피가 쿨럭쿨럭 나왔다. 움켜잡을수록 피가 솟아 나왔다. 무릎을 꿇고 있던 소녀의 몸이 옆으로 넘어갔다.

소녀의 흐느낌이 들렸다.

"살……려…… 줘요."

숨을 죽이고 소녀를 지켜봤던 예진이는 남자가 사라지자 천천히 소녀 곁으로 다가갔다.

"예……진아, 살려 줘. 살……려 줘."

예진이는 소녀를 잠시 바라봤다. 그리고 고개를 들어 주위를 둘러봤다. 나는 그때 증오가 가득한 악마의 얼굴을 보았다. 예진은 바로 옆, 빌라 공사장에 있던 벽돌 하나를 집어 들었다.

"너는 그냥 죽어 버려. 죽어 버리라고……. 네가 나불대는 바람에 학교에 소문이 다 퍼져 버렸어. 네 주둥이 때문에 나는 몸이나 파는 매춘부로 소문이 났다고. 미친년아. 그것 때문에 일진들에게 끌려가서 강간을 당했다고……. 7명에게 당했어. 그게 다가 아니야. 미친놈들의 애까지 임신하고 낙태도 해야 했다고. 내 인생은 네 주둥이 하나 때문에 끝난 거야. 매일 너를 죽이는 생각을 했어. 매일 네가 살해되는 꿈을 꿨다고. 이제 그 소원이 이뤄진 거야. 미친년아, 넌 죽어야 해. 죽어 없어져 버려!"

소녀가 예진이 발목을 잡았다. 예진이는 소녀 손을 발로 차 버린 후 그대로 벽돌을 내리쳤다. 소녀 얼굴이 다 뭉개지도록 미친 듯이 벽돌을 내리쳤다.

"헉……, 헉……."

피와 땀으로 얼룩진 예진이 얼굴이 내 눈 안에 가득 찼다.

삐뽀삐뽀.

구급차 소리가 큰 도로 쪽에서 났다. 정신을 잃은 듯 벽돌을 내리치던 예진이는 놀라 손을 멈췄다. 그리고 발갛게 물든 자기 손을 바라본 다음 소녀 얼굴을 봤다. 예진이는 악마로 빙의된 듯한 자신의 행동에 놀라 뒤로 넘어졌다. 예진이는 가슴을 움켜잡고 뒤로 물러섰다. 얼굴이 파랗게 변했다. 예진이는 후다닥 일어나 벗겨진 신발을 들고 골목에서 사라졌다.

　갑자기 들린 사이렌 소리에 나도 정신이 돌아왔다. 나는 예진이가 서 있었던 곳으로 천천히 다가갔다. 얼굴이 뭉개진 소녀 모습이 보였다. 참혹했다. 사방이 피로 물들어 있었다. 나는 뭉개진 소녀의 얼굴 중앙에 놓인 빨간 벽돌을 들어 올렸다. 움푹 들어간 소녀 얼굴은 눈도 코도 입도 사라졌다.

　갑자기 소녀 손이 꿈틀거렸다. 놀란 나는 손에 들고 있던 빨간 벽돌로 세차게 소녀 얼굴을 내리쳤다. 모든 분노가 소녀에게로 향했다. 삶에 대한 분노가 죽어 가는 소녀에게로 향했다. 마치 소녀가 신에게 바쳐지는 제물처럼 느껴졌다. 내 삶의 고통을 다 짊어지고 죽어 가야 하는 숙명을 타고난 희생양처럼 여겨졌다.

　꿈틀거리던 소녀 손이 힘이 빠지며 멈췄다. 나도 벽돌로 내리치는 행동을 멈췄다. 사방이 조용했다.

　나는 피가 묻은 벽돌을 소녀 옷에 닦았다. 그리고 벽돌을 가방에 넣은 후 골목을 빠져나와 원룸을 향해 뛰었다. 밤바람이 시원했다.

원룸에 도착한 나는 가방에서 벽돌을 꺼낸 뒤 신문으로 돌돌 말았다. 또 황금색 보자기로 꽁꽁 묶어 옷장 깊숙한 곳으로 밀어 넣었다. 그 후 새벽까지 300조각 퍼즐을 맞춘 뒤 그대로 잠이 들었다.

가
지
튀
김

1

나는 삐거덕거리는 의자에 앉아 있었다. 긴장된 몸은 손끝부터 차갑게 시려 왔다. 나는 차가워진 손을 무의식중에 비비며 파란색 페인트가 칠해진 쇠창살 너머로 윤희가 나오길 기다렸다. 쇠창살 안에는 앳된 얼굴의 교도관이 책상 뒤에 앉아 열심히 컴퓨터 자판을 두드리고 있었다. 짧은 시간이었지만 차가운 이곳에서 윤희가 어떻게 버틸지 걱정돼 코끝이 시큰해졌다. 나는 눈물이 흐르지 않도록 입술을 꼭 물었다. 빨갛게 물든 내 코를 교도관은 무심히 쳐다보다 다시 컴퓨터 자판을 두드렸다.

끼익. 안쪽에서 문 열리는 소리가 들렸다. 살짝 열린 문 사이로 쇠창살 색과 똑같은 색의 옷을 입은 윤희 모습이 보였다. 나는 자리에서 일어났다. 이마에 식은땀이 흐르더니 손은 더욱 차가워졌다. 윤희와 눈이 마주쳤다. 내 눈동자 가득 윤희의 파란색 죄수복이 보였다. 파란색 옷이 윤희에게 컸다. 아니면 윤희가 마른 것 같기도 했다. 말라 보였다. 파란색 옷이 축 늘어져서 윤희는 옷 속에 갇혀 있었다.

윤희는 나를 보자 힘없이 내려간 눈에 눈물이 가득 찼다. 주르륵. 그대로 눈물이 떨어졌다. 하얀 얼굴이 더 하얗게 변하며 코끝이 빨갛게 부어올라 내 이름을 불렀다.

"수빈아! 수……빈아."

윤희가 다가와 내 손을 찾아 유리창을 더듬거렸다. 나는 유리창 안에서 허우적거리는 윤희의 손짓이 안타까워 차가운 유리창 위로 손을 올렸다. 윤희와 나는 차가운 유리창을 사이에 두고 손이 맞닿았다. 서로에게 온기가 느껴지는 건 아니었지만 이렇게 대고 있는 것만으로도 윤희는 안심이 되는 듯 미소를 지었다.

면회 시간은 10분이다. 짧은 시간이었다. 윤희는 모든 게 급해 보였다. 나와의 만남이 그녀에게 유일한 삶의 희망인 듯 서둘러 말을 했다.

"수빈아, 보고 싶었어. 수빈아, 더 자주 면회 와 줄 수 있어?"

"응, 내가 시간 내서 자주 오도록 할게. 윤희야, 지내는 건 어때?"

윤희는 불안정해 보였다. 쉴 새 없이 중얼거렸지만, 자신이 무슨 말을 하는지 이해하지 못했다. 나는 계속 고개를 끄덕이며 윤희를 안심시켰다. 10분이란 시간은 잠시 얼굴을 바라보고 안부를 묻는 사이에 사라지는 시간이다.

"면회 종료입니다."

교도관의 단조롭고 차가운 목소리에 윤희는 놀라 입을 다물지 못했다.

"다음에 또 올게. 울지 마."

"수빈아, 나 다시 감옥으로 돌아가고 싶지 않아. 수빈아, 이곳에서 난 죽을 거야. 모든 게 혼란스러워 견딜 수 없어. 수빈아,

난 이곳에서 죽을 거야."

윤희는 내게 울부짖듯 말하다가 교도관이 다가오자 얌전히 일어섰다. 나는 할 말을 잃고 입만 벌린 채 차가운 유리창만 만지작거렸다. 윤희는 파란색 철문 앞에서 멈춰 선 후 잠시 뒤돌아봤다. 윤희의 슬픈 눈동자를 보며 내 심장은 밑으로 떨어졌다. 모든 걸 포기한 눈으로 나를 바라봤다.

'할 말이 있어.'

나는 입 밖으로 나오려는 말을 다시 삼켰다. 해서는 안 되는 말이었다. 윤희를 보고 있으려니 죄책감으로 고통스러웠다. 순간 진실을 말하려 했다. 나는 침을 꿀꺽 삼키며 윤희가 파란색 철문 안으로 사라지는 걸 지켜봤다.

늦은 밤이 됐지만 잠이 오지 않았다. 수척해진 윤희 모습이 눈앞에 아른거렸다. 파란 죄수복도 떠올랐다. 다시 손과 발이 차가워졌다.

윤희는 아버지를 살해했다. 존속 살인 형량 17년이 나왔다. 윤희 변호사는 제일심 판결에 불복하고 즉각 고등법원에 항소를 제기했다. 여성 단체에서도 윤희를 돕고 있었다. 재판부는 윤희가 말한 성폭력에 관한 내용에 일관성이 부족하다는 이유로 정상 참작을 하지 않았다.

윤희는 어린 시절 성폭력을 당한 사람들이 주로 보이는 이상 증세가 없었다. 어릴 적 윤희를 알고 있는 사람들은 윤희가 학교 생활도 원만하고 부모와의 관계도 좋았다고 말했다. 윤희는 성적도 우수했고 과외 활동도 적극적이었다. 내가 알고 있는 윤희의 모습이기도 했다.

어릴 적 윤희는 아버지를 자랑스러워했다. 항상 친구들에게 "내 아빠야."라고 말했다. 우리 아빠가 아니라 내 아빠라고 했다. 친구 중 자기 아빠를 내 아빠라고 말하는 아이는 윤희뿐이었다.

아저씨는 175cm 정도의 크지 않은 키에 눈썹이 가지런하고 부드러운 인상의 잘생긴 남자였다. 목소리도 크지도 않고 작지도 않은 중저음이었다. 멀리서 윤희를 부르는 아저씨 목소리는 여자들이 한 번쯤은 돌아보고 싶은 다정함과 부드러움이 담겨 있었다.

나는 윤희 아버지 모습이 떠오르자 두통이 밀려왔다. 눈을 질끈 감으며 아저씨 모습이 떠오르는 걸 막았다. 자꾸 아저씨 모습과 윤희 모습이 겹쳐져 떠올랐다. 두 사람 모습을 떠올리는 것만으로도 작은 바늘이 머리를 찌르는 듯한 통증을 느꼈다.

나는 신경질적으로 이불을 옆으로 치웠다. 한참 동안 고개를 숙이고 있다가 참을 수 없는 단계에 다다르자 바로 일어나 화장대로 갔다. 화장대 두 번째 서랍을 열고 깊숙이 감춰 두었던 자위 기구를 꺼냈다. 남자 성기 모양의 자위 기구를 천천히 몸속 깊숙한 곳으로 넣었다. 몸이 서서히 달아올랐다. 다른 대체 방법이 없었다. 한번 떠오른 생각은 머릿속에서 거머리처럼 달라 붙어 있었다. 떨쳐 버리기 어려웠다. 오직 성적인 행동만이 다른 생각을 떨칠 수 있었다.

"헉……. 헉……. 헉……."

새벽이 돼서야 잠이 들었다. 철근처럼 무거운 눈꺼풀을 위로 올리며 아침을 맞이했다. 불면의 밤을 보내고 맞이하는 아침은 지옥 그 자체였다. 지구의 종말이 오더라도 상관없을 것 같은 불쾌함이 머릿속에 똬리를 틀었다. 이런 기분으로 출근을 하느니 베란다에서 뛰어내리고 싶었다.

빵 쪼가리 하나 입에 물고 서둘러 병원으로 향했다. 일부러 지하철을 타고 출근했다. 출근 시간대의 사람들 표정에는 긴장감이 스며 있었다. 나는 그들 사이에 끼어 몸을 좌우로 흔들며 지치고 늘어진 육체를 서서히 깨웠다.

허둥지둥 병원에 도착해 예약 환자들 리스트를 살펴봤다. 긴한숨이 나왔다. 2년째 치료 중인 주의력 결핍 과잉 행동 장애 증상이 있는 어린 남자아이가 첫 번째 환자였다.

초등학교 1학년 때 학교 교사의 권유로 병원을 찾은 아이는 약에 대한 부작용이 다른 아이들보다 심했다. 목이나 손목을 갑자기 꺾는 틱 현상이 있었다. 약을 바꿔 봤지만 좀처럼 증상이 나아지지 않았다.

상담실 문이 열리면서 동그란 안경을 낀 하얀 피부에 서글서글한 인상의 엄마가 까만 피부에 얼굴이 뾰족하고 날카로워 보이는 비쩍 마른 작은 남자아이의 손을 잡고 들어왔다. 엄마는 아이를 데리고 내 옆에 있는 의자에 앉았다.

"선생님, 요즘 민재가 많이 힘들어해요."

"네, 그동안 병원 방문을 안 하셨네요. 갑자기 약을 끊으시면 분노 장애 같은 증상을 보일 수도 있어요. 아마 보호자께서 감당하기 어려울 정도의 증상을 보였을 거예요. 물론 약을 먹으면 소변이 자꾸 마렵다고 하든가 자꾸 킁킁 소리를 내든가 할 가능성이 있어요. 여러 증상이 나타날 거예요. 그래도 약을 쭉 먹어야 해요. 증상이 좋아질 때까지요."

"죄송해요. 약을 끊어서요. 아이가 자꾸 목이나 팔을 꺾어서 제가 잠시 끊었어요. 친구들이 민재 행동을 보고 놀리나 봐요. 아이가 학교나 학원 가는 걸 끔찍하게 싫어해요. 그래서 잠시 끊었는데……. 제 생각이 짧았어요. 약을 끊은 후 가끔 제가 놀랄 정도로 몸부림치며 소리 지르고 화를 내요."

"네, 걱정하지 않으셔도 됩니다. 아직 뇌가 불안정해서 나타나는 증상입니다. 빠지지 말고 약을 먹이도록 하세요. 필요한 검사가 있으니 제가 검사 후 다시 말씀드리겠습니다."

나는 민재 엄마와 상담을 마친 후 간호사를 호출했다. 잠시 간호사를 기다리는 동안 민재 증상을 컴퓨터에 입력했다. 민재 엄마는 불안한 듯 내가 쓰고 있는 내용을 유심히 들여다봤다. 나는 민재 엄마의 행동이 불편해 잠시 헛기침을 하고 다시 컴퓨터에 증상을 입력했다.

민재는 쉴 새 없이 몸을 꼬았다. 일본 공포 영화에 나오는 귀신처럼 갑자기 목을 옆으로 꺾었다. 손을 들어 파킨슨병 환자처럼 뒤로 뒤튼 다음 한 바퀴 돌렸다. 손목을 꼬면서 계속 킁킁거리기도 했다.

똑똑. 노크 소리가 들린 후 간호사가 들어왔다.

"민재 학생, 보호자하고 같이 따라오세요. 검사할 게 있습니다."

민재 엄마는 걱정스러운 눈으로 잠시 민재를 쳐다봤다. 민재 엄마는 내게 할 말이 있는 듯 엉거주춤 서 있다가 민재를 데리고 밖으로 나갔다.

나는 원장실에서 등을 보이며 나가는 민재를 보며 어린 시절 내 모습을 떠올렸다.

초등학교 5학년 때부터 6학년 사이, 나는 극심한 틱 증상을 보였다. 과잉 행동 장애가 없었는데도 늘 코를 킁킁거렸다. 주위 사람들이 나를 돌아볼 정도로 틱 증세가 심했다. 피가 날 정도로 손톱을 깎고, 수시로 눈을 깜박거리고 킁킁거려 어른들은 내게 정신 사납다는 말을 하곤 했다. 나는 주위 어른들 말에 귀를 기울이지 않았다. 가끔 미친 듯이 엄마에게 화를 내며 물건을 부쉈다. 엄마 마음에 파랗게 멍이 들도록 분노를 표출했다.

그 시절을 어떻게 견디었는지 모르겠다. 잘 참았다. '죽지 않고 살아 줘서 고맙다.'라고 자신에게 가끔 칭찬한다.

민재가 치료 도중 문제를 일으켰다. 상담 선생님의 작은 지시에 미친 듯이 소리를 지르며 분노를 표출했다. 밖에 있던 민재 엄마가 놀라 상담실 안으로 들어갔다. 민재는 엄마에게 달려들며 까맣고 매서운 주먹으로 엄마의 얼굴을 내리쳤다. 급히 민재 엄마를 밖으로 피신시킨 후 민재가 진정될 때까지 기다렸다. 20분 정도 발광을 했다. 민재는 괴성을 지르며 사방을 뛰어다녔다. 기물을 부수는 소리도 들렸다.

약을 갑자기 중단하면서 생긴 증상이다. 나는 민재 엄마에게 이유 없이 약을 끊지 말라고 신신당부했다. 민재 엄마는 하얗고 동그란 얼굴로 계속 죄송하다는 말만 되풀이했다. 민재에게 맞아 빨갛게 부어오른 민재 엄마의 오른쪽 볼이 자꾸 눈에 들어왔다. 나는 병원에 비치돼 있던 약을 꺼내 민재 엄마 볼에 발랐다. 초록색의 끈적한 액체가 민재 엄마의 마음마저 치료해 주길 바랐다.

퇴근해서 집에 도착했을 때는 온몸이 피곤함에 절어 있었다. 손 하나 까닥하기 싫었다. 그대로 침대에 누워 눈을 감았다. 30분쯤 죽은 듯이 잠을 잤다.

꼬르륵꼬르륵. 오늘 종일 제대로 먹지 못했다. 배 속에서 화풀이하듯 연신 소리가 났다. 나는 굶주린 배를 움켜잡고 침대에서 일어서며 한 가지 음식을 떠올렸다. 가지튀김.

가끔 먹고 싶은 음식이 한 가지씩 떠오를 때가 있다. 배가 고플 때 떠오르면 떨쳐 버릴 수 없도록 간절히 원하게 된다. 가출해서 먹었던 달걀 라면은 내 오랜 영혼의 음식이다. 공부에 열중하느라 쫄쫄 굶었을 때 가장 먹고 싶은 음식은 달걀이 휘휘 풀어서 들어간 라면이었다. 치즈가 들어가거나, 해물이 들어가거나, 김치가 들어가서도 안 된다. 오직 달걀이 들어간 라면이어야 마음이 풀리고 굶주린 정신과 육체가 포만감을 느꼈다.

가지튀김이 먹고 싶었다. 지금 먹지 못한다면 내일의 삶이 아무 의미도 없을 것 같았다. 먹고 싶은 욕망을 억제하지 못한 나는 급하게 자동차를 몰고 마트로 향했다.

채소 판매대에 보라색의 윤이 반질반질 나는 가지가 있었다. 나는 먹음직스러워 보이는 가지를 바구니에 담았다. 바구니에서 가지 냄새가 났다. 보라색 가지 냄새가 났다.

집에 도착해 가지튀김을 먹고 싶다는 일념으로 주방으로 달렸다. 가지 냄새를 맡는 순간, 내 안의 허기짐은 먹고 싶다는 욕망에 지독히 매달렸다.

먼저 진한 보라색 가지를 차가운 물로 씻어 도마에 놓고 탁탁탁 썰었다. 좀 길쭉한 타원형이 나오도록 어슷어슷하게 썰어 접시에 올려놨다. 가지 향이 코를 찔렀다. 나는 가지 한 조각을 입에 넣었다. 아삭. 사과를 씹는 듯한 상큼함이 돌면서 단맛이 입안에 느껴졌다.

가지를 자른 후 싱크대 찬장을 열고 밀가루와 튀김 가루를 꺼냈다. 냉장실에서 달걀을 꺼내 흰자와 노른자를 분리했다. 노른자만을 이용해 튀김옷을 만들었다. 노른자만을 이용할 경우 보라색 가지와 노란색 튀김옷이 서로 어우러지며 색깔도 예쁘고 씹을 때 바삭한 느낌도 더 좋았다. 밀가루를 뿌리고 달걀노른자를 묻히고 마지막으로 빵가루에 굴린 다음, 달군 식용유 속으로 가지를 넣었다.

쏴⋯⋯악. 식용유를 담은 프라이팬에서 소리가 들렸다. 곧 노란 옷을 입은 가지가 뽀글뽀글 방울을 만들며 가라앉았다. 나는 홀린 사람처럼 가지를 식용유로 가득 찬 프라이팬 안으로 하나씩 넣었다. 가지는 가라앉았다가 곧 떠오르면서 바삭한 가지튀김이 됐다. 고소함과 가지의 독특한 향이 어우러졌다.

꼬르륵꼬르륵. 배 속에서 연신 소리가 났다. 인내심이 극에 달한 듯했다. 양념장이 필요했다. 급하게 간장을 꺼내 식초와 다진 파, 설탕, 겨자를 넣었다. 양념장을 젓가락으로 휘휘 저었다. 마음이 급했다. 손이 떨렸다. 배가 고파 이성이 마비될 것 같았다. 나는 정신이 나갈 것 같은 어지러움을 참으며 가지튀김을 양념장에 찍어 입 안으로 넣었다.

"음......."

긴 숨이 나오며 입 안에 고소함이 퍼졌다. 깊은 쾌감이 밀려왔다. 정서적 만족감이 온몸에 퍼졌다. 그때부터 허겁지겁 먹었다. 포만감이 느껴질 때까지 손은 바쁘게 움직였다. 계속 가지튀김을 입 안으로 가져갔다.

배가 부를 때까지 가지튀김을 먹은 후 멍하니 베란다 쪽 창문을 쳐다봤다. 짙은 어둠을 보며 깊은 절망감과 후회가 밀려왔다. 참담했다. 오랜 시간을 참았는데 윤희를 만나고 온 후 정신이 무너지는 듯했다. 자꾸 밑으로 가라앉는 정신을 다시 붙잡아야 했다.

"이제 나는 어떻게 살아야 하나."

아버지가 보고 싶었다. 어린 시절 놀아 주겠다는 말만 하고 죽는 순간까지 내게 거짓말만 한 아버지가 보고 싶었다.

아버지는 내가 열 살이 되던 해에 췌장암으로 죽었다. 회사에서 심한 스트레스를 받은 후 계속 밤잠을 설치더니 병원에 갔을 때는 췌장암 4기였다. 아버지는 젊은 나이에 세상을 떠났다. 서른여덟 살의 건강했던 아버지는 치료를 받으면서 머리가 하얗게 변하더니 급속하게 머리카락이 빠졌다. 점점 야위어 갔고 점점 검게 변하더니 점점 복수가 차오르다 죽음을 맞이했다.

2

초등학교 2학년 때의 기억이 생생하다. 아빠가 아파서 엄마와 같이 병원에 갔던 날의 기억이다. 체중이 감소하고 복통을 느끼며 눈에 황달 증세가 있었는데도 아빠는 하루 휴가 내는 것을 어려워했다. 아빠 얼굴은 30대 후반이라고 하기엔 지나치게 혈색이 좋지 않았다. 얼굴이 누렇게 뜬 아빠는 늘 지쳐 있었다. 계속되는 과음과 스트레스로 인한 소화 불량으로 아빠는 음식을 제대로 섭취하지 못했다.

사람들의 옷이 조금씩 두꺼워지는 어느 가을날, 아빠는 윗사람의 눈치를 보며 겨우 하루 휴가를 냈다. 초등학교 2학년인 나는, 그날 학교에 가지 않았다. 전날 병원에 가는 엄마와 아빠를 따라가겠다며 떼를 썼다. 아빠는 내게 여러 가지 약속을 받아 낸 뒤 학교 빠지는 것을 허락했다. 나는 오랜만에 아빠와 같이 놀수 있다는 생각으로 전날 밤부터 들떠 있었다. 엄마도 아빠의 휴가가 반가웠는지 얼굴이 붉게 상기돼 있었다. 우리 가족은 소풍 가는 날처럼 가벼운 마음으로 병원으로 향했다.

노랗고 붉은 잎의 기운이 감도는 가로수 길을 달리며 아빠는 내게 물었다.

"우리 병원에서 진료 마치고 놀이 공원 갈까, 수빈아?"

"진짜? 나는 좋아. 아빠, 정말이지?"

"병원에서 진료는 금방 끝날 거야. 그럼 시간도 많이 남을 테니 놀이 공원 가자. 아빠가 요즘 바빠서 수빈이와 놀아 주지도 못했는데 오늘 시간이 되니 같이 가자. 수빈아, 좋지?"

"응, 좋아! 봄에 학교에서 놀이 공원에 갔는데 정말 재미있게 탄 놀이 기구가 있었거든. 꼭 다시 타고 싶었어."

나는 손뼉을 치며 좋아했다. 엄마는 걱정스러운 듯 아빠에게 물었다.

"여보, 괜찮겠어?"

"별일 없을 거야. 그냥 좀 피곤해서 살이 빠진 거야. 아무 걱정 하지 마."

아빠는 엄마의 걱정을 대수롭지 않게 받아들였다. 나는 놀이 공원에 간다는 아빠 말에 엄마의 걱정하는 말은 귀에 들어오지 않았다. 파란 하늘을 보며 놀이 공원에서 기구를 타고 있는 내 모습만을 상상했다.

병원에 도착해 진료실에 들어간 아빠는 생각한 것보다 오래도록 진료실에서 나오지 않았다. 곧이어 갖가지 검사를 했다. 아빠는 놀이 공원에 가고 싶어 하는 나를 애처로운 듯 쳐다봤다. 검사는 생각보다 길어졌다. 엄마는 불안해했다. 한 시간이 지나고, 두 시간이 지나고, 세 시간이 지났다. 나는 뾰로통하게 부은 얼굴로 엄마와 아빠를 쳐다봤다.

몇 가지 검사 결과는 바로 나왔다. 간호사가 아빠를 찾았다. 보호자도 같이 불렀다. 엄마는 내게 간호사 옆에서 기다리라는 말을 하고 진료실 안으로 들어갔다.

나는 하얀 유니폼을 입고 검정 뿔테 안경을 낀 간호사를 물끄러미 쳐다봤다. 간호사는 내가 귀여웠는지 머리를 쓰다듬으며 초콜릿 하나를 내밀었다. 나는 간호사가 내민 초콜릿을 입 안으로 넣고 살살 굴렸다. 초콜릿이 녹아 없어지기 전에 엄마와 아빠가 나오길 기다렸다.

30분쯤 지났다. 초콜릿은 다 녹아 입 안에서 흔적도 없이 사라졌다. '삐거덕' 소리를 내며 진료실 문이 열렸다. 나는 의자에서 벌떡 일어나 엄마와 아빠를 향해 달려갔다. 엄마는 울고 있었다. 아빠는 우는 엄마를 달래며 말했다.

"아직 확실하지 않잖아. 의사가 검사 결과가 나오면 그때 정확하게 알려 주겠다고 했잖아. 우리 나쁜 쪽으로 생각하지 말자."

나는 아빠에게 달려가 손을 잡았다.

"아빠! 놀이 공원, 이제 갈 거야?"

흥분해서 물어보는 나를 아빠는 물끄러미 쳐다봤다. 그리고 내 볼을 쓰다듬었다. 마치 깨질 것 같은 보물을 다루듯 살며시 볼을 어루만지며 말했다.

"그래. 우리 수빈이 아빠 기다리느라고 힘들었지? 놀이 공원에 가자. 야간 개장도 하니 밤늦게까지 같이 놀자. 아빠 내일도 쉴 거야. 회사에 전화했어. 수빈이 아빠랑 오랜만에 실컷 놀 수 있겠다."

아빠 말에 나는 기분이 좋아져 아빠 손을 잡고 흔들었다.

"여보, 오늘은 집에 가서 쉬어야 해. 나는 놀이 공원에 못 갈 것 같아. 수빈아, 아빠 많이 아프다고 의사 선생님이 말씀하셨어. 그래서 오늘 놀이 공원에 못 가."

엄마가 단호하게 말했다. 나는 금방 울 것 같은 표정으로 아빠를 쳐다봤다.

"오늘 내가 수빈이와 놀아 줘야 해. 당신이 이해해 줘. 우리 같이 놀이 공원에 가자."

아빠는 애써 미소를 지으며 엄마를 설득했다. 엄마는 아빠 부탁을 거절하지 못했다. 우리 가족은 그날 늦은 시각까지 놀이 공원에 있었다. 원하는 만큼 놀고, 원하는 만큼 먹고, 원하는 만큼 웃었다.

10시쯤 우리는 집으로 향했다. 나는 놀이 기구에 열광하며 돌아다니다 늦은 밤이 되자 몸이 지쳐 있었다. 엄마는 아빠를 대신해 운전했다. 아빠와 나는 뒷자리에 앉아 있었다. 어느새 나는 아빠 무릎에 머리를 대고 꾸벅꾸벅 졸고 있었다.

뚝뚝. 잠에 깊이 빠질 즘에 차가운 물방울이 내 이마로 떨어졌다. 나는 눈을 뜨고 싶었지만 밀려오는 졸음을 참을 수 없었다.

며칠 후 아빠는 췌장암 4기 진단을 받았다. 의사는 손을 쓸 수 있는 단계가 아니라며 적극적인 치료를 권유하지 않았다. 의사는 한 달에서 3개월 정도의 시한부 삶이라고 말했다. 건강한 30

대 후반이었기에 암세포는 빠르게 전이됐다.

크리스마스가 지나고 새해가 시작될 무렵, 암세포는 아빠 몸 구석구석으로 퍼졌다. 더는 치료를 할 수 없었다. 점점 말라 가며 고통을 호소하는 아빠 모습은 어린 내가 감당하기 어려웠다. 가끔 몸을 뒤틀며 비명을 질렀다. 아빠는 고통을 참을 수 없는 한계에 도달하면 울부짖기도 했다. 음식도 삼키지 못했다. 입 안에 넣은 후 바로 토했다. 그런 아빠 모습을 지켜보는 나는 아무 말도 하지 못하고 병실 밖으로 나가 복도에 쭈그리고 앉아 울었다.

엄마는 슬픔에 지친 얼굴로 새벽을 맞이하고 밤을 보냈다.

나는 학원 수업이 끝나면 마중 나온 외할머니와 함께 병원으로 향했다. 아빠는 늘 나를 보고 싶어 했다.

"수빈아, 아빠는 아파서 멀리 갈 거야. 아빠가 멀리 가더라도 항상 수빈이를 지켜 줄 거야. 늘 수빈이 곁에서 수빈이가 어떻게 어른이 되는지 지켜볼 거야."

아빠는 내가 열 살이라 아직 죽음이라는 걸 이해하지 못할 거로 생각했다. 무신론자였던 아빠였지만 죽음 앞에서는 신에게 간절히 기도하기도 했다. 죽음이 끝이 아니라고 믿고 싶어 하며 자신과 딸의 마음을 달랬다.

"아빠, 죽으면 다시는 볼 수 없는 거잖아. 왜 내게 거짓말을 해? 아빠는 죽으면 안 돼. 그럼 나는 아빠를 다시 볼 수 없다고.

내가 힘들 때, 친구들과 싸웠을 때, 울고 싶을 때도 아빠는 나를 도와줄 수 없는 거잖아. 그럼 안 돼. 나는 아빠가 멀리 가는 거 원치 않아. 그냥 내 곁에 있어 줘."

나는 아빠가 지켜 줄 거라는 거짓말을 믿지 않았다. 할아버지가 죽었을 때도 무덤에 묻힌 후 다시는 볼 수 없었다.

"수빈아, 아빠 말 믿어야 해. 아빠가 보이지는 않지만 늘 수빈이 곁에 있을 거야. 우리 수빈이가 힘들 때, 친구와 싸웠을 때, 울고 싶을 때 늘 아빠가 수빈이 곁에서 지켜 줄 거야. 알았지?"

3

"거짓말."

나는 어린 시절을 떠올리며 혼자 중얼거렸다.

"한 번도 지켜 준 적이 없었으면서……."

가슴이 답답했다. 목이 마르고 화가 치밀었다. 나는 윗옷의 단추를 풀며 식탁 위에 있는 먹다 남은 가지튀김을 쳐다봤다.

"욱."

마치 구더기를 본 것처럼 구역질이 났다. 나는 구역질을 참으며 투명한 유리컵에 물을 따라 벌컥벌컥 마셨다. 컵 밑바닥에 묻은 물방울이 식용유가 담긴 프라이팬 위로 떨어졌다. 갑자기 '팍' 소리를 내며 기름이 분수처럼 사방으로 튀었다. 가스 불을 끄지 않은 상태였다. 나는 흠칫 놀라 뜨거운 열기가 있는 프라이팬을 물끄러미 쳐다봤다. 다시 물방울 하나를 기름 위에 떨어뜨렸다. '팍' 소리와 함께 하얀 연기가 피어오르더니 주변이 연기로 자욱해졌다. 나는 집게손가락을 위로 올렸다. 지글지글 끓고 있는 기름통 속으로 손가락을 집어넣고 싶었다.

"아빠가 수빈이 꼭 지켜 줄 거야."

다시 아버지 목소리가 들렸다.

"거짓말."

나는 이를 악물며 중얼거렸다. 분노가 치밀어 올랐다. 순간 뜨거운 기름이 끓고 있는 프라이팬을 들어 거실 벽 쪽을 향해 힘껏 던졌다.

'퍽' 하고 기름이 사방으로 튀었다. 나는 무의식중에 몸을 식탁 밑으로 숨겼다. '지지직' 소리와 함께 거실에 불이 난 듯 하얀 연기가 자욱했다. 벽지와 소파에서 연기가 피어올랐다. 나는 고개를 숙이고 힘없이 주방 바닥을 내려다봤다. 생각이 멈춘 듯했다. 손발이 떨렸다.

나는 일어나 거실에 있는 서랍장을 뒤졌다. 빨간색 커터 칼이 눈에 띄었다. 나는 커터 칼을 손에 쥐고 급하게 치마를 걷어 올렸다. 하얀 허벅지가 보였다. 하얀 허벅지에는 칼로 그어 생긴 빨갛고 울퉁불퉁하게 생긴 흉터 자국이 있었다.

'타다닥'. 커터 칼을 위로 올린 후 빠르게 허벅지를 그었다. 그은 자리에 빨간 피가 뽀글뽀글 나오더니 이내 속옷을 적셨다. 마음이 진정됐다.

하얀 속옷이 빨갛게 물들어 가는 모습을 쳐다봤다. 나는 손을 올려 식탁 의자에 놓인 가방을 밑으로 내렸다. 가방 안에는 낮에 제약 회사 영업 사원이 샘플로 준 신경 안정제가 들어 있었다. 나는 노란색 알약 한 개를 꺼내 입 안으로 넣었다.

꿈을 꿨다. 어린 윤희와 아저씨가 꿈속에 나왔다. 윤희와 아저씨는 내가 어린 시절에 본 모습을 하고 있었다. 나만 지금 모습이었다. 아저씨가 나를 불렀다.

"수빈아! 수빈아! 수빈아!"

아저씨 목소리가 점점 크게 들렸다. 나는 귀를 막고 구석에서 울고 있었다. 그때 어린 윤희가 다가와 내게 말했다.

"내 아빠야. 내 아빠, 멋지지? 내 아빠는 나만 좋아해."

나는 울면서 고개를 끄덕였다. 윤희는 빨간 미소를 지었다. 그건 빨간 미소였다. 윤희 입에서 피가 났다. 윤희가 피를 토했다.

"내 아빠야. 수빈아, 내 아빠를 좋아하면 안 돼."

"윤희야, 피가 나. 윤희야, 네 입에서 피가 나."

나는 울면서 윤희에게 말했다. 윤희는 계속 빨간 미소를 지었다.

"윤희야, 미안해. 정말 미안해. 내가 죽어서 다시 태어나면 네 노예로 태어날게. 너는 나를 미치도록 학대하다가 내 배를 갈라 죽이도록 해. 그래야 너에 대한 미안함이 사라질 거야. 꼭 그렇게 해 줘, 윤희야."

윤희는 울고 있는 내게 다가와 피에 젖은 손으로 내 볼을 만졌다.

"수빈아, 뭐가 미안해? 왜 너는 나를 보고 울고 있는 거야? 뭐가 미안한지 말해 줘."

"윤희야, 나는 죽을 때까지 네게 말하지 못해. 네가 다시 태어나면 나를 지독히 미워하다 목을 매달아 죽여 줘. 그럼 내가 용서받을 거야."

윤희는 내 볼에 흐르는 눈물을 집게손가락으로 받았다. 그리고 눈물을 마셨다.

"짜다. 나중에 꼭 말해 줘. 나는 아빠랑 같이 가야 해. 내 아빠를 좋아하면 안 돼. 내 아빠거든. 나는 아빠랑 갈게."

윤희는 뒤돌아서더니 아저씨를 향해 뛰어갔다. 아저씨는 윤희를 안아 올리더니 나를 쳐다봤다. 아저씨와 나는 눈이 마주쳤다. 나는 아저씨 눈을 피해 다시 책상 밑으로 몸을 숨겼다.

새벽에 눈을 떴다. 눈앞에 윤희 모습이 어른거렸다. 다시 잠을 자려고 했지만 잠이 오지 않았다. 어두컴컴한 천장을 바라보며 어린 시절의 기억을 떠올렸다.

아빠가 죽은 후 엄마는 3개월 동안 집 안에서 한 발자국도 나가지 않았다. 나는 혼자 밥을 챙겨 먹고 학교에 갔다. 엄마가 원망스러웠다. 엄마는 아빠를 잃고 두려워하는 내게 한마디도 하지 않았다. 자기 연민 속에 빠져 고통스러워하며 세상과 단절했다.

엄마는 내가 집에 있는 동안은 거실로 나오지 않았다. 나와 마주치는 것을 원하지 않는 듯했다. 내가 학교에 가면 주방으로 나와 차려 놓은 밥을 조금 먹고 방으로 들어갔다. 수업이 끝나고 집에 들어왔을 때, 안방 문은 항상 잠겨 있었다.

나는 아침 7시에 일어나 쌀을 씻어 전기밥솥에 올려놨다. 전기밥솥의 압력추가 딸랑거리는 동안 세수를 하고 머리를 감았다. 모두 처음 하는 일이다. 장례식이 끝난 다음 날부터 엄마는 아무것도 하지 않았다. 한 달 정도는 외할머니가 와서 엄마를 살폈다. 이모도 오고 외숙모도 왔다. 하지만 엄마는 한 달이 지나도록 꿈쩍하지 않았다. 걱정된 이모는 내게 밥하는 법과 간단히 라면을 끓이는 법, 달걀부침 하는 법을 알려 줬다.

"수빈아, 이모와 할머니가 앞으로는 지금처럼 매일 올 수 없어. 이모도 집안 살림하면서 직장도 다녀야 하거든. 엄마가 마음의 병이 오래가려나 봐. 할머니도 다리가 아프셔서 일주일에 한 번 정도 오실 거야. 그러니 아침 거르지 말고 밥해서 먹고 학교에 가. 일주일에 한 번 이모가 반찬 가지고 올게. 힘들겠지만 할 수 있겠어?"

나는 이모가 무슨 말을 하는지 잘 알고 있었다. 나는 아빠의 죽음보다 버려질지도 모르겠다는 두려움이 더 컸다. 엄마가 나

몰래 도망가거나 죽어 버릴 수도 있겠다는 생각도 들었다.

"이모, 혹시 엄마가 죽으면 이모가 나를 돌봐 줄 거야? 아니면 나를 보육원에 버릴 거야?"

나는 두려움을 가득 담은 눈으로 이모를 바라보며 물었다. 나를 바라보던 이모 눈에 눈물이 빙그르르 돌더니 그대로 밑으로 떨어졌다.

"수빈아, 엄마는 죽지 않아. 걱정하지 않아도 돼. 그리고 혹시라도 수빈이가 혼자 되면 절대 보육원에 보내지 않아. 이모와 할머니가 꼭 지켜 줄게. 걱정하지 마. 수빈이가 그렇게 말하니 이모가 속상해. 나쁜 생각은 하지 마."

이모는 입술을 떨며 말했다. 나는 이모 눈을 보며 진심이라는 걸 느꼈다.

"알았어, 이모. 내가 열심히 살게. 아빠가 없더라도 엄마처럼 우울해하지 않고 내가 엄마를 돌보며 열심히 살게. 어서 밥하는 법 알려 줘. 나는 아빠도, 엄마도, 이모도, 할머니도 나를 버릴까 봐 마음속으로 정말 무서웠어. 이모, 내가 열심히 해서 모두 힘들지 않게 노력할게."

내 대답에 이모는 입술을 깨물며 고개를 끄덕였다.

아빠가 죽은 후 3개월이 지날 즈음에, 학교에서 돌아온 나는 주방에서 설거지하는 엄마 모습을 봤다. 나는 불편한 듯 어정쩡하

게 거실에 서서 엄마 뒷모습을 바라봤다. 엄마는 설거지를 끝냈
는지 앞치마에 손을 닦으며 뒤돌아섰다. 엄마와 나는 눈이 마주
쳤다.

"수빈아, 왔어?"

엄마 목소리를 3개월 만에 들었다. 수척해진 엄마 모습과 나
를 부르는 어색한 목소리에 놀라 그 자리에 굳어 버렸다. 엄마가
나를 보고 배시시 웃었다. 미안해하는 미소였다. 미운 마음과 원
망하는 마음과 안도하는 마음이 혼돈하면서 나는 자리에 주저앉
아 엉엉 울었다.

"엄마, 미워. 왜 나를 이렇게 힘들게 하는 거야."

"수빈아, 미안해. 많이 힘들었지? 이제 엄마가 정신이 들었어.
앞으로 엄마도 열심히 살게. 우리 수빈이 행복할 수 있도록 노력
할게. 엄마를 기다려 줘서 고마워. 매일 아침 네게 미안했지만,
엄마도 어쩔 수 없었어. 나중에 네가 어른이 되면 엄마를 조금은
이해할 수 있을 거야."

"이해 못 해. 평생 엄마 미워하면서 살 거야. 엄마를 용서하지
않을 거야."

"그래, 용서하지 마. 엄마가 미안해."

엄마는 나를 꼭 껴안고 울먹이며 말했다. 엄마 품이 얼마나 그
리웠는지, 엄마 냄새가 얼마나 향기로웠는지, 나는 엄마의 따뜻
한 포옹에 원망하는 마음이 한 번에 풀어졌다. 그날부터 엄마를

꼭 껴안고 잠이 들었다. 세상에 엄마가 없다면 나는 혼자가 되는 거다. 그런 날이 죽는 날까지 오지 않길 바랐다.

연약하고 의존적이기만 했던 엄마는 조금씩 변했다. 일자리를 찾아 매일 이력서를 썼다. 지나치게 많은 대출을 받아 산 아파트는 부동산 중개업소에 내놓았다.

엄마는 새로 이사할 집을 찾아 서울 변두리 아파트를 둘러보러 다녔다. 이모도 도와주고 외삼촌이나 외할머니도 도와줬다.

매일 아파트를 둘러본 결과 5개월 만에 엄마와 나는 마음에 드는 아파트를 찾아냈다. 전에 살던 아파트보다는 작았지만, 둘이 살기에 부족하다는 생각은 들지 않았다. 바로 100m 거리에 초등학교도 있었다. 베란다 문을 열면 초등학교 운동장이 훤히 보였다. 지은 지 10년이 채 되지 않아서 크게 수리하지 않아도 되는 깨끗한 집이었다. 엄마는 바로 계약금을 입금했다.

우린, 비가 많이 오는 날에 이사했다. 몇십 년 만에 오는 큰비였다. 새벽엔 조금씩 내리던 비가 오전 9시쯤 되자 하늘에 구멍이 뚫린 것처럼 쏟아졌다. 엄마는 이삿짐을 나르는 사람들을 보며 '어떡해'를 연이어 말했다. 외할머니는 속상해하는 엄마를 보며 미소 지었다.

"이사하는 날 비 오면 부자 된다고 하더라. 천둥, 번개 치면 잡귀도 다 도망간다고 하니 걱정하지 마라."

외할머니 말이 어이가 없다고 생각되면서도 안심이 되는지 엄마 표정은 부드럽게 변했다.

할머니 말대로 비 오는 날 이사한 게 좋은 징조였는지, 엄마는 이사 후 일주일 만에 취직이 됐다. 회사에 나오라는 전화를 받고 엄마는 내 이름을 큰 소리로 불렀다.

"수빈아, 엄마 취직됐어. 다음 주부터 나오래. 수빈아, 굉장하지?"

"진짜? 엄마 취직됐어? 와, 그럼 이제 우리 행복하게 살 수 있는 거지?"

"그래, 우리 행복하게 살 수 있어. 엄마 정말 행복하다. 우리 음악 틀어 놓고 같이 춤출까?"

"좋아! 엄마 같이 춤추자."

엄마는 휴대 전화기로 음악을 틀었다. 제목은 잘 모르지만, 어깨가 들썩이도록 신나는 음악이었다. 엄마와 나는 서로 손을 잡고 빙글빙글 돌며 춤을 췄다. 엄마와 난 행복해지라는 마법이라도 걸듯이 뱅글뱅글 돌았다.

직장에 나가야 했던 엄마는 급히 전학 절차를 밟았다. 전학 첫날, 나는 마음속으로 계속 주문을 외웠다.

'두려워하지 말자. 두려워하지 말고, 부딪치자. 혼자가 되더라도 걱정하지 말자.'

나는 침을 꿀꺽 삼킨 후, 전학 간 학교의 교실 문을 열었다.

스물두 명의 낯선 아이들 시선이 나에게 집중됐다. 연보라색 원피스를 입고 짧은 단발머리를 한 선생님이 따뜻하게 반겼다.

　"새로운 친구입니다. 모르는 것이 많을 테니 많이 도와주도록 해요. 자, 새 친구가 자기소개해 볼까?"

　선생님이 나를 보며 따뜻하게 웃었다. 나는 긴장하지 않으려고 노력했지만, 손이 땀으로 젖었다.

　"네? 네."

　나는 떨리는 목소리로 대답했다. 긴장된 마음을 다시 풀기 위해 아이들을 쳐다봤다. 스물두 명의 아이들 모습이 한눈에 들어왔다. 그때 하얀 옷을 입고 머리를 길게 기른, 눈썹이 가지런한 아이와 눈이 마주쳤다. 아이는 나를 보며 반가운 듯 활짝 웃었다. 나는 아이 미소가 마음에 들었다. 나도 그 아이를 보며 미소지었다. 긴장된 마음이 조금 풀렸다. 나는 조심스럽게 자기소개를 했다.

　"반갑습니다. 새로 전학 온 정수빈입니다. 앞으로 친하게 지내고 싶습니다."

　긴장했던 자기소개가 끝났다. 선생님은 나를 보며 눈웃음을 지었다.

　"수빈이 자기소개 잘했어요. 앞으로 모두 수빈이에게 친절한 모습을 보여 줬으면 해요. 수빈이가 우리 반에 잘 적응했으면 좋겠어요. 자, 그럼 수빈이가 어디에 앉을까? 음, 수빈이가 키가 크지 않으니까 바로 윤희 옆에 가서 앉으렴."

나는 윤희가 누구인지 몰라 두리번거렸다. 그때 하얀 옷을 입은 천사 같은 아이가 손을 들어 자기 옆 빈자리를 알려 줬다. 나와 눈이 마주친 아이였다. 나는 어색해하며 윤희 옆자리로 가 앉았다.

4

스물일곱 살의 이혼녀가 진찰실 문을 열고 들어왔다. 코를 자극하는 향수 냄새가 여자 몸에서 진동했다. 여자는 이혼 후 외상 스트레스 장애로 몸에 이상 증세가 나타났다. 계속해서 손과 다리 마비 증세와 망상 증세를 호소했다.

여자는 눈에 띄게 예뻤다. 화술도 뛰어나고 세련되고 매력도 넘쳤다. 남자는 물론 여자들도 뒤돌아 바라볼 만큼 화려하고 행동에 거침이 없었다. 여자는 지나치게 극적으로 행동하고 과장되게 고통을 호소했다. 연극성 장애 증상 또한 보이는 환자였다.

여자 코에서는 항상 비릿한 생선 냄새가 났다. 아름다운 얼굴을 만드느라 몸을 많이 혹사한 듯했다. 성형 수술로 인한 잦은 마취로 신장과 면역력에 문제가 있는 듯했다. 여자는 늘 컬러 렌즈를 끼고 다녔다. 마치 외계인과 대화하는 것 같은 느낌이 들었다. 눈동자에 초점이 없었다. 모든 진실을 렌즈 안으로 감췄다.

긴 인조 속눈썹과 지방 이식을 한 볼록한 이마와 볼, 날카롭게 잘린 턱, 풍만한 가슴과 튀어나온 엉덩이는 바로 선물 상자를 뜯고 나온 바비 인형과 닮아 있었다.

여자는 부유한 가정에서 태어났고 자상한 부모 밑에서 행복한 어린 시절을 보냈다. 뉴질랜드에서 대학을 나온 뒤 한국으로 들어와 남동생과 동업해 작은 회사를 운영하고 있었다.

여자의 고통은 세상이 모두 자신 중심으로 돌아가지 않는 것에 대한 분노에서 비롯됐다. 세상에 태어나서 처음으로 자신을 지독히 싫어하는 사람을 만났다. 남편이었다. 세상 남자 모두가 자신을 사랑하고 아껴 주는데 오직 남편만이 그녀를 혐오했다.

"선생님, 남편은 저를 싫어했어요. 나와는 잠자리도 하지 않으려 했어요. 그리고 바람을 피운 거예요."

"네, 힘드셨겠어요."

"힘들었어요. 모두 반대했는데 그때는 제가 왜 그 남자에게 푹 빠져 있었는지 모르겠어요. 주변 사람들이 모두 원망스러워요. 저를 끝까지 붙잡지 않은 모든 사람이 원망스러워요."

"성인이니 스스로 판단하길 원하셨겠지요."

"아니에요. 아무리 성인이라고 해도 부모님이 나를 사랑했다면 그런 결혼은 허락하면 안 되는 거잖아요. 무책임한 부모님 때문에, 내가 이렇게 불행한 거예요."

나는 여자의 어이없는 말을 듣고 한마디 하고 싶었지만, 억지 미소를 지으며 고개를 끄덕였다.

"남편은 어린 여자를 좋아했어요. 남편은 어린 여자랑 살고 싶어서 나를 버린 거예요. 내가 그렇게 잘해 줬는데 못생긴 년과 바람이 나다니……. 그 생각만 하면 손발이 부들부들 떨려요. 숨도 쉬기 어려울 때도 있어요. 밤엔 다리에 마비 증세가 생겨 여러 번 응급실에 실려 갔어요."

나는 여자의 과장된 몸짓을 보며 조금은 냉정하게 질문을 이어 갔다.

"언제부터 잠자리가 멀어졌나요?"

"제가 가슴 수술을 한 다음부터요. 남편이 출장을 간 한 달 사이, 친구와 같이 가슴 확대 수술을 받았어요. 가슴 수술을 받았을 때는 정말 아파서 고통스러웠는데 몇 개월 지나니까 굉장히 만족스럽더라고요."

여자 표정이 갑자기 달라졌다. 조금 전에 보였던 히스테릭이 사라지고 교활해 보이는 표정을 지었다.

"남편분이 가슴 수술한 것을 보고 뭐라 하셨나요?"

"글쎄, 아무 말 안 하고 그대로 방을 나가더니 서재에서 잠을 잤어요. 그날 이후 남편은 한 번도 제게 다가오지 않았어요. 남편은 제가 계속 바람을 피운다고 생각하는 것 같았어요. 전 남자들과 어울리긴 했어도 같이 잠을 잔 적은 없었거든요. 정말이에요."

여자는 눈을 깜박거리며 말했다. 거짓말이다. 자신이 바람을 피운 걸 숨기고 싶어 진실임을 강조했다. 이런 여자들이 있다. 아무 생각 없이 일을 저지른다. 저지르고 난 뒤 생길 결과에 대한 예측 능력이 이상하리만큼 자기중심적인 여자들이다. 타인을 교묘하게 갖고 놀면서 자신이 피해자인 척하며 거짓말을 늘어놓았다.

"아버지와 관계는 어땠어요."

"아버지는 저를 정말 예뻐하셨어요. 아버지 형제 중에 유일하게 딸을 낳았거든요. 엄마가 손을 대지 못할 정도로 저를 보살펴 줬어요. 아버지는 제 부탁이라면 뭐든지 들어주셨어요. 동생이 남동생인데 아버지는 동생에게는 좀 냉정하셨어요. 하지만 엄마가 동생을 잘 보듬어 줬기 때문에 동생도 저도 큰 불만이 없었어요."

여자의 표정이 온화해지면서 꿈을 꾸듯 대답을 이어 갔다.

"저는 늘 아버지 같은 남자와 결혼하고 싶었어요. 아버지를 닮은 좀 더 키가 크고, 좀 더 젊은 남자를 원했어요. 처음 남편에게 빠진 것도 고기 먹는 모습 때문이었어요. 아버지는 고기를 좋아하세요. 특히 삼겹살을 좋아하세요. 부자였지만 아버지는 젊은 시절에 고생을 많이 하셨거든요. 그래서 성공한 후에도 젊은 시절 주로 먹었던 삼겹살과 소주를 좋아하세요. 남편 역시 삼겹살에 소주를 좋아했어요."

나는 여자가 끊임없이 말하는 '아버지'라는 단어에 집중했다. 윤희가 떠올랐다. 윤희도 이혼 후 치료를 받으러 나를 찾아왔다.

처음 상담할 때부터 아버지에 대해 심한 애착 증세를 보였다. 윤희는 남편을 증오했다. 자신의 불행은 모두 남편 탓이라고 했다. 윤희가 아저씨를 좋아한다는 걸 알고는 있었지만, 그토록 집착하고 있는 줄은 몰랐다.

어린 시절 윤희는 항상 아저씨를 내 아빠라고 말했다. 우리 아빠가 아니고 내 아빠였다.

"수빈아, 내 아빠야."

어느 날, 학원에서 수업을 끝내고 집으로 돌아가는 길에 낯선 남자와 손을 잡고 걸어가는 윤희와 마주쳤다. 윤희는 내 이름을 부르며 자기 아빠를 소개했다. 나는 윤희가 쓰는 '내 아빠'라는 단어에 어색해하며 고개를 숙였다.

"안녕하세요. 윤희 친구 수빈이에요."

"어, 그래. 우리 윤희가 네 이야기 많이 했어. 새로 전학 왔다며? 시간 될 때 우리 집에 놀러 오렴. 너는 어디서 사니?"

"저요? 205동에 살아요."

"그래? 우린 210동에 사니 윤희와 약속 잡고 놀러 와."

"네, 고맙습니다."

나는 선량해 보이는 아저씨 눈을 어색해하며 바라봤다.

"수빈아, 내 아빠는 요리도 잘해. 우리 집에 놀러 오면 맛있는 스파게티도 해 줄 거야."

"응, 그래."

"그럼 잘 가, 수빈아. 내일 학교에서 보자."

윤희는 내게 손을 흔들며 인사했다. 나는 그 자리에 서서 멀어져 가는 윤희와 아저씨의 뒷모습을 바라봤다.

'우리 아빠도 정말 좋은 아빤데⋯⋯. 라면도 잘 삶아 주고, 게임도 같이 해 주고, 내 머리도 잘 쓰다듬어 준다고.'

나는 '내 아빠'라는 단어가 거슬렸는지 '우리 아빠'라는 단어를 사용하며 아빠 모습을 떠올렸다. 사실 윤희가 부러웠다. 매달리고 갈 수 있는 아빠가 있는 게 가슴이 울컥하도록 부러웠다.

처음 윤희네 집을 방문했을 때, 아저씨는 주방에서 윤희와 내게 줄 스파게티를 준비하고 있었다. 내가 벨을 눌렀을 때 윤희는 서둘러 현관문을 열었다.

윤희네 집은 우리 집과 달랐다. 예전에 아빠와 같이 살았던 집보다 넓었다. 화장실이 3개나 있었다. 나는 윤희가 사는 아파트 평수에 주눅이 들었다. 또 늘 자기편이 돼 주는 잘생기고 자상한 아빠가 있는 윤희의 행복한 모습에도 심한 열등감을 느꼈다.

윤희네 집은 실내 장식도 특이했다. 남동향으로 창문이 나 있는 윤희네 집은 온종일 해가 비쳤다. 벽지는 따뜻한 연노랑 색과 원목이 조화를 이루며 고급스러운 느낌을 줬다. 깊은 바다색 가죽 소파 위에는 같은 색깔의 쿠션과 눈에 띄는 산호색 쿠션이 몇 개 있었다. 집 안 분위기가 따뜻했다.

"어서 와. 아저씨가 우리 꼬마 숙녀님들을 위해 맛있는 스파게티를 준비하고 있지."

주방에서 국자를 들고 마중 나온 아저씨 모습은, 세상 누구나 꿈꾸는 아빠의 모습이었다.

"수빈아, 우리 같이 아빠랑 스파게티 만들자. 정말 재미있어? 수빈아, 너 요리해 본 적 있어?"

나는 당황하며 윤희와 아저씨를 쳐다봤다.

"아니, 난 한 번도 없는데……. 엄마가 칼은 절대 못 만지게 하거든."

순간 거짓말을 했다. 아빠 장례식 이후로 줄곧 혼자 요리를 했다. 엄마가 우울증에 걸려 온종일 누워 있는 동안 굶주림에 시달린 내가 선택할 수 있는 유일한 생존 방법이었다.

윤희가 물었을 때 모든 게 부끄러웠다. 요리를 잘한다는 사실이 마치 아무에게도 사랑받지 못하는 아이란 느낌이 들었다. 나도 윤희처럼 사랑받는 아이라는 걸 말하고 싶었다.

"그건 걱정하지 않아도 돼. 아빠가 시키는 대로 하기만 하면 돼. 아빠가 위험한 건 다 하거든."

나는 얼떨결에 주방으로 끌려가 윤희가 준 앞치마를 입고 채소를 씻었다. 윤희 아빠는 작은 눈을 크게 뜨며 내게 미소 지었다.

"수빈아, 아버지는 무슨 일 하시니?"

모락모락 크림 스파게티에서 하얀 수증기가 피어오르고 있었다. 내 콧등은 빨갛게 물 들었다.

"아빠는 돌아가셨어요. 엄마는 직장에 다니고요."

대답 후 잠깐의 침묵이 흘렀다. 나는 입술을 꾹 다문 채 아저씨와 윤희 얼굴을 쳐다봤다. 아저씨 눈빛이 찰나에 변했다. 그 변하는 모습이 순식간이었지만 지금까지 내가 느꼈던 아저씨 모습과는 다른 모습이었다. 아저씨는 바로 자상한 목소리로 나를 위로했다.

"수빈이 많이 힘들었겠구나. 아저씨가 집에 있으니 앞으로 편하게 놀러 와도 돼. 윤희가 없을 때도 놀러 와도 돼. 아저씨는 집에서 프리랜서로 일하고 있어. 컴퓨터 그래픽 디자이너야. 영화 작업을 할 때도 있고, 앱도 개발해. 아직은 윤희가 돌봐 줄 사람이 필요해서 큰 프로젝트를 맡지 않고 있거든. 수빈이가 어른스러워 보이는 데는 다 이유가 있었구나."

아저씨가 내 등을 토닥이며 말했다.

"그래, 수빈아. 내 아빠는 요리도 잘하고 숙제도 많이 도와줘. 아무리 못해도 야단치지 않아. 아빠가 필요하면 내 아빠를 빌려 써."

엉뚱한 윤희 말에 아저씨는 눈을 크게 뜨며 웃었다.

"아빠가 물건인가, 빌려 쓰게? 영화 제목하고 똑같네. 아빠를 빌려드립니다."

아저씨 말에 윤희와 나는 웃음을 터뜨렸다.

"수빈아, 집에 힘든 일 있으면 아저씨가 도와줄 테니 연락해. 아저씨 전화번호 알려 줄게. 전화기 줘 봐."

나는 얼떨결에 아저씨에게 휴대 전화기를 내밀었다. 아저씨는 내 비밀번호를 묻더니 전화기에 자기 번호를 입력했다.

5

나는 메일함을 확인해 보고 조금 초조해졌다. 긴장감이 밀려왔다. 윤희에게서 며칠째 메일이 오지 않았다. 입술이 바싹 말랐다.

'혹시 감옥에서 무슨 일이 생긴 건 아닐까?'

지금까지 윤희가 보낸 메일을 열어 보기만 했을 뿐 제대로 읽어 보지 않았다. 항상 서두만 읽다가 메일함을 닫았다. 읽지 않아도 내용을 알 수 있었다. 나는 윤희가 느끼고 있는 고통에 공감하고 싶지 않았다. 윤희 혼자 고통을 당하길 원했다.

윤희에게 공감하는 순간, 모든 진실을 밝히게 될까 두려웠다. 진실을 말하고 싶지 않았다. 나는 죽는 순간까지 침묵할 거다.

아저씨 얼굴이 떠올랐다. 숨이 막혔다. 분노로 열기가 차올랐다. 가출했을 때 담뱃불로 지진 흉터 자국이 발갛게 달아오르며 온몸에 꽃처럼 피어났다.

어린 시절, 내가 가장 믿고 의지했던 사람이 바로 윤희 아버지다. 가장 사랑했던 남자다. 윤희를 사랑하듯 나를 사랑했다고 조금도 의심하지 않았다. 나를 딸처럼 아껴 준다고 생각했다. 나는 아저씨를 존경하고 사랑했다. 죽은 아버지처럼 나를 조건 없이 사랑해 주는 사람이 세상에 존재한다고 믿었다.

완벽하게 신뢰감을 주는 남자였다. 독실한 기독교 신자였다. 가정에 충실한 남편이자 가장 이상적인 아버지의 모습을 보여 주는 남자였다. 일할 때는 누구나 그 실력을 부러워하는 능력자이기도 했다. 모두 그 남자를 좋아했다. 엄마조차 그 남자에게 빠졌다. 남자는 대체 어떤 삶을 살아온 걸까? 아무도 미워하는 사람이 없는 그런 사람이었다. 완벽하게 타인을 속이고 자신조차 속이는 남자였다.

아저씨는 내가 윤희와 이란성 쌍둥이라도 되듯 친딸처럼 챙겼다. 내가 조금도 윤희를 의식하지 않도록 배려했다. 윤희가 있을 때는 자기 딸이 서운하지 않도록 신경 썼지만, 내가 혼자 윤희 집을 방문했을 때는 나를 딸처럼 아끼며 좋아했다. 어느새 아저씨는 엄마 전화번호까지 알아내 직접 문자를 보내며 나를 돌봤다.

수업이 끝나면 윤희와 손을 잡고 윤희네 집으로 갔다. 우린 아저씨가 만들어 놓은 간식을 먹고 다시 학원으로 향했다. 간식은 스파게티, 가지튀김, 라볶이, 돈가스, 크로켓 등 다양했다.

우린, 아저씨가 요리한 음식 중 가지튀김을 가장 좋아했다. 아저씨는 시간에 맞춰 간식을 준비했다. 고소한 향이 나는 가지튀김과 오렌지 주스를 간식으로 주면 윤희와 나는 입맛을 다시며 가지튀김을 먹었다.

바사삭, 윤희가 가지튀김을 입 안에 넣을 때마다 소리가 들렸다. 나는 그 소리가 좋아 윤희 얼굴 가까이 귀를 대고 바사삭 소리를 들었다. 바사삭바사삭.

윤희가 고개를 돌려 내 눈을 쳐다봤다. 그럼 나도 가지튀김을 입 안으로 넣었다. 이번엔 윤희가 내 얼굴 가까이 귀를 댔다. 내가 가지튀김을 먹는 동안 윤희는 눈을 동그랗게 뜨고 나를 보고 웃었다.

학원 수업이 끝나면 나는 다시 윤희네 집으로 향했다. 아저씨는 집에 도착한 우리를 위해 저녁을 준비했다. 나는 윤희와 아저씨와 같이 저녁을 먹고 숙제를 하며 엄마를 기다렸다. 7시가 되면 엄마에게서 집에 도착했다는 문자가 왔다.

"아저씨, 엄마가 집에 도착했대요. 전 이제 집에 가야 할 것 같아요."

"그래. 아저씨가 집까지 데려다줄게. 윤희야, 옷 입어. 수빈이 혼자 집에 가다가 무슨 일 생기면 안 되니까 우리가 데려다주자."

"응, 아빠."

윤희는 아저씨 말에 아무 불평 없이 옷을 챙겨 입었다. 아저씨를 가운데 두고 윤희와 내가 아저씨 손을 잡았다. 따뜻하고 커다란 손이었다. 우리 아빠처럼 강하고 착한 손이었다.

윤희는 한 번도 불평하지 않았다. 아저씨가 나를 챙겨 주고 딸처럼 아껴 주는 것에 대해 화를 낸 적이 없었다. 처음 본 순간부터 나는 윤희가 좋았고 윤희도 나를 좋아했다. 윤희는 아빠가 없는 나와 자기 아빠를 공유하는 게 당연하다고 생각했다. 마음이 천사처럼 착한 아이였다.

윤희 엄마는 직장에서 일하고 늦은 시각에 집에 왔다. 사업을 하는 윤희 엄마는 남편에게 모든 살림을 맡기고 회사 일에 집중했다. 잘생기고 자상한 남편에게 관심이 없어 보였다. 윤희 역시 많이 사랑했지만 바빠서 같이할 시간이 없는 듯했다. 윤희 엄마는 남편과 자식을 소유물로 생각하지 않았다.

한 달에 두세 번 윤희 엄마를 봤지만, 그때마다 나를 알아보지 못했다.

"놀다가 가렴. 만나서 반가웠다."

한마디만 하고 바로 욕실로 향했다.

나는 윤희 엄마가 남들과 조금 다른 사람이라고 생각했다. 자유로워 보였다. 아무에게도 연연하지 않고 오로지 자기 삶에 충실한 모습이 부럽기도 하고 좀 낯설기도 했다.

가끔 윤희 엄마가 일찍 오는 날이면 윤희는 엄마와 집에 있고 아저씨가 나를 데려다줬다. 그런 날에는 아저씨가 내 손을 꼭 잡았다. 기분이 좋은지 휘파람을 불었다. 나도 아저씨를 따라 휘파람을 불었다. 지하 주차장을 통해 집으로 가면 휘파람 소리가 지하에 울려 퍼졌다.

아저씨는 우리 집에 도착하면 벨을 눌러 엄마가 나올 때까지 기다렸다. 직장에서 돌아온 엄마는 화사하게 꾸미고 아파트 현관문을 열었다.

"윤희 아버지, 매번 감사해요. 혹시 바쁘지 않으시면 들어오셔서 차라도 한잔하세요."

"아, 우리 윤희가 수빈이를 아주 좋아해요. 둘이 하도 붙어 다녀서 사람들이 이란성 쌍둥이인 줄 안다니까요. 윤희가 혼자라 많이 외로움을 탔는데 수빈이와 같이 다니면서 밝아졌습니다. 제가 감사하죠."

"아니, 무슨 말씀을요. 집으로 들어와서 차 한잔하세요. 그래야 제가 죄송한 마음이 조금은 덜어질 것 같아요."

엄마는 자꾸 아저씨를 붙잡았다. 아저씨는 사양했지만, 엄마가 붙잡는 걸 싫어하지 않았다. 아저씨는 엄마 부탁을 거절하지 못하고 거실로 들어왔다.

아저씨는 작은 우리 집을 둘러보며 미소 지었다.

"집이 좀 작죠? 수빈이가 윤희네 집은 아주 크다고 하더라고요."

"이 집도 아담하고 좋아 보이는데요."

엄마는 "호호." 하며 소리를 내 웃었다. 나는 엄마를 쳐다봤다. 볼이 선홍색으로 물들었다. 아빠가 죽은 뒤 오랜만에 보는 행복한 미소였다.

"차는 어떤 거 드세요? 커피 좋아하시면 제가 좋은 커피 내려 드릴게요."

"저는 카페인을 좋아하지 않습니다. 그냥 전통차 주세요."

"제가 담근 사과 차가 있는데 한번 드셔 보시겠어요?"

"아, 네, 좋습니다."

나는 엄마와 아저씨가 대화하는 동안 방 안으로 들어가 문을 닫았다. 학원 숙제를 꺼내 책상 위에 올려놓았다. 집중이 되지 않았다. 두 사람이 신경 쓰여 밖의 소리에 귀를 기울였지만, 작은 소리로 대화를 나눠 제대로 들리지 않았다. 둘은 거실에서 한 시간 정도 이야기를 나누었다.

"늦은 시각까지 폐를 끼쳐 죄송합니다. 이제 가 봐야겠네요. 차 잘 마셨습니다."

아저씨가 엄마에게 인사하는 소리가 났다. 나도 벌떡 일어나 방문을 열고 뛰어나갔다.

"아저씨, 감사해요. 안녕히 가세요."

아저씨는 손을 흔들며 급하게 현관문을 닫고 우리 집에서 사라졌다. 엄마와 나는 물끄러미 닫힌 현관문을 바라봤다.

엄마는 언제부터인가 아주 작은 일이 생겨도 아저씨에게 문자를 보냈다. 관리실에 연락해서 해결할 수 있는 일도 아저씨가 왔을 때 부탁했다. 아저씨는 엄마 부탁을 거절하지 않았다. 엄마는 아저씨가 올 시간이 되면 거울을 보면서 화장을 고쳤다. 입술에 분홍색 립스틱을 바르며 거울을 바라봤다.

우리 집 모녀는 똑같이 한 남자를 사랑했다. 아저씨는 어색해하며 수줍은 듯한 표정으로 조용히 엄마와 내 마음속으로 스며들었다. 깊숙하고 집요하게 파고들었다. 마치 거대한 힘을 가진 보아뱀처럼 차갑고 미끈거리는 몸으로 우리를 칭칭 감았다. 그리고 기다랗고 소름 끼치는 혀로 우리 몸을 핥았다.

아저씨와 엄마는 선을 넘어선 듯했다. 연인이 아니고서는 볼 수 없는 다정함이 있었다. 가벼운 신체적 접촉이나 서로 주고받는 눈빛과 대화에 학부모 사이 이상의 기류가 흘렀다. 엄마는 길에서 우연히 아저씨와 만났을 때는 가벼운 인사만 했다. 하지만 우리 집 거실에 둘이 있을 때는 다른 모습을 보였다. 그들은 종종 연인처럼 귓속말을 주고받았다.

엄마는 나를 찾으러 윤희네 집에 온 적은 없었다. 언제나 아저씨가 우리 집으로 데려다줬다. 윤희와 내가 손을 잡고 있을 때, 우리 집 현관문이 열리면 엄마는 지나치다 싶을 정도로 화사하게 꾸미고 나왔다. 그런 엄마 모습이 나는 자꾸 거슬렸다. 나는 엄마와 아저씨가 대화하는 동안 윤희 귀에 얼굴을 바짝 들이대고 속삭였다.

"윤희야, 우리 엄마가 네 아빠 좋아하나 봐. 원래 엄마는 잘 꾸미지 않는데……. 네 아빠가 오실 때만 되면 엄마가 좀 이상해져."

"응, 그런가 봐. 아빠는 여자들에게 인기가 많아. 다른 아줌마들도 네 엄마랑 비슷한 행동을 해."

"넌 괜찮아?"

"응, 괜찮아."

윤희 표정은 지나치게 담담했다. 오히려 얼굴을 붉히며 말하는 쪽은 나였다.

"아빠는 교회에서도 엄청나게 인기 있어. 특히 여자들에게 말이야. 아빠가 다른 남자들보다 좀 친절한 성격인 것 같아."

윤희는 나를 보고 웃었다.

'뭐 그런 일 가지고 그러냐.'라는 표정을 지었다. 윤희 표정을 보고 나는 당황스러웠다. 내가 이상한 건지, 윤희가 이상한 건지 이해되지 않았다.

엄마는 모든 걸 아저씨와 상의했다. 내 교육 문제, 학교생활, 집안 문제, 은행 대출 문제, 재테크 문제, 직장 생활 문제 등 모든 걸 아저씨에게 말했다. 아저씨는 우리 모녀에 관한 사소한 일까지 엄마를 통해 알게 됐다. 엄마는 아저씨를 신뢰하면서 거머리처럼 달라붙어 의지했다. 아저씨는 엄마와 나를 도와주는 수호신 같았지만, 사실 우리 모녀에게 왕처럼 군림했다. 어느 순간부터 엄마는 아저씨 말을 거절하지 못했다. 철저한 신뢰와 친절함으로 아저씨는 엄마를 통제했다.

어느 여름날, 엄마는 들어줘서는 안 되는 아저씨의 친절한 부탁을 전화 한 통화로 간단하게 "네."라고 말했다.

초등학교 5학년 여름 방학 때였다. 윤희는 엄마와 해외여행을 떠났다. 윤희와 아줌마는 한 달 동안 유럽 여행을 갔다. 아저씨는 진행하고 있는 프로젝트 마감 때문에 같이 여행을 떠나지 않았다.

엄마는 회사 일이 바빠서 휴가를 낼 수 없었다. 내게는 가을에 여행을 떠나는 게 여행 경비도 적게 들고 사람들도 적어 피로하지 않은 해외여행이 될 수 있다며 그럴싸하게 포장을 해 변명을 늘어놓았다. 나는 엄마가 일이 많아 여름 방학을 혼자 보내야 한다는 사실을 덤덤하게 받아들였다.

혼자 일어나고, 혼자 밥을 먹고, 혼자 학원에 갔다. 유일하게 행복한 시간은 아저씨와 같이 밥을 먹는 시간이었다. 아저씨가 정성껏 준비한 저녁을 같이 먹었다. 가끔 아저씨는 아침 일찍 우리 집에 찾아와 학원에 가서 먹으라며 직접 만든 샌드위치를 건네기도 했다.

몸이 젖도록 습기가 가득한 여름날, 학원 수업이 끝나고 윤희네 집으로 향했다. 아저씨를 만나러 갈 때는 늘 가슴이 설렜다. 가슴속에 스며드는 차가운 외로움이 아저씨를 생각하면 스르르 녹아 없어졌다.

윤희네 집에 도착해 벨을 눌렀다. 아저씨는 문 앞에서 기다렸다는 듯이 바로 문을 열었다. 나는 내 집인 양 당연하게 윤희네 집 안으로 들어갔다. 아저씨는 내 가방을 받아 든 다음 소파 옆에 놓았다. 나는 손을 씻고 와 주방으로 향했다. 테이블 위에 가지튀김과 수박화채가 놓여 있었다.

"와, 아저씨, 맛있어 보여요. 먹어도 돼요?"

"당연하지? 어서 먹어. 그리고 아저씨가 좋은 소식 하나 말해 줄게."

"정말요? 좋은 뉴스가 뭐예요? 궁금해요. 빨리 알려 주세요."

"그건 말이야, 수빈이와 내가 같이 여행을 떠날 수 있게 됐다는 거야. 엄마에게는 아침에 전화해서 말했어. 아저씨가 며칠 쉴 시간이 있거든. 그때 같이 거제도로 놀러 가자. 거기 리조트가 있는데 같이 가자. 넓고 시원한 바다가 창문을 열면 보여. 마음껏 수영해도 좋을 만큼 깨끗한 수영장도 있어."

"정말요? 엄마가 괜찮다고 했어요?"

"당연하지! 방학 동안 수빈이가 아무 데도 못 가고 집에서만 있어서 마음이 편치 않았나 봐. 아저씨가 수빈이와 바람 좀 쐬고 싶다고 하니까 엄마가 흔쾌히 승낙했어."

"와! 신난다. 언제 가요?"

"다음 주 수요일에 가. 2박 3일이야."

"아저씨, 고마워요."

나는 벌떡 일어나 아저씨를 꼭 안았다.

수요일 아침에 눈이 번쩍 떠졌다. 아저씨와 여행을 간다는 사실이 믿기지 않았다. 화요일 늦은 밤까지 설렌 마음을 가눌 수 없어 잠을 이루지 못했다. 아침 8시에 아저씨가 우리 집 벨을 눌렀다.

비행기를 탄 후 다시 택시를 타고 거제도에 도착했다. 여러 번의 환승이 있었지만 나는 피곤한 줄도 모르고 기대에 부풀어 있었다.

거제도는 내가 본 자연의 모습 중 가장 아름다운 모습이었다. 인간과 자연이 그대로 어우러진 모습이었다. 도시처럼 인위적인 모습도 아니고 시골처럼 자연의 거대함에 함몰된 느낌도 아니었다. 인간이 만물의 영장이라는 욕심을 버리고 자연 속에서 자신의 공간을 한정해 자리 잡고 있었다. 자연에 동화되기보다는 있는 그대로 서로를 인정하는 듯했다.

파란 하늘과 하늘보다 더 파란 바다가 서로 만나 하나가 돼 있는 풍경을 보며 나는 입을 다물지 못했다. 일몰과 일출의 장관은 경이로움 그 자체였다. 첫날 거제도에 도착해 해가 지는 모습을 보며 나는 숨을 멈추고 그 자리에 굳어 버렸다. 온 우주가 죽어가고 있었다. 핏빛으로 물든 바다와 하늘은 몸부림치며 삶을 갈구하는 듯했다. 그리고 이내 붉은빛은 엷어지면서 사방에 어둠이 드리워졌다. 그 모습이 죽어 가는 아빠 모습과 닮아 있었다. 나는 가슴이 먹먹해지며 아파 왔다.

새벽에는 창으로 들어오는 붉은빛에 놀라 눈을 떴다. 나는 붉은빛을 쫓아 창문을 열었다. 태양이 다시 태어나기 위해 몸부림쳤다. 수평선 끝이 빨갛게 물들더니 사방이 이글이글 타올랐다. 타오르는 태양은 순식간에 수평선 위로 올라왔다. 세상이 갑자기 환한 빛을 받으며 숨을 쉬었다. 놀라움 그 자체였다. 사람이 아무리 아름답다고 하지만 자연이 보여 주는 아름다움과 경이로움에는 비교할 수 없었다. 태양이 매일 죽으며 울부짖고, 매일 탄생하며 몸부림친다는 사실이 내겐 커다란 충격으로 다가왔다.

나는 새벽의 흥분을 가라앉히고 다시 잠자리에 들었다. 오전 10시쯤 아저씨가 나를 깨웠다. 우리는 리조트에 있는 뷔페로 가 아침을 먹은 후 온종일 거제도를 돌아다녔다.

풍차와 예쁜 주황색 꽃들이 만발한 바람의 언덕을 돌고, 자갈과 바다가 부딪쳐서 소리가 나는 몽돌이 해수욕장도 갔다. 가장 즐거웠던 건 갯벌 체험이었다. 그곳에서 조개도 캐고 게도 잡았다. 아저씨가 나보다 더 재미있었는지 양동이 가득 조개가 차 있었다. 우리는 하루에 소화해 내기 힘든 코스를 돌며 거제도라는 섬에 빠져들었다.

저녁은 리조트에 있는 야외 바비큐장에 가서 여행 온 다른 사람들과 어울려 먹었다. 사람들은 아저씨와 내가 부녀지간이라고 생각하며 '따님이 예쁘다.'라는 말을 했다. 나와 아저씨는 웃으며 고개를 끄덕였다.

6시까지 저녁을 먹은 후 아저씨와 나는 달빛이 비치는 야외 수영장을 찾았다. 내 몸은 초경 시작 전 소녀들이 보이는 아슬아슬한 경계선의 성숙함이 조금씩 드러나고 있었다. 수영복을 갈아입으며 거울에 비친 내 모습에 잠시 충격을 받았다. 예전의 아이다운 모습이 보이지 않았다. 봉긋한 가슴과 날씬한 허리, 넓어지고 올라간 골반이 낯설게 느껴졌다. 갑자기 성숙해진 모습이 부끄러웠다.

나는 어색해하며 수영장으로 나갔다. 수영장 의자에 누워 밤하늘을 바라보던 아저씨는 나를 보고 알 수 없는 미소를 지었다. 낯선 남자들도 나를 위아래로 훑어봤다.

'왜 쳐다보는 거지? 내 모습이 좀 이상한가?'

불편한 생각을 하며 급히 물속으로 들어갔다. 차가운 수영장 물이 몸에 닿았다. 나는 다시 어린아이가 됐다. 폴짝거리며 기분 좋게 놀고 있을 때, 대학생으로 보이는 낯선 남자가 다가왔다.

"너 몇 살이니?"

"네? 저는 열두 살이에요."

"그래? 꽤 성숙해 보여서 중학생인 줄 알았는데 아직 초등학생이구나."

"왜요?"

"하긴, 중학생만 돼도 살이 쪄 보기 싫긴 하더라. 어쩐지 굉장히 날씬해서 이상하다 했네."

남자는 웃으며 말을 하더니 친구들이 있는 곳으로 갔다. 멀리서 남자와 친구들이 나를 바라보며 킥킥거렸다. 태어나서 한 번도 겪어 본 적이 없는 불쾌한 경험이었다.

나는 수영장에서 나와 아저씨 옆에 있는 빈 의자로 가 누웠다. 아저씨처럼 누워 하늘을 봤다. 아저씨가 팔을 들어 올려 내 어깨를 감싸더니 물었다.

"아까 저 남자가 네게 다가가 뭐라 말했니?"

"그냥 나이를 물어봤어요. 내가 초등학생이라고 말했더니 이상한 말을 하고 가 버렸어요."

아저씨는 젖은 내 머리를 쓰다듬으며 말했다.

"저런 양아치 같은 놈들은 조심해야 해. 네가 예뻐서 물어본 거야. 같이 놀고 싶어서 말이야."

아저씨 말을 이해하기 어려웠다. 그 당시는 나를 여자로 보는 남자들 시선이 불쾌하고 역겨웠다.

지금은 이해한다. 초경 직전 여자아이들의 모습이 얼마나 예쁘고 아름다운지를……. 본인만 모를 뿐 주변 사람들은 변화하는 소녀 몸을 의식한다. 자기 인생 중 최고의 몸이 만들어지는 시기다. 생리가 시작되면 그 몸은 사라진다. 인생에 딱 6개월 정도 그런 완벽한 몸이 만들어지는 시기가 있다. 대부분 여자아이는 그 시기를 인식하지 못하고 지나간다. 하지만 일부 노련한 남자들은 예민하게 여자아이들의 변화를 눈치챘다. 그 시기의 여자아이들에게만 강한 성적인 충동을 느끼는 남자들이 있다.

리조트 구조는 복층 구조였다. 1층에 거실, 주방, 방 1개와 화장실 1개가 있었고 2층은 전체가 침실인 구조였다. 아저씨는 2층 침실을 사용했고 나는 1층 방을 사용했다.

마지막 날, 나는 지쳤는지 저녁을 먹고 바로 침실로 들어가 잠들었다. 침실에는 옷장과 컴퓨터, 그 옆에 TV가 있었다. 침대 옆에 작은 테이블과 의자 2개가 있었다. 나는 테이블 위에 휴대 전화기를 올려놓은 후 깊이 잠들었다.

띠링띠링. 벨이 울렸다. 깊은 잠에 빠져 있다가 깬 나는 제대로 눈을 뜨지 못했다. 눈을 감은 채 통화키를 밀었다. 잠이 덜 깬 내 눈에 뿌연 화면이 보였다.

"여보세요."

[수빈아, 아빠야. 눈을 떠.]

"아빠? 아빠라고?"

나는 놀라 벌떡 일어났다. 고개를 흔들며 눈을 비볐다. 화면이 여전히 뿌옇게 보였다. 나는 정신을 차리기 위해 다시 한번 눈을 비볐다. 뿌연 화면에 아빠 모습이 보였다.

"아빠!"

놀라 소리를 질렀다.

"아빠? 아빠, 어디야. 나 수빈이야. 아빠 살아 있었어?"

바로 눈물이 터져 나왔다. 보고 싶은 마음에 억눌렀던 감정이 폭발했다.

"아빠, 아빠, 보고 싶어. 이제 다시 볼 수 있는 거지?"

눈물을 닦으며 울먹이는 나를 아빠는 지그시 바라봤다.

[아냐, 수빈아, 아빠는 수빈이를 만나러 갈 수 없어. 울지 마. 하지만 아빠는 늘 수빈이 곁에 있다는 사실을 잊으면 안 돼.]

"왜 곁에 있으면서 만날 수는 없어? 이렇게 통화도 가능하잖아. 왜 안 되는 거야?"

[수빈아, 아빠는 수빈이를 만날 수는 없지만 늘 수빈이를 지켜보고 있다는 사실을 알고 있으면 돼, 알았지? 그러니 걱정하지 말고 엄마 말씀 잘 듣고, 열심히 공부하고, 친구들과도 사이좋게 지내야 해.]

"응, 그렇게 하면 되는 거지? 그럼 아빠가 언제나 나를 지켜 주는 거지? 내가 열심히 살면 엄마와 아빠는 늘 내 곁에 있는 거지?"

[맞아. 엄마가 건강해야 수빈이가 열심히 살 수 있잖아. 그래서 아빠가 걱정돼 너를 만나러 온 거야.]

"무슨 걱정이 있는데……. 혹시, 엄마가 아프게 되는 건 아니지?"

[맞아, 이제부터 아빠 말을 잘 들어. 네가 잘하면 엄마는 아프지 않게 되는 거야. 네가 싫다고 울거나 거절하면 엄마는 암에

걸려 아빠처럼 죽게 돼.]

나는 엄마가 죽는다는 아빠 말에 놀라 울부짖었다.

"아빠, 안 돼. 나는 혼자 세상을 살아갈 수 없다고. 엄마가 없다면 나는 고아라고. 내 옆에서 나를 지켜 줄 사람이 필요해. 제발 아빠, 엄마는 데려가면 안 돼. 내가 무슨 일이라도 할게. 제발, 엄마를 지켜 줘."

나는 두 손을 비비며 아빠에게 말했다. 엄마가 없는 세상은 생각할 수 없었다. 아빠가 없는 것만으로도 견디기 어려웠다.

[이제부터 아빠 말을 잘 들어. 수빈아, 아빠가 시키는 대로 하면 엄마는 무사하게 되고 너는 엄마와 행복하게 살 수 있어. 만에 하나라도 이 일을 누군가에게 말한다면 엄마는 병에 걸려 죽게 될 거야. 엄마 없이 네가 혼자 살아가는 걸 아빠도 원치 않는다는 걸 명심해. 절대 다른 사람에게 말하면 안 돼.]

"응. 제발 아빠, 방법을 알려 줘. 내가 뭐든지 다 할게, 제발……"

[알았어. 수빈아, 힘들어도 견디고 할 수 있겠지?]

"응, 아빠. 나는 뭐든지 할 수 있어. 그러니 엄마를 데려가지는 말아 줘. 혼자는 살 수 없어. 아무리 고통스러워도 엄마를 잃는 것보다 나을 거야. 내가 잘할게."

화면 속 아빠는 내 얼굴을 빤히 쳐다보며 입을 열었다. 무덤덤한 목소리로 마치 아빠가 아닌 타인처럼 내게 속삭였다.

[나와 통화를 끝낸 다음 너는 일어나서 2층에 있는 아저씨에게로 가. 아저씨가 네 수호신이야. 너와 아저씨 몸이 합쳐져야 엄마가 병이 생기지 않을 거야. 네가 아저씨를 받아들이면 엄마는 아프지 않고 너와 같이 살 수 있게 돼. 아저씨는 엄마와 너를 돌봐 주라고 내가 보낸 수호신이야. 아무리 어려운 일이 있어도 아저씨에게 말하면 아저씨가 해결해 줄 거야. 수빈아, 할 수 있겠어?]

"응. 아빠, 내가 힘들어도 참으면 되는 거지? 아저씨를 믿으면 되는 거지? 그럼 엄마와 나는 같이 행복하게 살 수 있는 거지?"

[맞아, 해가 떠오르기 전에 빨리 아저씨에게로 가. 지금 바로 가서 아저씨와 몸을 합치면 돼. 아저씨를 다 받아들여. 그게 네가 할 일이야. 앞으로 아저씨가 원할 때마다 몸을 합치는 거야. 너는 생리 전까지만 아저씨를 받아들이면 돼. 생리가 시작되면 네가 해야 할 일이 사라지게 되는 거야. 그러면 엄마는 병에 걸리지 않게 돼. 나는 이제 너와 통화할 수 없어. 곧 사라질 시간이 됐어. 수빈아, 아빠 말 명심해. 곁에서 지켜 줄게. 아저씨와 모든 걸 상의해. 그럼 넌 모든 걸 이겨 낼 수 있게 돼.]

아빠는 말을 마치더니 바로 화면 속에서 사라졌다. 나는 잠시 멍하니 자리에 앉아 있다가 중얼거렸다.

"아빠가 뭐라 했지? 지금 바로 아저씨에게 가라고 했지?"

나는 바로 옷을 벗었다. 홀린 사람처럼 계단을 올라가 2층 문을 열었다. 아저씨는 내가 올 걸 알고 있었던 것처럼 잠옷만 입은 채 자리에서 일어났다. 방 안은 희미한 연기로 가득 차 있었다. 연기에서 기분 좋은 냄새가 났다. 머리가 몽롱해졌다. 아저씨는 하얗게 벗은 내게 다가왔다.

6

무작정 가출해 길거리를 헤매고 다니는 남자를 그의 부모가 찾아내 병원으로 데려왔다. 외모도 말끔하고 대화도 잘하고 성격도 밝아 보이는 남자였다. 남자 곁에는 늘 부모가 따라다녔다. 아들이 또 뛰쳐나가 길거리를 헤매고 다닐까 두려워 항상 감시했다. 남자는 학벌도 좋고 집안도 좋았다. 또 착하고 예쁜 아내도 있었다. 세상에 부러울 게 없는 남자는 어느 날 갑자기 회사에 사표를 냈다. 그는 사표를 낸 후 몇 개월을 서재에 들어가 꿈쩍도 하지 않았다. 남자는 그 후 집을 나와 부모 집으로 들어가 다시 몇 개월을 지냈다. 그리고 모두가 잠든 새벽에 집을 나갔다. 아내와 부모와 친척들이 그를 찾으러 다녔다. 수소문 끝에 그를 찾아낸 곳은 서울역 부근 쪽방촌 근처였다. 굶어 죽어 가고 있는 남자를 그들이 찾아냈다.

처음에 병원에 왔을 때 그의 모습은 지극히 정상이었다. 대답도 잘하고 유쾌하고 자신감도 있어 보였다. 습관처럼 몸에 밴 모습이었다. 차츰 시간이 지나면서 조금씩 자기 내면을 내게 보였다. 세련되고 말끔해 보이는 겉모습과 달리 무너지고 있는 자기 모습을 감당하기 어려워했다.

"왜 갑자기 회사를 그만뒀나요?"

"허무해서요."

그는 웃음기를 거두며 공허한 표정으로 대답했다.

"허무했어요, 사는 게……."

"사는 게 허무하지요."

나는 그가 한 말을 한 번 더 되씹었다.

"열심히 살았어요. 공부도 열심히 하고, 부모님 말씀도 거역하지 않고 주변 사람들에게 인정받기 위해 열심히 살았어요. 어릴 때부터 한 번도 의문을 품지 않았어요. 사춘기도 없이 살았어요. 대학 졸업과 동시에 대기업에 합격하고 부모님이 좋아하는 상냥하고 집안 좋고 얼굴도 예쁜 여자와 결혼도 했어요. 그때는 몰랐는데, 남들이 부러워하는 삶을 살고 있었더라고요."

"정말 부럽네요."

"부러울 거 없어요. 그건 다 거짓 인생이에요. 내 건 하나도 없는 다른 사람들의 인생을 산 거죠. 다 필요 없어요. 내가 원하는 건 이대로 사람들이 나를 내버려 두는 거예요. 그냥 혼자 있고 싶어요."

"혼자 있고 싶다고 말하지 그랬어요."

"그게 쉽지 않아요. 다들 내게 잘못한 게 없어요. 나를 좋아해서 한 행동이잖아요. 그들의 잘못도 아닌데 마치 그들이 잘못한 것처럼 말하는 것도 용서되지 않았어요."

"힘드셨겠네요."

"힘들었어요. 내가 없는 삶을 사는 건 정말 힘들어요."

남자는 갑자기 얼굴을 찡그렸다.

"당신은 누군가를 미치도록 죽이고 싶었던 적이 있나요?"

남자의 엉뚱한 질문에 나는 잠시 주춤했다.

"네, 있어요. 그러니까 정신과 의사가 됐죠."

남자는 놀란 듯 잠시 나를 쳐다보더니 안심이 되는지 '픽' 하고 웃었다.

"그런 말씀을 하시니 안심이 되네요. 나는 사람들이 비난할 거로 생각했거든요."

남자는 창문 쪽으로 눈을 돌린 후 길게 한숨을 내쉬었다.

"어느 날 아침, 회사에 출근하려고 자가용으로 한강 다리를 건너고 있었어요. 그날따라 다리가 심하게 막혔어요. 막힌 길을 보니 가슴이 답답하더라고요. 숨쉬기조차 힘들게 가슴에 통증이 느껴지더니 머리가 아파 왔어요. 나는 운전하며 조금씩 앞으로 이동하다가 갑자기 그 자리에 멈췄어요. 머리가 아파 정신을 차릴 수 없었거든요. 그때 뒤에서 '빅' 하고 경적이 울리는 거예요. 경적을 듣는 순간 참을 수 없는 분노가 치밀어 올랐어요. 나도 모르게 비명을 지르며 미쳐 날뛰었어요. 그대로 뛰쳐나가 뒤차 문을 열고 운전자의 멱살을 잡았어요. 내게 욕을 하며 저항하는 운전자의 얼굴을 주먹으로 내리친 다음 질질 끌고 한강으로 갔어요. 정말 그 사람을 한강으로 던져 버리려고 했어요. 그 남자와 난 서로를 죽일 듯이 팼어요. 결국, 경찰차가 도착해서 끝났어요. 쌍방 합의로 사건은 마무리됐습니다."

"다행이네요. 그 정도에서 마무리돼서요."

"다음이 문제였어요. 다음 날부터 두통이 심해졌어요. 갑자기 머리가 아파 왔어요. 그때 누군가 조금만 건드려도 그 사람을 죽이고 싶은 충동을 느꼈어요. 특히 아내를 죽이고 싶었어요. 한집에서 지내는데 아내의 작은 움직임이나 소리도 나를 미치게 하는 거예요. 그래서 부모님 집으로 갔어요. 하지만 잘못된 선택이었어요. 매일매일 부모님을 죽이는 상상을 하는 나와 맞부딪히고 말았어요. 내가 가장 증오하는 사람이 부모님이란 걸 알게 됐어요. 내 인생이 처음부터 잘못된 게 부모님 탓이란 생각이 들었어요. 어머니가 내 이름을 부를 때마다 몸에 벌레가 기어 다니는 것 같았어요."

남자의 두 눈에서 눈물이 뚝 떨어졌다.

"내 잘못이라는 거 알아요. 내가 나약해서 벌어진 일이라는 거 알아요. 처음부터 사람들에게 힘들다고 말했어야 했는데, 나는 참는 게 가장 최선이라고 생각했어요. 그런데 시간이 지날수록 내 인생을 망친 게 부모님 탓이란 생각이 드는 거예요. 모든 게 혼란스러울 때 항상 편하게 선택하는 방법이었어요. 내 잘못이라고 생각하기엔 뭔가 억울했어요. 나는 늘 최선을 다해 살았거든요. 두려웠어요. 가족을 죽일 수도 있을 것 같아 무작정 집을 뛰쳐나갔어요."

나는 남자를 바라보며 두 손으로 그의 손을 잡았다.

"힘드셨겠어요. 아무에게도 말할 수 없어서 고통스러웠겠어요."

내 한마디에 남자는 입술을 부르르 떨었다. 그리고 고개를 깊이 숙인 채 어깨를 들썩였다.

병원 일이 끝나면 늘 녹초가 됐다. 지친 머리는 휴식을 원했고 나는 집으로 향했다. 집에 돌아와 차를 마시며 아무 생각 없이 멍하니 앉아 있는 게 최고의 휴식이었다. 운동이나 명상, 종교, 취미 활동은 모두 거추장스러운 일처럼 느껴졌다. 나는 멍하니 앉아 있있을 때가 가장 좋았다.

눈이 풀린 채 소파에 앉아 있었다. 엄마가 좋아했던 사과 차를 마시며 '참 달구나.'라고 생각했다. 거실을 둘러보던 내 눈에 책장 위에 놓인 액자 하나가 들어왔다. 초등학교 때 엄마와 찍은 사진이 액자에 끼어 있었다. 엄마와 나는 두 눈을 크게 뜨고 최대한 웃지 않으려고 코를 벌름거리는 모습이었다. 늘 보는 사진이지만 언제나 웃음이 나오는 사진이기도 했다. 나는 일어나 책장 쪽으로 갔다.

"엄마, 나 때문에 많이 힘들었지? 미안해."

사진 속 엄마 얼굴을 쓰다듬으며 말했다.

"엄마, 미안해."

오늘 진료한 남자가 한 말이 떠올랐다.

"누군가를 탓하는 것이 모든 게 혼란스러울 때 가장 편하게 선택하는 방법이었어요."

나 역시 누군가에게 책임을 전가하지 않으면 살 수 없을 것 같았던 시기가 있었다. 폭우처럼 밀려드는 증오와 절망을 스스로 감당하기 어려웠다.

나도 남자와 같다. 감당하기 어려운 감정을 모두 엄마 탓으로 돌렸다. 미친 듯이 엄마를 증오하고 죽은 아버지를 원망했다. 만약 엄마를 증오하지 않았으면 엄마를 죽이고, 아저씨를 죽이고, 윤희를 죽이고, 나도 죽었을 거다. 어쩌면 더 많은 사람을 죽였을지도 모른다. 내 안에서 격렬하게 꿈틀대던 증오가 입을 쥐어뜯고 튀어나왔다. 개인에 대한 증오가 사회에 대한 증오로 변해 갔다. 증오는 점점 부풀어 올라 세상에 존재하는 모든 생명체를 죽이고 싶은 감정으로 확대됐다. 생명 자체를 증오하는 혐오론자로 변해 가고 있었다.

엄마는 나 때문에 죽었다. 내가 엄마 심장을 날카로운 손톱으로 할퀴며 찢어 버렸다. 엄마가 아프다고 울부짖었지만 나는 외면했다. 엄마는 갈기갈기 찢긴 심장을 움켜잡은 채 죽었다. 엄마가 죽어 가는 그 순간에 나는 차가운 거리를 헤매고 있었다.

엄마가 죽은 후 1년 정도 지난 뒤에야 우연히 길에서 만난 친구를 통해 엄마의 죽음을 알게 됐다. 거리에서 매춘을 위해 서 있던 내게 다가온 남자가 내 친구였다. 중학교 때 같은 반 친구 형수였다.

내가 중학생이 되었을 때 윤희는 우리나라에 없었다. 윤희는 초등학교 6학년 때 캐나다로 유학을 떠났다. 캐나다에 이민 간 이모네 가족으로 위장 입양을 신청한 후 한국을 떠났다. 영원히 함께할 것 같았던 윤희는 내게 아무 말도 하지 않고 캐나다로 가 버렸다. 묘한 배신감과 묘한 분노가 있었지만, 그 감정은 조금 지나자 사라졌다.

윤희가 유학을 떠나기 몇 개월 전, 나는 생리를 시작했다. 아버지가 내게 초경 전까지만 아저씨와 몸을 섞으라고 했다. 나는 생리를 시작하자 바로 아저씨와 떨어질 수 있었다.

그 후 아저씨는 일이 바빠졌는지 집에 있는 날이 거의 없었다. 아저씨가 바빠지자 윤희와 나도 만나는 횟수가 점점 줄어들었다. 일하는 아주머니만 있는 윤희네 집은 황량했다. 도우미 아주머니는 내 방문을 반가워하지 않았다. 내게 물 한 잔 건네지 않았다.

나는 거제도 여행 이후 심한 틱 증상이 나타났다. 계속 눈을 깜박이고, 코를 킁킁거리고, 피가 나도록 손톱을 깎았다. 특히 아저씨와 부적절한 일이 일어나고 며칠이 지나면 미쳐 날뛰었다. 알 수 없는 분노에 사로잡혀 집기를 부수고 엄마를 원망했다. 엄마는 나를 무서워했다. 분노에 사로잡힐 때마다 엄마에게 저주를 퍼부었다.

"죽어 버려. 엄마 탓이야. 모든 게 엄마 탓이라고. 왜 나약하고 지랄이야."

엄마는 이유도 모른 채 얼굴이 빨갛게 부어올라 거실 바닥에 쪼그리고 앉아 서럽게 울었다.

나는 발광의 시간이 끝나면 모든 걸 잊었다. 다시 엄마에게 사랑한다고 말했고, 엄마가 세상에 없다면 나는 살 수 없다고 말했다.

첫 생리가 6학년 1학기 때 시작됐다. 화장실에서 빨간 피가 묻은 팬티를 보며 한참을 울었다. 며칠 후 내 옷을 벗기는 아저씨에게 생리가 시작됐다고 말했다. 아저씨는 그냥 웃었다. 그날이 마지막이었다.

윤희는 6학년 2학기 때 캐나다로 떠났다. 윤희가 캐나다로 떠난 후 아저씨네 부부도 소리 소문 없이 이사했다. 나는 아저씨가 눈앞에 보이지 않게 되자 차츰 마음의 안정을 되찾았다. 윤희를 볼 수 없는 서러움은 있었지만, 아저씨가 동네를 떠났다는 사실에 안도감을 느꼈다. 안도감은 발광 증세를 사라지게 했고, 틱 증세도 완화시켰다.

우리 모녀와 아저씨는 그 후 오랫동안 만날 수 없었다. 엄마는 죽기 전까지 아저씨를 만날 수 없었다. 엄마는 갑자기 연락이 안 되는 아저씨를 찾아다녔다. 유부남인 아저씨에 관해 깊은 걸 알아내기는 쉽지 않았다. 엄마는 아저씨 소식을 알고 싶어 안 다니던 교회까지 다녔다. 아저씨가 다니던 교회였다. 교회에는 엄마 말고도 아저씨 소식을 알고 싶어 하는 바람난 여자들이 많았다. 아저씨는 세상 사람들이 다 어리석어 보였나 보다. 하찮은 말에 속아 넘어가는 사람들이 우스웠을 거다.

나는 한 번도 의심하지 않았다. 의심하지 않았으므로 아저씨를 원망하지 않았다. 죽은 아버지 메시지라고 생각하며 한순간도 의문을 품지 않았다. 누군가에게 한 번이라도 말했다면 오래도록 고통을 당하는 일 따위는 벌어지지 않았을 거다. 나는 아무에게도 말할 수 없었다. 내가 말하면 엄마가 죽게 될 것이라는 아버지 말 때문에 누구에게도 도움을 청할 수 없었다. 의심 없이 아저씨를 받아들였을 때와 성폭행을 당했다는 사실을 알았을 때와 현실에서 변한 건 아무것도 없었다. 하지만 성폭행에 대해 깨닫는 순간, 나는 지옥으로 떨어졌다.

아버지가 엄마와 나를 구하려고 영화에서처럼 기적이 일어났다고 생각했다. 믿고 싶었다. 그런 일이 다른 사람에게는 일어나지 않더라도 내겐 일어날 수 있는 일이라고 믿고 싶었다. 사악한 진실을 간과했다.

영원히 모르는 게 나았을지도 모르겠다. 아무도 증오하지 않고 살고 싶었다. 진짜 지옥은 성폭행을 당했을 때가 아니라, 내가 성폭행을 당했다는 사실을 깨달았을 때였다.

나는 아저씨에게 농락당했다는 걸 알고 가출했을 때부터 자해했다. 본드를 마신 후 피우던 담배로 몸을 지졌다. 빨간 담뱃불이 몸을 파고들어 갈 때 나는 웃었다. 같이 본드를 마신 친구들은 살 타는 냄새가 끔찍하다며 킬킬거렸다. 친구들도 같이 내 몸에 담배 자국을 냈다.

가출한 친구들과 어울리며 담배를 배웠다. 담배는 묘했다. 불행을 감당하게 했다. 아저씨의 손길, 눈웃음, 신음, 상냥한 말투, 가지튀김, 엄마와의 성관계가 떠오르면서 끝없이 자해했다. 말로 표현하기 어려웠다. 감정이라는 게 정리되지 않았다. 하얀 뱀이 내 몸을 칭칭 감고 커다란 입을 벌려 내 가슴을 찢어 먹는 기분이었다. 구더기가 내 몸에 달라붙어 몸을 파먹는 느낌이었다. 저주받은 몸이었다. 몸을 학대해야 정신이 주는 고통을 견뎌 낼 수 있었다.

초등학교를 졸업하고 중학교에 입학하면서 모든 게 정신없이 바빠졌다. 중학교 2학년 때는 학급 임원으로 선출되면서 적극적으로 학교생활을 했다. 새로운 친구들과는 깊은 관계를 맺지 않았다. 아버지가 없는 아이라는 걸 사람들에게 알리고 싶지 않았다. 대신 학교 공부에 열중했다. 학교 성적이 좋다면 아무도 내게 아버지가 없는 아이라고 우습게 보지 않을 거라 생각했다.

나는 학급 임원으로 활동하면서 자연스럽게 남자아이들과 친하게 지냈다. 학급에는 나보다 예쁘고 조숙해 보이는 여자아이들이 많았다. 하지만 이상하게 남자아이들은 내게 달라붙었다. 본능적으로 내게 성적인 느낌을 받는 듯했다. 나는 다른 여자아이들보다 속옷에 유난히 시경 썼다. 성인 여자들이 입고 다니는 그런 속옷을 입기도 했다. 아저씨가 내게 원했던 행동을 그들에게 했다. 무의식중에 남자아이의 무릎을 툭툭 쳤다. 가끔 그들의 허벅지 위에 손을 올려놓기도 했다. 혐오감과 애착이 의식과 무의식 사이를 방황했다.

한 남자아이가 있었다. 나처럼 공부에만 매달리는 아이였다. 그 아이는 좀 달랐다. 내가 수재였다면 그 아이는 영재였다. 한번 매달리면 끝을 보는 아이였다. 감탄이 나올 만한 결과물이 생길 때까지 집중하는 능력이 대단했다. 형수였다.

어느 날 형수가 내게 다가와 물었다.

"수빈아, 내가 요즘 앱 개발 중인데 한번 보여 줄게. 시간 있을 때 우리 집에 놀러 와."

"그래? 궁금하다. 기대된다."

"별건 아닌데, 재미있는 거라 네게 좀 보여 주고 싶어서……."

"너, 나 좋아하는구나!"

"아냐, 그런 게 아니라고. 너라면 이야기가 통할 것 같아서 한 말이야. 싫으면 관둬."

형수는 괜히 역정을 내며 뒤돌아섰다.

"장난이야. 난 정말 네가 만든 게 보고 싶어."

나는 웃으며 얼굴을 들이댔다. 형수 볼이 벌겋게 달아올랐다.

"야, 너 이런 장난 좀 하지 말아. 여자애가 조심성이 없냐?"

"거봐, 나 좋아하잖아. 오늘 시간 돼. 학원 6시에 끝나거든. 그러면 6시 30분에 너의 집에 도착할 거야. 밥 좀 줘. 배가 고플 시간이거든. 라면도 좋아."

"알았다고. 있다가 6시 30분에 봐. 라면은 끓여 줄게."

형수는 나를 좋아하지 않았다. 말이 통하는 사람이 필요한 듯했다. 형수는 열심히 노력하는 나를 머리가 나쁜 애라고 생각했다. 영재가 수재를 어떻게 이해할 수 있을까?

나 역시 형수를 그다지 좋아하지는 않았지만, 같이 있으면 마음이 편했다. 형수는 내 사생활에 조금도 관심이 없었다. 또 대화도 잘 통했다. 물어보면 항상 제대로 된 답변을 했고 모르는 게 있으면 어떻게든 알아내서 답을 알려 줬다. 우린 서로 그런 관계가 필요했다.

학원 수업이 끝나고, 나는 형수가 사는 2층 단독 주택의 벨을 눌렀다. 삑, 소리와 함께 파랗게 페인트칠된 낡은 철문이 둔탁한 소리를 내며 열렸다. 아무도 나와 보는 사람이 없었다. 나는 잡초가 무성한 작은 정원을 지나 나무로 된 현관문을 열고 안으로 들어갔다. 라면 냄새가 진동했다.

"김형수, 나 왔어. 너는 사람이 와도 나와 보지도 않냐?"

"인터폰으로 다 봤는데 뭣 하러 나가?"

"냄새 죽인다. 빨리 먹고 싶다. 아, 배고파."

"벨 소리 듣고 바로 라면 들어갔지. 대단하지, 내 센스가 말이야."

나는 나와 보지도 않는 형수의 무관심에 기분이 상했지만, 라면을 끓이고 있다는 말에 서운한 감정이 녹아 없어졌다.

"수빈아, 냉장고에서 김치 꺼내 줘."

"알았어. 와! 맛있겠다. 치즈도 넣어. 배고플 때 치즈가 들어가야 포만감이 생기지."

"왜 이래. 치즈는 먹기 바로 직전에 넣어야 해. 그래야 풀어지지 않아서 맛있다고."

형수는 가스 불 위에서 김이 모락모락 올라오는 냄비 뚜껑을 열고 바로 주황색 치즈를 넣었다. 나는 형수가 말한 대로 냉장고에서 김치를 꺼내고 숟가락과 젓가락을 식탁 위에 올려놨다. 김치 냉장고에서 꺼낸 시원한 김치 냄새가 허기진 배를 더욱 자극했다.

"이제 먹자."

형수가 라면이 든 냄비를 식탁 위에 올려놓으며 말했다. 나는 후다닥 사발 두 개를 가져와 라면을 부었다. 형수와 나는 뿌연 수증기가 피어올라오는 라면 속에 얼굴을 들이대고 먹었다. 우린 결핍된 존재처럼 허전함을 먹을 것으로 채웠다.

형수 부모는 이혼했다. 형수는 타인에게 관심이 없는 아이였다. 부모의 이혼을 상처로 느끼지 않았다. 형수는 자연스럽게 내게 부모 이혼을 이야기했다. 하지만 나는 형수에게 아버지의 죽음에 관해 말하지 않았다. 아버지와 윤희, 그리고 아저씨는 서로 묶여 있었다. 하나의 기억이 다른 기억을 떠올리게 했다. 나는 침묵하며 모든 일을 기억 속에서 지워 버리고 싶었다.

나는 형수의 무관심한 태도가 좋았다. 형수는 스스로에게도 상처를 주지 않았고 타인에게도 상처받지 않았다. 정에 굶주린 듯한 모습이 없었다. 타인이 자기 영역에 침범하지 않는 한 그들의 모습을 있는 그대로 인정했다. 지나치게 다가올 때를 가장 경계했다. 그런 행동은 두 사람 모두에게 상처를 줄 수 있다고 내게 말했다.

"수빈아, 넌 가끔 이상한 모습이 보여. 지나치게 자신을 꾸며 타인에게 보일 때가 있어. 하기 싫은 일도 거절하지 못하고 웃으며 받아들이는 이상한 모습이 대표적이야. 그런 모습은 결코 네게 좋은 결과를 주지 못해. 내가 느끼는 너는 상처를 가슴속에 쌓아 두는 모습이야. 심리적으로 불안해 보여. 네 모습 말이야. 고통을 마음속 그늘진 곳에 첩첩이 쌓아 두면 어느 순간에 자신이 괴물이 돼 있다는 사실을 느끼지 못할 수도 있어."

　무심히 던지는 형수 말이 쇠꼬챙이처럼 내 가슴을 관통했다. 그 말을 듣는 순간 형수가 죽어 없어지길 바랐다. 형수는 중학교 2학년밖에 되지 않은 아이였지만 누구보다 세상을 꿰뚫어 볼 수 있는 눈을 갖고 있었다.

　라면을 다 먹고 배가 불렀다. 배가 부르자 형수 얼굴이 눈에 들어왔다. 안경을 끼고 약간 살이 찐 형수 얼굴에는 아직 아이 같은 모습이 남아 있었다. 볼에 젖살이 남아 통통했다. 사춘기도 오지 않았는지 목소리도 그대로였다. 한참 생리 중인 내가 형수 누나처럼 느껴졌다.

　"아, 배불러. 자고 싶다."

　"너, 자면 안 되지. 너의 집에 가서 자. 졸리면 커피 마셔. 진짜 재미있는 거 보여 줄게."

　"커피 줘. 우리 집에선 커피 금지야. 아직 먹으면 안 된대. 너의 엄마는 아무 말씀도 안 하시니?"

　"우리 엄마는 바빠. 나를 먹여 살려야 하거든. 아버지란 남자가 양육비를 안 줘. 커다란 집을 줬으니 그 돈으로 해결하라고 엄마랑 합의했나 봐. 우리 엄마 불쌍한 여자야. 나에게 목을 매고 있어. 무조건 나를 믿거든. 그런 엄마 때문에 내가 빨리 성숙해졌나 봐. 괜히 믿어 주니까 부담스럽잖아."

"야, 넌 아직 꼬맹이 같아. 하나도 성숙하지 않거든. 말만 늙은 할배 같아. 몸은 정말 남자로서 제로야."

형수는 얼굴을 찡그리며 인스턴트커피에 우유와 흑설탕을 듬뿍 넣어 내게 내밀었다.

"시끄럽고, 이거나 마셔. 우유랑 흑설탕을 넣어서 다른 커피보다 맛있을 거야."

나는 형수가 내민 머그잔을 받아 입으로 가져갔다.

"형수야, 커피 맛있다. 최고. 라면도 맛있었어."

"당연하지, 난 뭘 해도 그냥은 하지 않잖아. 그럼, 커피 가지고 내 방으로 가자."

나는 형수를 따라 2층으로 올라갔다. 2층은 형수의 독채였다. 방 2개에 화장실과 거실이 있었다.

"와, 주택은 역시 좋다. 방 2개를 혼자 쓰다니 정말 부럽다. 그리고 엄마랑 완전히 분리됐잖아."

나는 형수 방을 둘러보며 부러운 마음을 드러냈다. 방 하나는 침실이었고 다른 하나는 공부방 겸 놀이 공간처럼 보였다. 여러 개의 컴퓨터와 음향 기기, 카메라도 있었다. 공부방이라고 하기에는 좀 어수선했다.

"응. 요즘 내가 앱을 좀 만들고 있어. 여러 개 만들었는데 아직 허가받은 건 없어. 다른 사람이 이미 만들었거나 허가가 안 되는 거야. 그런데 이번에 좀 재미있는 거 만들었는데, 범죄에 이용될 수 있다고 허가가 안 된대. 이미 기술은 한참 진화했는데 남용될 우려 때문에 허가되지 않는 것들이 많은 것 같아."

"그래? 뭔데? 궁금하다. 빨리 보여 줘."

"알았어. 자, 봐. 이 배우 사진과 내 얼굴을 합성시키는 일은 쉽잖아. 보정 앱을 조금만 응용하면 가능해. 그런데 딥 페이크 기술이라는 게 있어. 인공 지능 기술을 이용해 합성하는 기술이야. 나는 조금 더 진화시켜서 새로운 앱을 만들었거든. 나를 다른 사람으로 만들어서 상대방과 통화할 수 있는 기술이야. 재미있을 것 같지 않냐? 목소리 변조도 가능해. 그런데 내가 만든 앱은 허가가 안 된대. 범죄에 이용될 수 있나 봐. 내가 한번 이 기술을 보여 줄까?"

나는 조금은 이해가 됐지만, 전체적으로 형수 말이 이해되지 않았다.

"응, 보여 줘. 그럼 확실하게 이해할 수 있을 것 같아."

"너 이 배우 좋아하지? 내가 이 남자 배우로 변신해서 네게 전화해 볼게. 한번 봐."

형수는 컴퓨터에 자기 모습과 남자 배우 모습을 합성시킨 후 목소리까지 녹음했다. 그리고 내 번호를 눌렀다. 전화벨 소리와 동시에 내가 통화 키를 눌렀다. 바로 남자 배우 모습이 화면에 보였다.

"수빈아, 안녕."

형수가 말하자 화면 속 배우도 똑같이 내게 말했다.

"입 다물어. 턱 떨어지겠다."

남자 배우가 내게 말했다. 나는 놀라 벌린 입을 다물었다.

"진짜네. 형수야, 나 감동했어. 나, 이 배우 정말 좋아하거든. 어쩜 목소리까지 완전히 똑같다. 이게 가능한 거야?"

형수는 나를 보며 거만한 미소를 지었다.

"응, 가능하긴 한데 허가는 안 돼. 아까 말한 것처럼 범죄에 이용될 소지가 크다고 하더라고. 앞으로 딥 페이크 기술로 인해 사회 문제가 일어날 가능성이 큰가 봐. 그런데 이렇게 좋아하는 배우와 통화할 수 있는 앱을 만들면 정말 대박일 것 같지 않냐?"

불현듯 내 머리를 스쳐 지나가는 생각이 있었다. 갑자기 숨이 찼다. 그대로 주저앉아 헉헉거리며 제대로 숨을 쉬지 못했다. 놀란 형수가 전화기를 내려놓으며 나를 쳐다봤다.

"수빈아, 갑자기 왜 그래? 너 숨 쉴 수 있어? 119에 전화할까?"

나는 번호를 누르려는 형수 손을 잡았다.

"잠깐만 기다려 줘. 이대로 잠깐만 있을게."

나는 그대로 누워 눈을 감았다. 빠르게 많은 생각이 지나갔다.

'확인해야 해. 꼭 확인해야 해. 설마, 아저씨가…… 나를 속인 건 아니겠지?'

형수는 의자에 앉아서 내가 눈을 뜨길 기다렸다. 나는 숨을 고르게 쉴 수 있게 되자 눈을 떴다. 형수가 놀라 의자에서 일어섰다. 나는 일어나 휴대 전화기를 열며 형수에게 다가갔다.

"형수야, 내 휴대 전화기에 우리 아버지 영상이 있는데…… 지금 네가 이 남자 배우로 변신해 나와 통화한 것처럼, 우리 아버지 모습으로도 변신이 가능한 거야? 마치 아버지가 내게 전화한 것처럼 변신할 수 있는 거야?"

나는 손을 부들부들 떨며 형수에게 전화기를 내밀었다.

"응, 가능해."

나는 어둠 속에서 공을 굴리고 있었다.

삐삐. 현관 도어 록을 누르는 소리가 들렸다. 스르륵, 하며 도어 록 돌아가는 소리와 동시에 현관 보조 등 불빛이 환해졌다. 환한 불빛 속에서 퇴근한 엄마 모습이 보였다. 장바구니를 들고 있던 엄마 얼굴이 빠르게 경직됐다.

집 안 물건이 모두 부서져 있었다. 유리는 산산이 조각나 있었다. 옷가지와 사진은 가위로 잘게 잘려져 있었다. 가전제품과 가구 역시 망치 자국이 난 상태로 망가져 있었다. 내 발과 손은 유리 조각이 박혀 빨갛게 물들어 있었다.

엄마가 나를 쳐다보며 물었다.

"대체 무슨 일이야? 누가 들어왔어? 혹시 강도가 들어왔어? 무슨 일이야?"

엄마는 구석에 앉아 공을 굴리고 있는 내게 다가오려다 멈췄다. 눈동자에 두려움이 가득 차 있었다. 내 손에 주방용 칼이 쥐어져 있었다.

"이대로 죽어 버리려고. 지금 혼자 죽을까 아니면 엄마랑 같이 죽을까 고민 중이야?"

나는 엄마를 쳐다보지 않고 허공에 대고 나직이 말했다.

"수빈아, 대체 무슨 일이야? 왜 그래? 엄마가 무섭잖아. 한참 괜찮다가 또다시 왜 이래?"

"다 엄마 때문이야. 다 엄마 때문이라고. 엄마가 추잡한 여자라서 그래. 나약하고 허접한 인간이라서 그래. 그래서 엄마와 나는 죽어야 해."

나는 엄마의 눈을 쳐다보며 차갑게 말했다. 엄마는 영문을 몰라 눈물만 흘렸다.

"미안해. 엄마가 수빈이 너를 아프게 했다면 정말 미안해. 제발 그 칼을 내려놔 줘. 수빈아, 너 이러면 안 되잖아. 하늘에 있는 아빠가 얼마나 슬퍼하겠니?"

"아빠에 대한 말은 한마디도 하지 마. 난 이럴 거야. 다 엄마 때문이라고. 엄마 같은 여자는 죽어야 해. 처음부터 아빠가 죽지 않고 엄마가 암에 걸려 죽었어야 했어. 그랬다면 그런 일은 일어나지도 않았을 텐데. 나를 보호하지도 못하는 엄마가 죽었어야 했어. 엄마 때문에 아빠는 죽고, 나는 미친놈에게 농락이나 당하고 모든 걸 잃었다고."

나는 피가 흐르는 손으로 바닥을 치며 엄마를 향해 소리를 질렀다. 내 말에 엄마는 충격을 받은 듯 멍하니 쳐다봤다.

"수빈아, 어떻게 네가 그런 심한 말을 할 수 있는 거니? 왜 그래? 도대체 무슨 일이야?"

"엄마, 우리 같이 죽자. 이대로 죽어 버리자고."

나는 미리 준비해 놓은 휘발유 통의 뚜껑을 열고 바닥에 부었다.

"수빈아, 제발 진정해. 엄마가 혼자 죽을게. 너는 죽으면 안 돼. 대체 무슨 일인지 모르지만, 엄마가 잘못했어."

두려움에 벌벌 떠는 엄마는 내 발에 얼굴을 묻으며 울부짖었다.

"엄마만 죽으면 나는 다시 지옥 같은 삶을 살아야 한다고. 엄마만 죽을 순 없어. 같이 죽어야 한다고."

나는 매달리는 엄마를 뿌리치며 라이터 불을 켰다. 노랗고 파란 불빛이 엄마와 내 눈에 비쳤다. 순간 엄마는 내 손을 있는 힘껏 내리쳤다. 라이터는 공중으로 날아가더니 그대로 바닥으로 떨어졌다. 불길은 순식간에 사방으로 퍼졌다. 뿌려진 휘발유를 따라 쉬이 소리를 내며 타올랐다. 하얗고 노란 유독 가스가 집 안을 감쌌다. 다음엔 뜨거운 불길이 바람을 따라 움직였다. 엄마는 기침하며 내 팔을 잡아끌었다. 나는 엄마 손을 냉정하게 뿌리쳤다. 그대로 불에 타 죽고 싶었다. 엄마는 나를 끌어내려고 안간힘을 쓰며 애원했다.

"수빈아, 제발 밖으로 나가자."

견딜 수 없는 온도로 엄마 목소리가 들리지 않았다.

'펑' 소리와 함께 천장의 스프링클러에서 물이 자동 분출됐다. 엄마는 곧바로 현관으로 달려가 문을 열고 살려 달라고 소리 질렀다. 하얀 연기 사이로 물줄기가 보였다. 복도에서 사람들이 웅성거리는 소리가 들렸다. 곧 불을 끄려고 낯선 사람들이 집 안으로 들어왔다. 나는 혼란을 틈타 사람들 사이를 비집고 밖으로 뛰쳐나왔다. 그게 마지막이었다. 엄마와 나는 다시 만날 수 없었다.

7

따르릉. 새벽에 전화벨이 울렸다. 나는 잠결에 손을 뻗어 전화기를 잡았다. 눈이 뿌연 상태에서 통화 키를 누르며 잠을 깨려고 노력했다.

[여보세요. 혹시 정수빈 씨이신가요?]

"네, 누구세요?"

전화기에 수신인 이름이 없었다.

[민윤희를 아시나요?]

"네."

나는 윤희란 단어에 놀라 바로 정신이 들었다.

[윤희 엄마예요. 우리 윤희가 죽었어요. 오늘 새벽에 죽었어

요. 윤희가 수빈 씨에 관한 말을 많이 했어요. 혹시 시간 되면 우리 윤희 장례식에 와 주실 수 있나요?]

나는 윤희 엄마 말에 힘이 빠지면서 전화기를 바닥으로 떨어뜨렸다.

[여보세요? 여보세요?]

윤희 엄마 목소리가 들렸다. 눈물이 휴대 전화기 위로 떨어졌다. 제발 현실이 아니길 빌었다. 두려웠던 일이 현실이 되었다.

'나를 죽여 줘, 윤희야. 내가 괴물이야. 괴물이라고……'

윤희를 다시 만난 건 1년 전이었다. 방송에 나온 나를 보고 윤희가 찾아왔다. 우린 왜 다시 만났을까? 나는 모든 걸 잊고 새로운 삶을 살기 위해 안간힘을 쓰고 있었다.

지옥에서 살았다는 말이 맞았다. 자포자기하면서도 자살할 수 없는 그런 삶을 살고 있었다. 집을 나온 후 여기저기를 떠돌아다니며 마약과 매춘을 했다. 성매매 남성으로부터 폭행을 당하거나 협박을 당하는 일도 있었다. 가출한 친구들과 어울려 다니며 빈집에서 잠을 잤다. 며칠을 굶으면 지나가는 술 취한 사람의 뒤통수를 돌로 내리친 뒤 돈을 가로채는 범죄를 저지르기도 했다. 죄의식은 없었다. 원래 인간은 착하게 사나, 악마처럼 비행을 일삼고 사나 큰 차이가 없다는 생각이 나를 지배하고 있었다.

살이 에이도록 추운 겨울날, 가출한 친구들과 본드를 들이마시고 길거리에 나가 채팅방에서 만난 40대 남자를 기다리고 있었다. 얇은 코트 하나를 걸치고 양말도 신지 않은 채 거리에 서 있었다. 지나가던 사람들이 힐끔거리며 나를 쳐다봤다. 부끄러움조차 느끼지 못했다. 한 남자가 내 곁을 지나가다 멈춰 섰다. 남자는 다시 한번 나를 쳐다봤다. 나는 불쾌한 듯 남자를 쳐다보며 바닥에 침을 뱉었다. 남자 표정이 변했다. 마치 친한 친구를 만난 듯 눈이 커다랗게 변하더니 내 이름을 불렀다.

"정수빈!"

형수였다. 열여덟 살이 된 형수는 내가 알아보기 힘들 정도로 달라져 있었다. 볼살이 없어지고 키가 컸다. 우러러 보일 정도로 키가 큰 형수를, 나는 바로 알아보지 못했다. 제법 남자다워졌다.

나는 형수라는 걸 깨닫자 바로 뛰었다. 집에 불을 지른 날, 난 죽은 거다. 예전의 나를 아는 사람은 누구와도 만나고 싶지 않았다. 과거와는 단절하고 싶었다. 배고픔이나 학대, 폭행이나 불결한 삶이 더 마음이 편했다. 믿었던 사람들에게 배신당하는 삶은 지옥이었다.

형수는 지독하게 쫓아왔다. 특별하게 친하지도 않았던 형수는 지옥 끝까지라도 쫓아가겠다는 표정으로 나를 쫓아왔다. 나는 달리고 달리다 지쳐 길거리에 주저앉았다. 형수는 나와 달리 숨소리 하나 거칠어지지 않았다.

"수빈아, 왜 도망가냐고. 너의 엄마가 너를 찾아다니느라 얼마나 고생하셨는 줄 알아?"

나는 숨을 헉헉거리며 형수 얼굴을 쳐다봤다.

"나는 다시는 돌아가지 않을 거야. 다시는 엄마를 보지 않을 거야. 날 내버려 둬. 이대로 살다가 죽을 거야!"

형수는 어이없다는 표정을 지으며 입술을 깨물었다.

"정수빈! 너의 엄마 돌아가셨어. 너를 찾아다니다가 교통사고로 돌아가셨다고!"

형수가 무슨 말을 하는지 이해되지 않았다.

"거짓말이지? 형수야, 나를 집에 데려가려고 거짓말하는 거지?"

머리가 서서히 아팠다. 주변이 희미해지며 형수 말이 귓가에서 윙윙 울렸다.

"거짓말 아니야. 내가 거짓말을 하는 사람은 아니잖아. 받아들이기 어렵겠지만 사실이야."

"형수야, 아니라고 말해 줘. 제발, 거짓말이라고 말해 줘. 엄마는 죽으면 안 돼. 나 때문에 죽으면 안 된다고. 나 때문에……."

나는 형수를 쳐다보며 그대로 정신을 잃어버렸다.

3년 만에 집으로 돌아왔다. 집은 깨끗하게 정돈돼 있었다. 엄마가 나를 기다리며 불에 탄 집을 예전 모습으로 공사해 놓았다. 엄마가 얼마나 나를 기다렸는지 내 방을 둘러보며 느낄 수 있었다. 침대 위에 내 잠옷이 사각형 모양으로 개어져 주인을 기다리고 있었다.

집으로 돌아와 엄마의 죽음을 인정하게 됐다. 따뜻한 침대에 누워 엄마를 떠올렸다. 침대에 누워 있으면 아침마다 나를 깨우던 엄마 모습이 보였다. 샤워하고 나온 엄마 몸에서 꽃향기가 났었다.

엄마는 나 때문에 죽었다. 아니, 내가 엄마를 죽였다. 모든 잘못을 엄마에게 뒤집어씌우고 나는 도망쳤다. 병원에 온 남자처럼 가장 쉬운 방법을 선택했다. 내가 어렸다는 것도 모두 변명처럼 느껴졌고 내 잘못이 아니라는 상담자의 가식적이고 무책임한 말도 받아들이기 어려웠다. 세상의 어떤 것도 썩어 곪아 가는 내 마음을 치료해 주지 못했다. 엄마를 저주하는 게 내가 선택할 수 있는 가장 편한 방법이었다.

엄마를 죽인 나를 용서할 수 없었다. 죽이고 싶도록 증오했다. 자해가 이어졌다. 칼로 몸을 베었다. 붉은 피를 볼 때만 마음이 진정됐다. 그러다 깊게 칼을 찔러 넣었다. 몇 번을 병원으로 실려 갔다.

죄책감으로 인한 공황 장애로 고통스러워하며 난파된 배처럼 침몰만을 기다리고 있던 내게 손을 내민 건 형수였다.

자살을 시도했다. 병원에 실려간 후 며칠 뒤 퇴원했다. 그날 형수가 나를 찾아왔다. 형수는 내게 등산화를 내밀었다. 테두리가 빨간 등산화를 보며 나는 의아한 표정을 지었다. 형수는 "등산 가자."라고 한마디만 했다. 나는 형수를 따라나섰다.

북한산에 도착한 형수는 앞만 보고 걸었다. 돌계단이 끝없이 위로 이어져 있었다. 나와 형수는 아무 말도 하지 않은 채 걷기만 했다. 30분에서 40분 정도 돌계단을 걸었다. 내가 지쳐 주저앉자 형수는 가방에서 물을 꺼내 건넸다. 나는 형수가 주는 물을 벌컥벌컥 마신 후 주위를 둘러봤다. 해가 서쪽 끝에 와 있었다. 등산을 마친 사람들이 하나둘 하산하고 있었다.

나는 산에서 내려오는 사람들을 보며, 집으로 돌아가고 싶은 마음이 들었다. 몸이 축 늘어지면서 지쳐 있었다. 형수는 물을 다 마신 나를, 말없이 쳐다보더니 다시 일어나 걸었다. 나는 어쩔 수 없이 형수를 따라 걸었다. 칼바위능선이란 표지판이 나오고 형수는 그쪽으로 방향을 돌려 오르기 시작했다.

칼바위가 맞았다. 칼처럼 생긴 바위가 직각으로 솟아 있었다. 조금만 발을 잘못 디뎌도 밑으로 떨어질 것 같았다. 형수는 불안해하며 떨고 있는 내게 손을 내밀지 않았다. 새 등산화가 바위에 착착 달라붙으며 나를 바위 위로 이끌었다. 다리는 계속 후들거리고 손도 덜덜 떨렸다.

서쪽 하늘에 붉은 노을이 펼쳐져 있었다. 산 위로 올라갈수록 점점 어둠이 드리워졌다. 북한산 정상에 올라왔을 땐 사방이 캄캄했다. 형수는 랜턴 2개를 꺼낸 뒤 하나를 내게 내밀었다.

나와 형수는 바위 위에 앉아 하늘을 바라봤다. 캄캄한 줄 알았던 하늘이 자세히 보니 파란색과 섞여 있었다. 그 안에 별이 반짝거렸다. 산 밑 도시 안에서도 불빛이 별처럼 반짝였다.

　차가운 바람이 불어와 땀에 젖은 머리를 말려 줬다.

　형수가 나를 바라봤다. 그리고 절벽 끝으로 걸어갔다.

　"수빈아, 지금도 자살하고 싶니?"

　나는 형수를 바라봤다.

　"수빈아, 여기가 자살하기에 좋은 장소야. 지금 여기서 뛰어내리면 너는 바로 죽을 수 있어. 여기로 와 봐. 그리고 저 끝을 봐. 죽고 싶으면 내가 밀어 줄게."

　형수는 나를 죽이고 싶다는 듯이 말을 했다. 나는 홀린 사람처럼 일어나 형수가 서 있는 절벽 끝으로 걸어갔다. 절벽 끝에서 밑을 내려다봤다. 떨리던 다리가 더 후들거렸다. 하늘의 별빛과 땅 위의 불빛이 반짝거리며 빙빙 돌았다. 나는 어지러워 휘청거렸다.

　형수가 나를 밀었다. 내 몸이 공중에 떴다. 바로 밑으로 떨어지려는 순간, 형수가 한쪽 손을 잡았다. 나는 한 손을 형수에게 의지한 채 다른 한 손을 허우적거리며 절벽 끝에 있는 나무를 잡으려고 애를 썼다.

　"수빈아, 살려고 그러지 마. 너 죽고 싶어 했잖아. 원하면 지금 이 손을 놔줄게. 그럼 넌 죽을 수 있어."

나는 형수 말에 눈물이 나왔다.

"형수야, 왜 그래. 갑자기 내게 왜 이러냐고. 살려 줘."

"아니, 죽어. 그게 나을 거야. 팔이 힘들다. 이만 네 손을 놔야겠다. 너도 편해지고 나도 좀 편해지자. 나는 네가 갑자기 산꼭대기 위에서 뛰어내렸다고 사람들에게 말할게."

"아냐, 형수야. 나 죽고 싶지 않아. 제발 살려 줘. 미안해. 나 이제 죽고 싶지 않아. 다시는 자살 시도 안 할게. 살려 줘. 살고 싶어."

형수는 내 눈을 빤히 쳐다보며 서서히 손에 힘을 뺐다.

"안 돼! 형수야, 이러지 마, 제발. 이제 떨어질 것 같아. 형수야, 나 살고 싶어. 손에 힘 빼지 마. 부탁이야. 제발 부탁이야."

나는 눈물과 콧물이 뒤범벅된 채 형수에게 애원하며 매달렸다. 형수는 다시 손에 힘을 줬다. 형수는 작은 움직임도 없이 내 손을 잡은 채 눈을 감았다. 시간이 흘렀다. 1초가 10년처럼 느껴졌다. 그사이 나는 버둥거리며 발아래를 봤다. 온몸에 소름이 돋았다. 바람이 불 때마다 내 몸은 시계추처럼 흔들렸다.

"형수야!"

나는 형수를 다급히 불렀다. 형수가 눈을 떴다.

"너를 위해 살아, 이 바보야."

형수는 양손을 내밀더니 내 몸을 위로 쭉 올렸다. 위로 올라온 나는 산꼭대기에서 밤새 서럽게 울었다. 형수는 우는 나를 옆에 두고 잠들었다. 새벽이 돼서야 나는 울음을 그쳤다.

"이제 내려가자."

형수가 내 등을 쳤다. 나는 형수 뒤를 따라 산 밑으로 내려갔다.

나는 다시 시작하려고 몸부림을 쳤다. 몇 년 안 되는 가출 생활이었지만 일상으로 돌아오는 일이 쉽지 않았다. 쉽게 자신을 내팽개치는 일이 몸에 배어 있었다.

형수는 그날 무슨 일이 있었냐고 묻지 않았다. 자신을 만나고 나간 후 내가 집에 불을 질렀다는 사실을 형수는 잊지 않았다. 분명 건드리면 안 되는 상자를 열게 한 장본인이 자신이라고 생각하는 듯했다.

나는 정신과 상담과 심리 상담을 받으며 고통을 치유하려고 노력했다. 하지만 끝내 그들과 교감하지 못했다. 모든 상담을 정리했다. 자기 치유를 위해 의대를 들어갔다. 항문이 찢어지도록 의자에 앉아 공부한 결과였다. 의대에 입학하고도 인간이라고 믿어지지 않을 만큼 똑똑한 아이들과 공부하는 일이 쉽지 않았다. 형수가 밀고 당겨 주며 나를 응원했다. 나는 형수에게 아무 책임이 없다는 사실을 알고 있었지만, 고맙다고 하지 않았다. 나중에 시간이 흘러 형수가 내 도움이 필요할 때 나도 묻지 않고 그를 위해 최선을 다할 거다.

의대를 졸업하고 박사 과정을 밟으면서 의사와 환자와의 정신적 공감에 대한 논문을 썼다. 환자는 생각보다 많은 걸 의사에게 노출하고 싶어 하지 않는다는 걸 알았다. 노출을 거부하는 그들의 내면으로 들어가 치료하는 최면 치료에 관한 연구 논문을 발표하면서 사람들의 관심을 받게 됐다.

최면 치료는 생각보다 깊이 환자를 이해할 수 있도록 도왔다. 환자들이 기억하고 있는 자신의 상황과 감정이 실제 자신이 겪었던 경험과 달리 많이 왜곡돼 있었다. 최면 치료를 통해 왜곡을 바로잡아 주면 환자들은 정서적 안정감을 느꼈다. 나는 조금씩 자신과 타인을 치료하면서 깊은 절망의 늪에서 벗어났다.

그러던 어느 날, 예약 환자명에서 민윤희란 이름을 보았다. 당황스러웠다. 나는 잘 살고 있었고, 다시 윤희를 만날 필요를 느끼지 못했다. 조금씩 안정을 찾고 있는 시점에서 윤희와의 만남은 달갑지 않았다.

윤희 모습은 크게 변하지 않았다. 세월이 느껴지지 않았다. 키가 크고 조금은 살이 빠진 아름다운 모습이었다. 머리를 뒤로 단아하게 묶고, 파란색과 하얀색이 조화를 이룬 원피스를 입고 나타난 윤희는 여전히 천사 같은 모습이었다. 내가 사랑했던 친구 윤희였다. 가장 믿고 의지했던 친구 모습 그대로였다. 심장이 아려 왔다. 만나고 싶지 않았지만, 막상 얼굴을 보니 보고 싶었던 마음이 한꺼번에 밀려왔다.

나는 진찰실 문을 천천히 열고 들어오는 윤희를 보고 눈물이 핑 돌았다.

"윤희야?"

"수빈아. 정말 수빈이 맞네. 나는 설마 했어. TV에 나오는 네 모습이 달라서 혹시나 해서 와 본 거야."

윤희 말이 맞았다. 나는 과거를 잊고 싶어 성형 수술을 했다. 예뻐지고 싶다는 욕망보다 과거의 내 모습을 지우고 싶었다. 아무도 알아보지 못했는데 윤희만 나를 알아봤다.

"응, 내가 성형 수술을 좀 했어. 너는 대단하다, 나를 알아보고."

"사실 나도 못 알아봤어. 그냥 너랑 이름이 똑같은 사람이라고만 생각했거든. 그런데 아버지가 너를 알아보더라고. 아버지 말을 듣고 보니 정말 네 얼굴이 보이더라. 웃는 모습과 말하는 모습이 예전과 똑같은 거야."

나는 윤희 말에 표정이 변했다. 아저씨가 나를 알아봤다는 말에 몸이 차가워졌다.

"그래? 캐나다에서는 언제 왔어? 아저씨는 건강하시고?"

"대학 졸업하고 바로 한국으로 와서 취직했어. 취직해서 결혼하고 한국에 정착했지. 아버지도 나를 따라 한국으로 오셨어. 사실 우리 부모님 이혼하셨어. 이야기가 길어."

"그래, 윤희야. 많이 힘들었겠다. 우리 이러지 말고 진료 끝나고 밥이나 먹자."

윤희를 빨리 진료실에서 내보내고 싶었다. 자꾸 숨이 막혔다.

나는 일어나 생수통을 들고 물을 벌컥벌컥 마셨다.

"수빈아, 나 치료받으러 왔어. 너라면 내가 마음 놓고 말할 수 있을 것 같아서 말이야. 내 삶이 엉망이야. 나 좀 치료해 줘. 네가 유능한 의사라고 사람들이 말하더라. 제발 부탁이야."

나는 돌려보내고 싶은 마음을 억누르고 윤희 이야기를 들었다.

"수빈아, 나, 별거 중이야. 몇 개월 전부터……. 남편이 떠났어. 남편하고 처음부터 사이가 나빴던 건 아니었어. 내가 남편 웃는 모습에 반했거든. 내가 쫓아다녔어. 이유 없이 남편이 좋았어. 나중에 생각해 보니 남편 웃는 모습이 아버지 웃는 모습하고 정말 똑같더라고. 물론 얼굴도 아주 비슷해."

윤희는 알 수 없는 미소를 지은 뒤 말을 이었다.

"결혼 후 알게 됐어, 남편과 나는 서로 맞지 않는 사람이라는 걸. 왜 결혼 전에는 그것을 깨닫지 못했는지 모르겠어. 모든 게 힘들었어. 남편이라는 사람도 힘들었지만, 시댁 식구들 자체가 힘들었어. 시아버지는 암 투병 중이었고, 두 시동생 중 한 명은 평생 일 한번 하지 않은 백수였고, 막내 시동생은 사업하다 망했는데 재기 불능이었어. 젊은 나이임에도 다시 일어설 생각을 안 하는 거야. 시어머니, 두 명의 시동생이 모두 몸이 멀쩡하면서도 나가서 돈 벌 생각을 안 하는 거야. 모두 남편 월급만 기다리며 빈둥빈둥 삶을 살아가는 모습을 보고 오만 가지 정이 다 떨어져

나갔어."

윤희는 화를 참지 못하고 입술을 떨었다.

"나도 처음에는 노력했어. 시간이 지나면 나아질 거로 생각하며 기다렸어. 하지만 그건 내 착각이었어. 내게 손을 내미는 거야. 시동생이 말이야. 돈 좀 빌려달래. 친정이 잘사니 돈 좀 빌려달라는 거야. 나는 남편이 조금이라도 시동생을 말려 줄 거로 생각했는데 그게 아니었어. 은근히 바라고 있었던 거야. 결혼할 때 가져온 돈 좀 있냐고 묻더라고."

윤희는 잠깐 숨을 돌리고 말을 이었다.

"그러다 임신이 된 거야. 수빈아, 남편하고 나는 매일 다퉜어. 임신 후 하루도 편한 적이 없었어. 직장 다니면서 시어머니 호출에, 시아버지 병시중에, 시동생의 돈 빌려달라는 노골적인 요구에 지칠 대로 지쳐 가더라고. 내가 임신 중독증 증세로 고통받는 걸 알면서도 자기네 필요한 것만 요구하는 거야. 내 몸은 임신 중독으로 퉁퉁 부어 있었어. 의사는 유산될 수도 있다며 계속 조심하라고 경고하는데 아무도 내게 힘드냐고 묻지 않는 거야, 미친 시댁 식구들이."

윤희는 목멘 듯 잠시 침묵했다.

"그날도 남편이랑 아침부터 싸웠어. 남편이 내게 소리를 지르며 물건을 집어 던졌어. 그때부터 배가 아파 왔어. 남편이 더는 너 같은 여자와 살기 싫다며 짐을 싸는 거야. 내가 어이가 없어 남편 가방을 빼앗았거든. 그런데 남편이 나를 밀치고 집을 나가더라고. 내가 넘어지면서 배가 아파 남편을 불렀는데도 들은 척도 하지 않고 나가 버렸어."

윤희 눈에서 눈물이 한두 방울씩 떨어졌다.

"내 아기가 유산된 거야, 수빈아."

윤희는 고개를 숙이고 손으로 얼굴을 가린 채 절규하듯 온몸을 떨었다.

"모든 게 그 악마 같은 인간 탓이야. 태어나서 그렇게 누군가를 증오한 적이 없었어. 내 아기를 죽인 것처럼 그 인간도 죽이고 싶었어. 수빈아, 나는 아버지가 없었다면 그 인간을 죽였을지도 몰라."

윤희의 고통은 이해했지만, 남편을 죽이고 싶었다는 말이 불편하게 다가왔다.

'나는 네 아버지를 죽이고 싶었어. 지금도 매일 네 아버지를 죽이는 꿈을 꿔.'

나는 마음속으로 중얼거렸다.

"수빈아, 우린 결혼한 후에도 거의 잠자리가 없었어. 처음엔 아버지와 닮은 남편이 좋았는데 시간이 지날수록 남편 얼굴이 아버지 얼굴과 겹쳐지면서 도저히 잠자리를 못 하겠더라고. 남편을 보면 흥분이 되지 않는 거야. 죄책감마저 들었어. 그러다 보니 남편과 나는 더욱 사이가 멀어지더라고……."

윤희는 길게 한숨을 내쉬었다.

"수빈아, 뭐가 잘못된 걸까? 남편과는 곧 이혼할 것 같아. 아기도 유산되고 이제 그 남자에 대해서는 아무 미련도 없어. 증오하는 마음조차 없어. 증오도 사랑이 있어야 생기는 것 같아. 남편과 별거를 시작하고 다시 아버지와 살게 되니까 마음이 편안해지는 거야. 아버지가 모든 걸 다 알아서 해 주시거든. 어린 시절로 되돌아가는 느낌이었어. 남편과 살면서 내가 깨달은 건 딱한 가지야. 아버지가 내게 정말 소중한 존재라는 거야."

윤희는 잠시 머뭇거리며 손가락을 만지작거렸다.

"그런데 요즘 아버지가 만나는 여자가 있어. 잘됐다 싶으면서 이상하게 두려운 거야. 예전에는 이런 두려움이 없었거든. 아버지가 나를 버리지 않을 거란 확신이 있었어. 하지만 요즘은 달라졌어. 내가 다 큰 성인이 됐잖아. 아버지가 나를 언제든지 버리고 그 여자와 결혼할 수 있겠다는 생각이 드는 거야. 수빈아, 나는 이제 아버지 없는 삶은 상상할 수 없어. 세상 남자들이 너무 무서운 거야. 나를 지켜 줄 사람이 아버지밖에 없다는 생각이 들면서 나도 모르게 그 여자를 질투하는 거야. 묘한 질투심과 분노로 요즘 잠을 이룰 수 없어."

윤희는 입술을 꼭 깨문 뒤 말을 이었다.

"수빈아, 내가 왜 이리 아버지한테 집착하는지 모르겠어. 나이를 먹으면 당연히 없어져야 할 감정이 아직도 내 안에 가득한 거야. 남편과 별거 후 증상이 더 심해졌어."

어릴 때부터 윤희의 아버지에 대한 사랑은 알고 있었지만 자라면서 사라질 거로 생각했다. 대부분 사람은 이런 콤플렉스가 자연스럽게 사라진다. 누구나 한번은 엄마나 아빠를 지독히 사랑했던 어린 시절이 있다. 물론 부모와 지독히 고통스러운 어린 시절을 보낸 사람도 있다. 윤희는 생각보다 병적으로 아버지에 대한 사랑이 남아 있었다.

윤희 말을 듣고 있으면 헌신적인 아저씨 모습이 떠올랐다. 자기 혈육에 대한 무한한 애정이 느껴졌다. 그리고 내게 한 행동도 떠올랐다. 인간의 이중성은 어디까지가 끝인 걸까? 문득 나는 의심이 들었다. 혹시 아저씨가 자기 딸에게도 몹쓸 짓을 하지는 않았을까?

나는 계속 의심했다. 의심하며 증거가 될 만한 내용을 찾으려 애를 썼다. 윤희는 첫 남자와의 관계에서 아무 통증도 느끼지 못했고 혈흔도 있지 않았다고 말했다. 혹시 윤희가 자기 기억을 왜곡하고 있는 것은 아닐까? 윤희가 남편과의 잠자리를 불편해하는 건 아저씨와의 불쾌한 접촉에 대한 기억으로 인한 방어 기제가 아닐까? 나는 계속 윤희와 아저씨와의 관계를 의심하며 상담을 이어 갔다.

윤희와 상담이 끝난 후, 불현듯 아저씨 모습이 궁금해졌다. 어느 순간부터 얼굴이 떠오르지 않았다. 기억 속에서 숨소리와 말소리, 냄새만이 떠올랐다. 수많은 남자가 내 몸을 거쳐 가면서 늙은 남자들 모습이 모두 아저씨 모습과 겹쳐졌다. 역겨운 모습들.

나는 퇴근 시간이 지났는데도 병원에 남아 환자 기록을 쳐다보고 있었다. 윤희 진료 기록을 유심히 쳐다봤다. 윤희가 한 말이 계속 떠올랐다.

"요즘 아버지가 만나는 여자가 있어. 나는 문득 두려운 거야. 아버지가 나를 버리고 그 여자와 결혼할까 봐."

급히 진료 기록에서 윤희 주소를 알아낸 후, 윤희와 아저씨가 사는 아파트로 향했다. 아파트에 도착했을 때 윤희가 사는 층에는 아무 불빛도 없었다. 나는 윤희에게 전화했다.

"윤희야, 너 어디야. 내가 일이 있어서 네가 사는 근처에 왔어. 시간 되면 같이 차라도 마시자."

[그래? 그런데 어쩌지? 나, 지금 나와 있어. 늦게 들어갈 것 같아. 오늘은 어렵고, 혹시 내일 네가 시간 되면 같이 저녁 먹자.]

"어쩔 수 없지. 아저씨는 몇 시쯤 들어와?"

[아버지는 10시쯤 들어오셔. 여자 친구와 데이트 좀 하고 들어오실 거야.]

"그래? 집에 불이 꺼져 있는 것 같아서 물어봤어. 그럼 윤희야, 내일 만나서 저녁 먹자. 수요일하고 금요일에 꼭 치료받으러와. 힘들어도 같이 이겨 내 보자."

나는 10시까지 아파트 주차장에서 아저씨를 기다렸다. 다행히 지하 주차장이 없는 오래된 아파트여서 윤희가 사는 동 근처에서 아저씨를 기다릴 수 있었다. 10시가 지나고 10시 30분이 되자 차 한 대가 주차장 안으로 들어왔다. 흰색 외제 차는 내 곁을 지나 아파트 출입구 근처에 주차했다.

　차 문이 열리더니 세련되고 중후한 남자가 밖으로 나왔다. 나는 급히 몸을 숙였다. 앞 유리창 너머로 보이는 남자를 살폈다. 여전히 단정하고 온화한 모습을 하고 있었다. 아저씨는 조금 흰머리가 보일 뿐 예전 모습 그대로였다. 머리가 아파 왔다. 식은땀이 나서 손이 축축했다.

　아저씨는 차 안에 있는 사람에게 손을 흔들었다. 차 안에는 아저씨보다 젊고 우아한 여자가 손을 흔들고 있었다. 나는 여자를 보고 안도의 숨을 내쉬었다.

　순간, 여자가 탄 차의 뒷문이 열리더니 어린 여자아이가 뛰어나왔다. 자그맣고 귀여운 여자아이는 그대로 달려가 아저씨를 안았다. 역시 예상은 빗나가지 않았다. 사춘기가 시작되려는 여자아이의 모습은 어릴 적 내 모습과 닮아 있었다. 나는 숨을 쉬지 못하고 그대로 굳어 버렸다.

　윤희는 수요일과 금요일마다 치료를 받으러 왔다. 윤희 치료는 순조로웠다. 윤희는 치료를 받으면서 불면증과 우울증이 조금씩 개선됐다.

"윤희야, 최면 치료 한번 받아 보는 게 어떨까? 가격이 조금 부담되겠지만 어두운 기억에 대한 고통을 조금씩 줄여 주는 효과가 있어. 가격은 내가 조절해 볼게. 일주일에 두세 번씩 받으면 몇 개월 안에 효과를 볼 수 있어. 가끔 불안 증세를 보이며 약물에 의존적인 모습을 보이는 사람도 있어서 최면 치료를 권유하기도 해."

"그래? 조금 비싸도 괜찮아. 아버지가 내가 우울증 약을 먹는 걸 보고 많이 속상해하셨거든."

"그럼, 오늘은 예약이 잡혀 있어서 어렵고, 다음 주부터 치료에 들어가 보도록 하자."

"수빈아, 나는 너를 믿어. 너를 만나서 많이 좋아졌어. 전에도 치료를 받아 봤는데 제대로 되지 않아 중단했거든. 그리고……."

윤희는 잠시 말을 잇지 못하더니 이내 말을 이었다.

"너에게 치료받는 거 아버지는 모르셔. 지난번 네가 우리 집 앞이라고 해서 속으로 많이 놀랐거든. 아버지는 나에 대해 말을 아끼시는 편이야. 사귀는 여자에게도 내가 별거 중이라는 걸 말씀하지 않으셨더라고. 그냥 몸이 안 좋아 친정에 와 있는 줄 아셔. 괜히 사람들이 알면 내가 상처받을까 걱정하시는 듯해. 이해해 줘, 수빈아."

나는 쓴 미소를 지으며 윤희를 바라봤다.

"알았어. 걱정하지 마. 그날 일 보고 다시 그 앞을 지나가다가 아저씨를 보긴 했는데 일행이 있는 듯해서 모르는 척했어. 다행이다."

"그랬어? 일행이 여자였어?"

"응, 흰색 외제 차에서 아저씨가 내리던데. 중년의 여자가 운전하는 차였어. 아저씨가 차에서 내려 손을 흔드셨거든. 그런데 조금 있다가 뒷좌석에서 열한 살쯤 돼 보이는 여자애가 내려서 아저씨에게 뛰어가 안기더라고."

윤희는 누군지 아는 표정을 지었다.

"아버지와 사귀고 있는 여자분이셔. 아이는 그분 딸일 거야. 마흔이 넘어 결혼해서 아이 낳고 이혼하셨나 봐. 딸이 많이 어려. 어릴 적 너랑 닮았어. 짧은 머리와 마른 몸, 쌍꺼풀 없는 눈도 말이야. 그 아이 보면서 네가 떠올라 많이 보고 싶었어. 어릴 때 나는 정말 네가 좋았거든. 마치 내 쌍둥이 자매 같았어."

"윤희야, 나도 정말 고마웠어. 네가 나를 가족처럼 아껴 줘서. 아저씨도."

나는 마네킹 미소를 지으며 윤희를 안았다.

꿈속에서 아저씨 손을 잡고 가는 소녀 모습이 보였다.

나는 외쳤다.

"안 돼! 가지 마. 아저씨 손을 놔. 꼬마야, 제발 그 손을 놔. 제

가지튀김 183

발......."

소녀는 자꾸 뒤돌아보며 나를 봤다.

"왜요? 나는 아저씨가 좋아요. 아줌마도 아저씨를 좋아했잖아요."

"내가 너를 지켜 줄게. 가지 마. 제발 아줌마 곁으로 와. 아줌마가 너를 지켜 줄게. 우리 엄마는 나를 지키지 못했어. 하지만 아줌마는 너를 꼭 지켜 줄게. 더는 고통받는 사람이 생기면 안 돼."

소녀는 고개를 갸웃거렸다.

"나를 지켜 줄 거예요? 그럼 나를 꼭 지켜 주세요. 약속해요."

소녀는 새끼손가락을 위로 올리며 아저씨 손을 잡고 내게서 멀어졌다.

아침에 눈을 떴을 때 꿈에서 본 소녀가 어린 시절 나인지, 아니면 윤희인지, 아니면 며칠 전에 본 아저씨를 꼭 안은 소녀인지 알 수가 없었다. 내가 기억하는 건, 이번엔 내가 그날 차 안에서 본 소녀를 꼭 지켜 줘야 한다는 사실이었다.

나는 끊임없이 윤희의 무의식에 집착했다. 윤희가 떠올리지 못하는 어린 시절 기억을 찾아내고 싶었다. 나는 아저씨가 자기 딸조차 성적인 존재로 보는 악마이길 바랐다. 윤희가 아저씨에게 참혹하게 짓밟혔길 바랐다. 그래야 공평하다고 생각했다.

아무것도 모르는 윤희는 편안하게 누운 채로 서서히 최면에 빠졌다. 나는 집요하게 윤희의 어린 시절을 파고들었다. 강제로 기억해 내도록 질문을 유도했다. 순간순간 내 목소리가 떨렸다. 파고들면 들수록 최면 속에 빠진 윤희 모습은 편안해 보였다. 윤희는 한 번도 아저씨에게 성폭행을 당한 적이 없었다. 아저씨는 딸에게는 완벽하게 헌신적이고 자상한 아버지였다. 아버지를 떠올리는 윤희 모습은 아버지를 사랑하는 행복한 소녀 모습이었다.

죽이고 싶었다. 아저씨도 윤희도 죽이고 싶었다.

나는 행복했던 어린 시절을 떠올리는 윤희를 최면 상태에서 깨우지 않았다. 더 깊은 최면 속으로 끌고 들어갔다.

"당신의 어린 시절을 떠올립니다. 어린 시절 아버지는 당신을 사랑했나요?"

"네, 사랑했어요. 아버지는 내가 원하는 건 뭐든지 들어줬어요. 숙제도 봐 주고, 맛있는 요리도 해 주고, 여행도 같이 다녔어요. 어린 시절 나는 행복했어요."

윤희는 마치 어린 시절로 되돌아간 듯이 아이처럼 말했다.

"어떤 요리를 해 줬나요?"

"스파게티도 해 주고, 치즈 미트볼 요리도 해 주고, 수빈이와 먹었던 가지튀김도 맛있었어요. 수빈이는 그 요리를 정말 좋아했는데……."

순간 내 목소리가 흔들렸다. 목 안으로 뜨거운 덩어리가 가득 차 올라왔다.

"아버지는 당신을 언제까지 안아 줬나요?"

"지금도 안아 줘요. 아버지는 내가 힘들다고 하면 언제나 넓은 가슴으로 안아 줘요. 아버지가 안아 주면 마음이 편안해져요."

"아버지는 당신을 아직도 무릎 위에 올려놓나요?"

윤희는 고개를 가로로 저었다.

"지금은 무릎 위에 올려놓을 수 없어요. 내가 나이를 먹어 무겁 거든요."

"어릴 적, 아버지가 당신을 무릎 위에 올려놓으면 당신은 아팠 을 거예요."

"아니에요, 좋았어요. 아버지 냄새도, 포근함도, 강한 힘도 좋 았어요."

"당신은 기억해야 해요. 아버지가 당신을 안을 때마다 당신은 마음도 몸도 아팠어요."

윤희는 고통스러운 듯 얼굴을 찌푸렸다.

"기억해 내 봐요. 아버지와 가지튀김 먹은 날을 기억해 봐요. 가지튀김을 먹는 날은 언제나 특별한 날이에요. 아버지가 당신 에게 맛있는 가지튀김을 해 준 뒤 당신을 아프게 했어요. 아버지 가 당신을 아프게 한 날을 기억해 봐요!"

"기억나지 않아요."

"가지튀김을 먹는 날은 아버지가 당신을 아프게 하고 부끄럽 게 한 날이에요. 당신은 아프다고 소리치고 아버지를 밀어냈어 요. 아버지는 당신에게 괜찮다고 하며 조금만 참으라고 말했어요. 당신이 남편과 잠자리를 거부한 이유는 어릴 적 상처 때문이에요. 당신은 아버지 때문에 앞으로도 사랑하는 남자와 잠자리를 할 수 없게 됐어요."

"기억나지 않아요."

"가지튀김을 해 준 날, 아버지는 당신을 성폭행했어요. 그날 당신은 피를 흘리고 아파서 밤새 울었어요. 아무에게도 말하지 못하고 혼자 참고 살았어요."

윤희는 울기 시작했다. 나도 설움이 복받쳤다. 내 이야기였다. 나는 나오는 눈물을 삼켰다.

"아버지 때문에 내 인생이 망가져 버린 건가요?"

"그래요, 아버지 때문에 당신이 망가진 거예요. 가지튀김 해주는 날을 기억해요. 그날은 아버지가 당신을 아프게 하는 날이에요. 당신은 아버지 손아귀에서 벗어나지 못하고 영원히 불행해질 거예요. 당신이 벗어날 수 있는 유일한 길은 아버지가 사라지는 거예요. 아버지가 당신 몸에 손을 대지 못하게 아버지를 죽여요. 아버지가 사라진다면 당신은 다시 행복해질 수 있어요. 잘 기억해요."

"할 수 없어요."

"아버지가 가지튀김을 하며 뒤돌아서 있을 때 그때 죽여요. 주방에 있는 칼로 아버지를 죽여요. 아버지가 사라져야 당신이 행복해질 수 있어요. 당신의 아버지는 악마예요. 악마를 세상에서 사라지게 해야 할 사람은 당신밖에 없어요."

"난 슬퍼요. 슬퍼서 마음이 찢어질 것 같아요."

윤희는 최면을 계속 거부했다. 나는 윤희가 최면에 쉽게 빠질 수 있도록 더욱 무기력하게 만들었다. 윤희의 거센 저항도 시간이 지나자 조금씩 약해지면서 세뇌돼 갔다. 나는 윤희가 불안 장애를 보일 때마다 강한 항우울제를 처방했다.

몇 개월 후 윤희는 아저씨를 죽였다. 주방에서 윤희를 위해 가지튀김을 만드는 아저씨에게 달려들어 옆구리를 찔렀다. 놀란 아저씨에게 다시 달려가 목을 찔렀다. 수십 군데를 찔린 아저씨는 그 자리에서 즉사했다. 아저씨와 윤희를 발견한 건 아저씨의 여자 친구였다.

8

가루가 된 윤희는 작은 항아리에 담겨 추모 공원으로 옮겨졌다. 윤희가 담긴 유골함 옆에는 사진 몇 장이 작은 액자에 끼워져 있었다. 어린 시절 윤희와 내가 서로 꼭 껴안고 이를 드러낸 채 웃는 모습의 사진도 있었다.

나는 눈이 부시도록 화창한 봄날에 얼음처럼 차가운 표정을 짓고 유골함을 바라봤다.

'윤희야, 다시 태어나면 나는 너의 노예로 태어날 거야. 너는 내가 죽는 순간까지 채찍질하고 고문하도록 해. 내가 정신을 잃으면 온몸을 갈기갈기 찢어서 살아 있는 채로 산짐승들이 먹이를 찾아 헤매는 숲속에 버려. 어두운 숲속에서 두려움으로 눈이 뒤집힐 즘에 피에 굶주린 야생 동물들이 나를 물어뜯게 될 거야. 먼저 사나운 까마귀가 달려들어 내 눈을 쪼아 먹을 거고, 그다음 들고양이들이 내 얼굴을 물어뜯을 거야. 마지막으로 들개들이 달려들어 내 몸통을 찢어 먹겠지. 나는 그렇게 죽어야 하는 인간이야. 우린 그렇게 다시 태어날 거야. 이번 생에서 나는 네게 용서해 달라는 말은 하지 않을게. 그 사람이 가장 비참하게 죽을 수 있는 방법은 이 방법밖에 없었어. 윤희야, 잘 가.'

예전에 형수가 내게 말했다.

"수빈아, 고통을 마음속 그늘진 곳에 첩첩이 쌓아 두면 어느 순간에 자신이 괴물이 돼 있다는 사실을 느끼지 못할 수가 있어."

바람이 불었다. 숲에서 바람에 실려 온 꽃향기가 코끝을 스쳤다. 나는 추모 공원을 나와 자동차에 몸을 실었다. 달렸다. 돌아볼 수 없도록 속도를 냈다. 하늘과 가로수와 새들의 모습이 빠르게 스쳐 지나갔다. 붉게 물든 가슴의 상처가 서서히 지워지기 시작했다. 아무리 상담을 받아도, 약을 먹어도, 답답하고 숨이 막혀 질식할 것 같은 가슴의 통증이 시원하게 뚫리며 사라졌다.

내가 간절히 원하던 평화로움이다.

멸치국수

1

냄비에 돼지고기와 대파, 마늘, 양파, 통후추, 소금을 넣고 센 불에서 삶다가 물이 끓어오르면 약한 불로 줄여 뚜껑을 덮고 15분간 더 끓인다. 다시 물이 끓어오르면서 생기는 거품은 걷어 낸다. 양념장은 다진 파와 고춧가루, 들깨, 후춧가루를 섞어 만들어 놓는다. 거의 다 됐다.

삶은 국수에 고깃국물을 부어 주고 돼지고기는 따로 꺼내 0.5cm 두께로 썰어서 당근과 같이 얹어 놓고 양념장을 부으면 끝난다. 송이가 옆에서 먹고 싶어 안달했다.

뜨거운 고기국수가 잠시 식기를 기다렸다가 자욱한 연기가 사라질 때쯤에 송이와 나는 국수를 먹기 시작했다. 송이는 양념장을 싫어한다. 그냥 먹는다. 송이는 아직 뜨거운 것을 잘 먹지 못해서 계속 국수를 입 안에 넣고 뱉기를 반복했다. 나는 국수를 작은 그릇에 덜어 조금 더 식힌 다음 송이에게 줬다. 송이는 귀여운 미소를 지으며 국수를 먹었다. 송이와 나는 모두 국수를 좋아한다.

힘든 일이 있었던 다음 날이면 송이와 나는 국수를 먹고 싶어 한다. 우리는 국수를 배가 터지도록 먹은 후 같이 껴안고 잠을 잔다. 국수를 먹은 송이와 나는 깊고 달콤한 잠을 잔다. 자고 일어나면 마음 아팠던 일들이 모두 꿈처럼 기억에서 사라진다.

송이는 국수를 다 먹고, 고기도 먹고, 국물도 다 먹었다. 송이는 기분이 좋은지 활짝 웃었다. 송이는 올해 다섯 살이다. 송이는 지금 소리를 제대로 내지 못한다. 어제 남자가 송이 목을 조르고 주먹으로 세게 내리쳤다.

오전에 병원 진료를 받으러 갔는데 의사가 송이 목이 왜 그런지 내게 자꾸 물었다.

"계단에서 미끄러져 다쳤어요."

나는 의사 눈을 피하며 대답했다.

"이런 상처는 미끄러져 생긴 상처가 아닙니다."

의사는 의심스러운 표정을 지으며 나를 쳐다봤다. 나는 할 말이 없어 커다란 눈을 동그랗게 뜬 채 코끝이 빨개졌다.

"다시 한번 더 이런 일이 생기면 학대로 신고하겠습니다."

키가 작고 곱슬머리를 한 의사는 내게 단호하게 말했다. 나는 손을 벌벌 떨었다. 의사 눈을 쳐다볼 수 없었다.

국수를 먹고 나자 기분이 좀 나아졌다. 창문을 활짝 열었다. 주변이 산이라 솔 향내가 나는 바람이 창문을 통해 들어왔다. 송이도 나도 하품을 했다.

"이제 우린 늘어지게 잠을 자면 되는 거야."

송이도 나를 보며 고개를 끄덕였다. 나는 송이를 온몸으로 감싸 안았다. 송이가 좀 답답한지 몸을 뒤틀었다. 나는 붕대로 감긴 송이 목을 어루만졌다. 눈물이 핑 돌았다.

"송이야, 미안해. 엄마가 미안해. 지켜 주지 못해서 미안해. 엄마도 무서웠어. 엄마가 송이보다 더 무서웠나 봐. 엄마가 많이 미안해."

'엄마가 미안해.' 이 말은 양어머니가 내게 늘 하던 말이다. '엄마가 미안해.'란 말의 속뜻은 '엄마는 널 죽이고 싶어 해.'이다. 이 말의 속뜻을 이해하는 데는 많은 시간이 필요했다. 속뜻을 정확히 알기 전까지는 언젠가 엄마가 나를 다시 사랑해 줄 거라는 희망을 놓지 않았다. 내가 엄마를 닮았다. 양어머니를 닮았다. 그리고 양어머니가 내게 한 행동을 나도 송이에게 한다.

나는 보육원에서 자랐다. 처음부터 보육원에서 자란 건 아니다. 친엄마가 나를 보육원 앞에 세워 놓고 사라졌다. 싫지 않았다. 찢어지게 가난하게 살았다. 친엄마는 아빠가 죽은 뒤 이 남자 저 남자를 전전하며 그들에게서 한 푼이라도 뜯어내려고 발버둥 치는 삶을 살았다. 나는 친엄마와 사는 것보다 부자 양부모를 만나고 싶었다. 보육원에서 부자 양부모가 나를 선택할 거라는 희망을 품고 살았다.

나는 다른 아이들보다 예뻤다. 아이를 입양하고 싶어 하는 사람 중에는 예쁜 아이를 원하는 경우가 종종 있었다. 가끔 내 외모를 경계하는 여자들 때문에 문제가 있었지만, 희망을 버리지 않았다. 대머리 보육원 원장도 나처럼 예쁜 아이는 좋은 양부모를 만날 수 있다고 말하곤 했다. 원장은 나를 지나치게 예뻐했다. 머리를 쓰다듬고, 다리를 더듬고, 엉덩이를 주물럭거렸다. 상관없었다. 나는 원장에게 잘 보여 빨리 보육원을 탈출하고 싶었다.

나를 버리던 날 아침, 친엄마는 국수를 삶아 주었다. 멸치국수였다. 멸치국수를 삶아 주는 날은 엄마가 며칠 동안 집을 비우거나 내게 뭔가를 부탁하고 싶을 때였다. 미안한 마음이 들 때 엄마는 국수를 삶았다. 어린 나는 그 마음을 알면서도 국수가 좋았다. 엄마가 집을 비우는 것에 대해 미리 겁먹지 않았다. 그냥 국수를 먹는 게 좋았다.

친엄마가 만들어 준 멸치국수는 특별한 비법이 없었다. 그래도 가끔 멸치국수가 미치도록 먹고 싶다. 슬프고, 외롭고, 고통스러울 때 친엄마가 삶아 준 멸치국수가 먹고 싶었다. 엄마가 보고 싶었던 적은 없었다. 엄마 모습은 긴 생머리 외에 아무것도 기억나지 않았다.

엄마가 멸치국수를 만드는 법은 평범했다. 엄마는 물에 다시마와 국물용 멸치를 넣은 후 국물이 펄펄 끓어오르면 다시마를 건져 냈다. 그리고 중간 불에 조금 더 끓인 뒤 멸치도 건져 냈다.

고명으로는 계란 지단과 호박과 당근 볶음을 준비했다. 친엄마는 국수를 쫄깃하게 삶았다. 쫄깃한 국수를 돌돌 말아 큰 그릇에 담고 거기에 뜨끈한 멸칫국물을 부었다. 멸칫국물의 비릿한 냄새가 방 안에 진동하면 입 안이 군침으로 가득 찼다. 엄마는 국수 위에 계란 지단과 호박볶음과 당근 볶음을 올려놓았다.

그날 엄마는 젓가락에 국수를 돌돌 말아 먹는 내 모습을 한참 동안 물끄러미 봤다.

"맛있어?"

엄마 물음에 나는 고개를 끄덕였다. 엄마는 갑자기 코를 훌쩍이더니 자기 그릇에 있는 국수를 내 그릇에 덜었다.

나는 후루룩 소리를 내며 국물까지 다 먹었다. 엄마는 빠르게 손을 움직여 설거지하더니 같이 나가자고 말했다. 나는 불길한 예감이 들었지만, 엄마 말에 따랐다. 내 삶은 태어날 때부터 최악을 향해 달리고 있었다. 크게 두려울 게 없었다. 엄마는 내 손을 잡고 놀이 공원에 갔다. 나는 미래를 잊어버리고 온 정신을 현재에 집중했다. 무슨 일이 일어나든 상관없었다.

한참 정신없이 놀이 기구를 타며 놀고 있을 때 엄마는 나를 불러 다른 곳에 또 가야 한다고 말했다. 그리고 싸구려 인형 하나를 사 줬다. 그게 다. 엄마는 나를 보육원 정문 앞에 세워 두고 타고 온 택시를 타고 사라졌다.

엄마가 돌아올 거란 기대는 하지 않았다. 어렸지만 상황이 어떻게 돌아가는지 알고 있었다. 눈물도 나오지 않았다. 이렇게 버려질 것을 진즉에 알고 있었다.

친엄마에게 버려진 그날, 하늘 색깔이 쪽빛이었다. 나는 보육원 정문 앞에 앉아 쪽빛 하늘만 바라봤다.

보육원에서는 잘 지냈다. 집에서는 굶주려 있었다. 엄마는 나를 돌보지 않았다. 엄마가 오길 기다리며 방 안에 갇혀 하루 동안 굶은 적도 있었다. 보육원에서는 굶지 않았다. 더럽지도 않고 돌봐 주는 사람도 친절했다. 가끔 원생들끼리 심한 몸싸움이 있었지만, 바로 해결됐다. 원장은 싸운 아이들 모두, 손을 묶어 지하실에 가뒀다.

얼굴이 작고 눈, 코, 입이 모두 작은 아이가 한 명 있었다. 희수였다. 희수 역시 보육원 앞에 버려졌다. 희수는 한 달 동안 울었다. 희수는 엄마를 기다렸다. 희수 엄마는 희수에게 꼭 다시 찾으러 올 거라고 약속을 하고 떠났다. 희수는 양부모를 꿈꾸지 않았다. 나는 항상 양부모를 꿈꿨다.

"난 동화에 나오는 그런 멋진 집에서 살고 싶어. 내 양부모는 모두 젊고 우아한 사람이어야 해. 부잣집의 담은 엄청 높잖아. 그 집도 담장이 아주 높아. 연못도 있고 꽃밭도 있는 집. 난 그런 집에서 살고 싶어. 내 부모가 될 분들은 아주 상냥하고 부자이어야 해. 그리고 나만 좋아해. 그런 집에 입양되고 싶어."

내가 이렇게 꿈을 이야기할 때마다 다섯 살 희수는 늘 같은 말을 했다.

"가희 언니, 그런 좋은 집에는 꼭 마녀가 살잖아. 마녀는 상냥한 얼굴을 하고 우릴 잡아먹으려고 좋은 집을 준비해 놓잖아. 그곳으로 가면 안 돼. 나랑 같이 있다가 우리 엄마가 돈 많이 벌면 같이 우리 집으로 가자."

희수는 그렇게만 말했다.

"틀렸어. 좋은 집에 마녀는 절대 살지 않아. 난 그런 집으로 입양되고 싶어. 그리고 세상에서 가장 아름다운 공주가 될 거야. 모든 사람이 날 부러워할 거라고……."

나는 희수에게 자신 있게 말했다.

입양을 원하는 부부가 보육원을 방문하면 우린 그들의 눈에 띄기 위해 애를 썼다. 그들과 눈이 마주치는 순간을 놓치면 안 된다. 그들이 고개를 돌려 눈이 마주치면 우린 최대한 활짝 웃는 모습을 보였다. 너무 늦기 전에 입양되어야 했다. 초등학교에 입학할 나이가 되면 더는 입양되지 않았다.

그날 찾아온 부부는 입양을 원해서 방문했던 사람 중에 가장 젊고 아름다웠다. 여자는 30대 초반으로 보였고 남자 역시 여자와 나이 차이가 크게 나 보이지는 않았다. 여자는 내가 그림책에서 본 공주처럼 아름다웠다. 긴 갈색 웨이브 머리카락에, 크고 빛나는 눈과 투명하고 깨끗한 피부를 가지고 있었다. 남자 또한 날렵한 턱선이 돋보이는 잘생긴 얼굴이었다. 두 부부의 아름답고 잘생긴 모습은 어린 내 마음을 설레게 했다. 그들이 나를 선택해 주길 간절히 바랐다.

그들이 아이들을 쭉 둘러봤다. 나는 남자와 눈이 마주치자 최대한 환한 미소를 지었다. 입가에 경련이 일어날 정도로 부끄러운 미소였다. 여자는 나를 한 번도 쳐다보지 않았다. 여자가 바라본 쪽은 희수였다. 희수를 애타게 바라봤다. 질투심이 발끝에서부터 빨갛게 치솟아 올라왔다.

희수는 원장실에 들어가자마자 울음을 터뜨렸다.

"엄마를 기다려야 해요. 엄마가 나를 찾으러 오기로 했다고요. 제발 나를 선택하지 말아 주세요."

희수는 울면서 실망하는 부부에게 나를 데려가라고 손가락질했다. 남자는 나를 바라봤다. 남자의 눈동자가 커다랗게 변했다. 부부는 잠시 원장실을 벗어나 복도 끝에서 이야기를 주고받았다.

조금 시간이 지나서 부부가 다시 원장실로 들어왔다. 그리고 내게 소파에 앉으라고 했다. 원장은 나에 대한 기록을 부부에게 보여 줬다. 두 사람은 기록을 유심히 살펴보고 물었다.

"엄마가 너를 찾으러 올 것 같으니? 엄마가 보고 싶니?"

여자가 내게 물었다.

"아니요, 전 엄마에 대한 기억이 전혀 없어요. 아무것도 기억나지 않아요."

나는 단호하게 대답했다. 내 대답이 만족스러운 듯 부부는 서로 바라보며 고개를 끄덕였다.

부부는 나를 선택했다. 입양 과정은 복잡했지만, 원장은 돈을 받고 서류를 깔끔하게 처리해 줬다. 그리고 몇 개월 후 그들은 나를 데리러 다시 왔다. 나는 희수에게 엄마가 준 싸구려 인형을 선물로 줬다.

"가희 언니, 나 잊지 마. 난 언니가 보고 싶을 것 같아. 언니, 엄마가 나를 찾으러 오면 언니 만나러 꼭 갈게."

"희수야, 언니가 선물 많이 사서 희수 만나러 올게. 양부모님 말씀 잘 들으면 허락해 주실 거야. 언니 잊지 마!"

내가 차에 올라타자 희수는 밖으로 뛰어나와 손을 흔들었다. 나도 희수에게 손을 흔들었다. 차가 달리기 시작했다. 나는 보육원이 시야에서 사라질 때까지 손을 흔들었다. 진심으로 보육원에서 멀어지는 것이 기뻤다.

희수는 날 기다렸을 거다. 매일 엄마를 기다리듯 나를 기다렸을 거다. 난 아직 희수와의 약속을 지키지 못했다.

송이가 잠에 푹 빠져들자 나는 송이를 감싸 안은 팔을 뺐다. 송이는 어제 남자에게 맞아 죽은 듯이 잠을 자고 있다. 나는 자리에서 일어나 밖으로 나왔다.

이 집에는 별채가 있다. 그곳에 아궁이가 있는 온돌방이 있다. 아궁이 옆에는 장작이 산더미처럼 쌓여 있다. 오래전 이 집에서 잡일을 하던 사람이 장작을 패서 겹겹이 쌓아 놓았다. 나는 몸이 아플 때면 별채에 가서 아궁이에 장작을 넣고 불을 지폈다. 흙으로 된 온돌방은 서서히 달궈지면서 찜질방처럼 뜨끈뜨끈해졌다. 달궈진 온돌방에 누워 있으면 저절로 깊은 잠 속으로 빠져들었다. 한숨 푹 자고 일어나면 무거웠던 몸이 훨씬 가벼워졌다.

어제 힘든 일이 있어서인지 오늘 몸 상태가 좋지 않았다. 송이는 뜨거운 걸 싫어한다. 나는 아궁이에 장작을 넣고 불을 지핀 다음 방으로 가 누웠다. 방이 서서히 뜨거워졌다. 내 몸은 방 안이 점점 더 뜨거워지는 것을 느끼지 못한 듯 무겁게 바닥으로 가라앉았다. 점점 뜨거워지면서 방 안은 열기로 가득 찼다. 뜨거움을 참을 수 없으면 밖으로 나가면 된다. 이상했다. 열기가 심해질수록 몸은 더욱 무기력해지는 듯했다. 자꾸 밑으로 가라앉았다. 가만히 있으면 이곳에서 숨이 막혀 죽을 거다. 장작을 너무 많이 넣었다.

처음 이 집에 도착했을 때가 생각난다. 이 동네 집들은 모두 높은 벽으로 둘러싸여 있었다. 높은 벽 위로 보이는 집들은 작은 궁전처럼 느껴졌다.

보육원에서 출발한 차는 두 시간 정도 지나자 언덕처럼 느껴지는 경사가 심한 길로 접어들었다. 길 양쪽으로 하늘로 치솟아 있는 저택들이 보였다. 나는 태어나서 그렇게 멋진 집들을 처음 봤다.

"와!"

환호성을 지르며 창문 쪽에 얼굴을 가까이 댔다. 양아버지가 운전하는 차는 계속 꼭대기로 올라갔다. 언덕 끝의 집에 도착하자 출입구가 자동으로 열렸다.

자동차가 안으로 들어가 정원을 가로지르며 달렸다. 나는 입을 다물지 못했다. 상상 그 이상의 모습이었다. 손질이 완벽하게 되어 있는 넓은 정원, 대문에서 현관까지 이어지는 화려한 꽃길, 정원 한가운데 있는 동그란 연못, 연못에 핀 화사한 연분홍빛 연꽃. 이 모든 것들이 조화를 이루어 이 집에 도착한 순간, 마치 동화 속으로 빠져드는 듯했다.

그날은 내 생애에서 가장 행복한 날이었다. 모든 불행이 끝나고 행복이 시작되는 날이라고 생각했다.

양아버지가 현관 앞에서 차를 세웠다. 양아버지는 운전석에서 내리더니 내가 있는 곳의 뒷문을 활짝 열었다. 나는 어리둥절하며 차 밖으로 나왔다. 양어머니는 내 손을 잡고 집 안으로 들어갔다. 넓고 화려한 거실과 주방을 지나 위층으로 올라갔다. 먼저 2층에 있는 방들의 문을 하나씩 열었다. 양부모의 침실과 서재, 작은 카페, 옷이 정리된 방, 작은 영화관이 있었다. 다시 양어머니는 내 손을 잡고 3층으로 올라갔다. 3층에는 화사한 분홍색이 칠해진 방문 하나가 보였다. 내가 관심을 보이자 양어머니 표정은 차갑게 변했다. 아름다운 얼굴에 독이 있어 보였다.

"여긴 절대 들어가지 마, 알았지?"

양어머니는 차갑고 매섭게 말했다. 나는 당황하며 눈을 커다랗게 뜬 채 고개를 끄덕였다. 양어머니는 이내 천사 같은 얼굴로 되돌아왔다.

"우리 4층에 올라가 보자. 그곳이 얼마나 멋진 곳인지 네게 보여 주고 싶어."

양어머니는 내 손을 잡고 급히 계단을 올라갔다. 이 집의 꼭대기 층이었다. 한쪽은 창고가 있었고 다른 한쪽에 커다란 방문이 있었다. 양어머니는 방문을 활짝 열었다. 동시에 나는 "와!" 하며 소리를 질렀다. 열린 문 맞은편에 밖이 한눈에 내려다보이는 아치형 모양의 아름다운 창이 있었다. 방 안에는 수십 개의 예쁜 인형들과 재미있는 동화책, 값비싼 장난감들과 공주들만 사용할 듯한 화려한 레이스가 가득 달린 분홍색 침대가 있었다. 꼭 환상의 나라에 온 것 같았다. 나는 기쁨을 감추지 못하고 양어머니에게 달려가 허리를 꽉 안았다.

"고마워요. 정말 고마워요. 태어나서 이렇게 예쁜 방은 처음 봐요."

양어머니는 내 말에 감동한 듯 갑자기 몸을 낮췄다. 그리고 내 눈동자를 쳐다봤다.

"가희야, 우리 백화점에 가자. 예쁜 옷도 사고, 멋진 신발들도 사러 가자."

"정말요?"

내가 기분이 좋아 손뼉을 쳤다.

"응, 간단히 둘러보고 밑으로 내려와. 내가 먼저 내려가서 기다리고 있을게."

양어머니는 내 머리를 쓰다듬은 뒤 방을 나갔다. 나는 방 안을 둘러보며 양손을 펼치고 뱅뱅 돌았다. 가슴이 벅차도록 행복한 마음을 주체하지 못했다.

나는 바로 양부모를 엄마, 아빠라고 불렀다. 빨리 그들 세계의 일원이 되고 싶었다.

백화점에 간 엄마는 내 손을 잡고 아동 의류 판매장을 찾았다. 거기에서 마음에 드는 옷을 여섯 벌 정도 고른 다음 나를 탈의실로 데려갔다. 옷을 하나하나 입히며 내게 말했다.

"가희야, 이 옷 입으니 정말 예쁘다. 얼굴이 예뻐서 어느 옷을 입어도 다 잘 어울려."

나는 엄마의 칭찬에 부끄러워하며 얼굴을 붉혔다. 엄마는 입꼬리를 살짝 올리며 미소를 지었다. 내가 좋아하는 엄마의 미소다.

엄마는 고른 옷을 모두 샀다. 고른 옷을 모두 살 수 있는 세상이 존재한다는 것을 그때 처음 알았다. 엄마는 바로 신발 판매장에 들러 분홍색, 초록색, 까만색, 하늘색의 구두와 운동화, 샌들을 샀다. 그 외에도 속옷과 양말, 머리핀 등 필요한 물건을 골고루 샀다. 엄마와 쇼핑한 그 시간이 꿈처럼 느껴졌다. 이런 행복한 감정을 내게 안겨 준 엄마에게 가슴이 뭉클하도록 감사한 마음이 들었다.

선물 꾸러미를 싣고 집으로 돌아오는 길에 엄마는 내게 물었다.

"가희야, 좋아하는 음식 있니?"

"네, 저는 국수를 좋아해요."

나는 망설임 없이 말했다. 엄마는 얼굴 가득 미소 지으며 내 머리를 쓰다듬었다. 엄마 미소를 보면 나는 세상이 아름답게 느껴졌다.

엄마는 특별한 일이 있을 때마다 국수를 삶았다. 엄마는 요리를 잘했다. 엄마가 만들어 준 국수 요리는 모두 맛있었다. 특히 비빔국수가 일품이었다. 색깔도 모양도 맛도 좋았다. 쇠고기에 간장, 설탕, 들기름을 넣고 살살 볶은 후 계란 지단과 오이, 파프리카를 얇게 썰어 준비했다. 엄마는 국수가 삶아지면 그 위에 준비한 재료를 넣고 다시 간장, 설탕, 들기름을 섞은 양념을 '휙' 둘렀다. '휙' 양념장을 두르는 엄마는 마법사처럼 장난스러운 모습을 보여 줬다. 나는 엄마가 양념장을 '휙' 두를 때마다 까르르 웃었다. 엄마가 고소한 향이 나는 비빔국수를 주면 나는 젓가락으로 비벼서 돌돌 말아 먹었다. 새콤달콤, 고소한 맛이 입 안에 쏴 퍼지면서 온몸이 저릿 했다.

1년 동안 행복했다. 양부모는 내가 아무 불편함이 없이 지내도록 배려했다. 나는 이 집의 모든 게 좋았다. 하지만 가끔, 양부모의 싸움 소리가 들리기도 했다. 싸움의 시작은 엄마였다. 엄마가 아빠에게 울부짖으며 하는 말은 늘 같은 말이었다.

"아직 아니라고. 난 아직 우리 송이를 잊지 못하고 있어. 새 아이를 입양했지만, 아직 내 마음이 그걸 받아들이지 못하는 걸 어떡해. 당신이 이해해 줘. 나도 가희에게 미안해. 나도 송이를 잊으려고 노력하고 있어. 조금만 더 기다려 줘."

양부모의 죽은 딸 이름이 송이다. 내가 너무도 갖고 싶었던 이름이다. 엄마가 사무치게 보고 싶어 했던 딸의 이름이 송이였다. 그래서 내 딸에게 그 이름을 지었다.

이 집은 도시에서 멀리 떨어진 곳에 있다. 나는 유치원에 가지 않고 이곳에서 혼자 놀았다. 공부는 집으로 가정 교사가 방문했다. 가정 교사는 모든 과목을 챙기며 학교에 들어갈 준비를 도와줬다.

가끔 생각한다. 양부모는 왜 나를 유치원에 보내지 않은 걸까? 아마 다시 보육원으로 돌려보내야 하는 상황에 대비해서이지 않았을까 하고 혼자 추측해 본다. 그 당시 나는 모든 게 만족스러웠다. 유치원에 가지 못하는 것에 전혀 관심이 없었다. 아마 그때 이런 추측을 했다면 크게 상처를 받았을 거다.

양부모는 기분이 좋으면 나를 데리고 백화점에 갔다. 화려하게 차려입고 건강 상태가 좋아진 나는 사람들의 눈길을 끌었다. 나는 짧고 윤기 나는 단발머리에 커다랗고 초롱초롱한 눈과 발그레한 뺨, 귀여운 입술을 가진 아이가 됐다. 사람들이 완벽한 외모의 양부모와 나를 부러운 눈으로 쳐다봤다. 나는 사람들이 부러워하며 쳐다보는 시선이 좋았다. 그런 삶을 누구에게도 빼앗기고 싶지 않았다.

나는 양부모가 외출하면 몰래 송이 방에 들어갔다. 송이 방은 내 방보다 훨씬 넓었고 좋은 물건들이 가득했다. 송이 방에 앉아 있으면 내가 초라하게 느껴졌다. 이 집에서 완벽한 타인이 되는 듯했다. 송이가 내게 '넌 이 집에서 아무것도 아닌 존재야. 넌 그냥 장난감이야.'라고 말하는 것 같았다. 괜히 울적해지면 송이 물건을 발로 찼다.

나도 송이가 되고 싶었다. 송이 방에서 송이 물건을 만지고, 송이 옷을 입어 보면서 송이가 되고 싶었다. 엄마와 아빠에게 안겨 살짝 미소 짓는 송이 사진을 봤다. 모두 작았다. 키도 작고 얼굴도, 눈도, 코도, 입도 작은 아이였다. 엄마가 왜 희수를 바라봤는지 이해가 됐다. 희수랑 많이 닮았다.

사진을 보고 있으면 죽은 송이가 미워졌다. 나는 사진을 보며 마음속으로 송이를 향해 외쳤다.

'빨리 엄마, 아빠 마음속에서 사라져. 이제 내가 있다고. 넌 죽은 아이야. 여긴 앞으로 계속 나만 있을 거야. 넌 세상에 없어. 알았어!'

나는 송이 사진을 모조리 엎어 놓았다. 죽어서 돌아오지 않는 송이를 잊지 못하고 나에게 반쪽짜리 애정만 주는 양부모가 원망스럽기도 했다. 엄마가 빨리 송이를 잊고 나만 바라봐 주길 바랐다.

양부모가 집에 있을 때는 송이 방에 들어가지 못하고 정원을 뛰어다니며 놀았다. 지루하지 않았다. 누구의 관심도 받아 본 적이 없는 나는 혼자서도 잘 놀았다.

정원 구석에 유리로 된 아름다운 식물원이 있다. 그곳에는 우리나라에서 보기 힘든 진기한 식물들이 있다. 사계절 내내 같은 온도가 유지돼 식물들은 잘 자랐다. 식물원 안쪽 입구에는 작은 의자와 테이블이 있다. 나는 먹을 것을 가져와 테이블 위에 올려놓고 음식을 먹으며 꽃과 나무들을 관찰하며 놀았다. 꽃이 피고, 열매를 맺고, 나뭇잎이 떨어지는 과정을 살펴보는 게 나에게는 하나의 즐거운 놀이였다.

식물원에서의 시간이 지루해지면 그곳을 나와 연못으로 향했다. 연못의 물고기들은 내가 연못 근처 의자에 앉으면 마치 나를 알아보는 듯 연못 한가운데로 몰려들었다. 연못에는 잉어, 붕어, 납자루, 피라미 등 빛깔이 아름다운 물고기들이 살았다. 내가 먹이를 주면 물고기들은 좋아서 몸을 살랑살랑 움직였다.

어느 날 연못가에 앉아 물고기에게 먹이를 던져 주고 있었다.

"어이, 꼬마 아가씨."

이 집을 관리해 주는 아저씨가 정원용 사륜차를 타고 내가 있는 곳으로 가까이 다가오며 소리쳤다.

"그 연못이 생각보다 수심이 깊어. 조심해야 해. 너무 가까이 다가가지 마. 빠지면 보통 어른들도 빠져나오기 힘들다고. 더 멀리 떨어져 앉아."

아저씨는 조심하라고 몇 마디 하더니 사륜차를 타고 다른 쪽으로 이동했다.

나는 관리인 아저씨 말을 듣고 주변에 있는 주먹 정도 크기의 돌 하나를 들어 연못 속으로 힘껏 던졌다. 돌이 '풍덩' 소리를 내며 가라앉았다. 끝이 없는 듯이 가라앉았다. 물보라가 사라질 때까지 넋을 놓고 바라보던 나는, 바로 전까지 놀이터처럼 느껴졌던 연못가가 두렵게 느껴졌다.

나는 5월에 태어났다. 내 생일은 5월 8일이다. 황소자리다. 원하는 것을 손에 넣으면 결코, 놓지 않은 별자리다. 끝까지 쫓아가 끔찍하게 복수하는 별자리다.

일곱 살이 돼 생일을 맞이한 날, 양부모는 내게 예쁜 옷과 함께 고통도 같이 선물했다. 엄마는 선물을 받고 기뻐하는 내게 말했다.

　"가희야, 이제 동생이 생길 거야. 네가 동생을 잘 돌봐 줄 수 있지?"

　선물을 들고 있는 내 손이 떨렸다. 엄마가 임신한 거다. 양부모는 내가 절망하는 표정을 보지 못하고 행복해하며 서로를 쳐다봤다. 엄마는 한 번도 내게 보인 적이 없는 이가 드러나는 환한 미소를 지었다. 내겐 늘 양쪽 입꼬리만 살짝 올린 미소를 보였다. 아직 태어나지도 않은 아기가 엄마를 환하게 웃게 만든 거다.

　'엄마, 나에게도 그런 미소를 보여 줘요. 나도 엄마 딸이잖아요. 나도 그런 미소가 보고 싶어요.'

　그날부터 아침마다 일어나 창밖을 내다보며 엄마를 살폈다. 아기가 태어나면 다시 보육원으로 돌려보내질 거라는 생각이 머리에서 떠나지 않았다. 두려웠다.

　'아무도 나를 사랑해 주지 않을 거야. 태어난 아기만 예뻐할 거야. 지금도 엄마는 죽은 송이만 생각하고 있잖아. 아기가 태어나면 나는 이 집에서 아무 쓸모가 없게 되는 거야. 다시 보육원으로 돌려보내질 거야.'

　온종일 엄마를 살펴봤다. 엄마는 임신한 사실을 알고부터는 외출을 자제했다. 나는 아기가 사라지길 바랐다. 아기가 혼자 사라질 수 없다면 엄마와 같이 사라지길 바랐다. 아빠는 나를 버리지 않을 거로 생각했다. 아빠가 엄마보다 나를 더 좋아한다고 생각했다.

엄마가 식물원에 들어가는 모습을 보면 유리창이 무너져 엄마가 피투성이가 돼 죽었으면 좋겠다고 생각했다. 잔디밭에 앉아 있으면 지나가는 커다란 공룡 새가 엄마를 물고 가 버렸으면 좋겠다고 생각했다. 연못에 가까이 서 있으면 연못에서 악어가 나와 엄마를 물고 연못 속으로 사라져 버렸으면 좋겠다고 생각했다. 그런 생각을 하면서 매일매일 엄마를 바라봤다.

그렇게 한 달 동안 살펴보다 규칙을 발견했다. 엄마는 특별한 일이 없는 오전에는 아침 식사 후 식물원에 가서 식물들을 살펴본 후 정원을 산책했다. 산책이 끝나면 연못가로 가 늘 같은 의자에 앉아 쉬었다. 엄마는 의자에 앉아 잠시 배 속 태아와 대화를 했다. 이야기하는 내내 엄마 표정은 세상을 다 품은 사람처럼 행복해 보였다. 몇 분의 대화 후 엄마는 의자 밑에 있는 돌계단에 쭈그리고 앉아 물고기들에게 먹이를 던져 줬다. 엄마는 늘 그렇게 오전 시간을 보냈다.

엄마가 사라질 방법을 찾아냈다. 보육원에 있을 때 초등학교에 다니던 오빠들이 치던 장난이 생각났다. 나는 오빠들이 하는 장난이 웃겨서 항상 배꼽을 잡고 웃곤 했다. 그 생각이 머리를 스칠 때 나는 웃지 않았다.

밤에 연못가로 갔다. 항상 엄마가 쭈그리고 앉아 물고기들에게 먹이를 주는 돌계단을 살펴봤다. 나는 계단에 앉아 초를 문질렀다. 환한 달빛 아래, 하얀 잠옷을 입은 여자아이가 얼굴이 빨갛게 달아올라 여우 같은 눈을 하고 초를 문질렀다. 간절한 소원도 빌었다.

　다음 날 아침, 일찍부터 눈을 떴다. 눈을 뜨자마자 창밖을 보며 엄마를 살폈다. 하늘은 비가 올 것같이 회색 구름이 낮게 떠다녔다. 엄마는 천천히 식물원에서 나왔다. 그리고 정원을 산책하며 노래를 불렀다. 구름이 물기를 머금고 자꾸 밑으로 가라앉았다. 비가 곧 올 거 같았다. 엄마는 비가 오면 연못가로 가지 않고 바로 집 안으로 들어올 거다. 나는 비가 올까 봐 마음이 초조해졌다.

　엄마는 산책을 끝낸 후 연못 근처 의자에 앉았다. 구름이 빠르게 움직이며 하늘이 회색빛으로 변했다. 순간 번쩍했다. 곧이어 '우르르 쾅' 천둥이 쳤다. 비는 오지 않았지만, 하늘은 계속 마른 벼락을 쳤다.

　엄마는 물고기 밥 뚜껑을 열더니 천천히 걸었다. 그리고 항상 쭈그리고 앉아 물고기에게 먹이를 주던 곳으로 갔다. 엄마가 돌계단에 발을 내디딘 순간, 하늘에서 번개가 번쩍했다. 비틀거리던 엄마는 그대로 연못 속으로 '풍덩' 빠졌다. '우르르 쾅' 하는 천둥소리와 함께 엄마의 날카로운 비명이 사방에 울려 퍼졌다.

"으아……아악."

엄마 비명은 산으로 둘러싸인 이 집에서 메아리가 돼 넓게 퍼졌다. 엄마는 수영을 못 했다. 공포에 질린 얼굴로 허우적거렸다. 엄마 얼굴이 물속으로 빠졌다가 다시 위로 올라왔다. 양손은 허공을 움켜쥐었다가 놓았다. 엄마는 살려 달라고 소리를 지르며 위를 쳐다봤다.

나와 눈이 마주쳤다. 창문에 붙어 엄마를 노려보고 있는 나를 본 거다. 순간 놀란 나는 바로 창문 밑으로 몸을 숨겼다. 몸이 오돌오돌 떨렸다. 엄마가 죽기를 바랐다. 엄마의 비명을 듣지 않으려고 두 손으로 귀를 막았다. 엄마 비명은 저주를 담은 듯 끊어지지 않고 이 집 주변에 울려 퍼졌다.

조금 지나자 메아리치던 엄마 비명이 사라졌다. 나는 궁금함을 참지 못하고 살짝 머리를 들어 창문 밖을 내려다봤다. 엄마 모습이 보이지 않았다. 나는 놀라 창틀을 꼭 잡았다. 입이 바싹 타올랐다.

아빠가 보였다. 아빠는 미친 듯이 달려가 그대로 연못 속으로 뛰어 들었다. 그리고 가라앉고 있는 엄마를 끌고 나왔다. 엄마 몸은 축 늘어져 있었다. 온몸에 소름이 돋았다. 몸이 바들바들 떨렸다. 아빠는 인공호흡을 한 후 엄마를 안고 급히 차로 뛰어갔다. 엄마를 태운 차는 바로 정원에서 사라졌다.

며칠 후 엄마는 집으로 돌아왔다. 엄마는 죽지 않았다. 나는 긴 한숨을 쉬었다. 엄마가 살아서 다행이라고 생각했다. 내가 잠시 미쳐서 이상한 행동을 한 거라고 자신을 위로했다. 다시는 그런 짓을 하지 않겠다고 다짐했다.

　돌아온 엄마는 변하기 시작했다. 무섭게 변했다. 예전에 내가 알던 엄마는 그날 물속에서 사라졌다. 엄마는 계속 비명을 지르며 울었다. 유산이 됐다.

　엄마는 깨어 있을 때는 울고, 울지 않을 때는 잠이 들었을 때였다. 엄마는 내게 한마디도 하지 않았다. 엄마는 심한 우울증 증세를 보였다. 식사할 때나 과일을 먹을 때 먹는 술의 양이 늘어났다. 혼자 웃거나 혼자 울었다.

　우울증이 심해지면서 엄마는 세상 모든 일에 관심이 없어졌다. 나에게도 관심이 없어졌다. 엄마가 내게 관심이 없어진 것이 느껴지자 나는 이 집을 더 마음대로 돌아다녔다. 아빠는 아침 일찍 나가고 늦은 밤에 들어왔다.

　나는 누구의 관심을 받고 싶은 것은 아니었다. 그냥 이 집에서 살고 싶었다. 따뜻하고 조용하고 맛있는 음식과 좋은 옷과 물건들이 있는 이곳에서 살고 싶었다.

　엄마는 위층으로 올라오지 않았다. 나란 존재를 잊었다. 나는 마음 놓고 송이 방에 가서 놀았다. 관리인 아저씨가 송이는 태어날 때부터 약했는데 오래 살지 못하고 다섯 살에 죽었다고 했다.

난 송이가 되고 싶어 송이의 작은 옷을 몸에 걸치고, 책을 보고, 그림을 그리고, 퍼즐을 맞췄다. 내가 약간 콩콩거려도 2층에서는 들리지 않았다. 엄마는 수면제를 먹고 잤고 아빠는 한번 자면 일어나지 않았다.

어느 늦은 밤, 나는 송이 방에서 송이 옷을 입고 춤을 추며 놀고 있었다. 귀에 이어폰을 끼고 아이돌 가수의 노래를 들으며 혼자 춤을 췄다. 그때 '쿵' 소리가 들렸다. 방문이 '쿵' 소리를 내며 열렸다. 엄마가 보였다. 눈이 빨갛게 충혈되고 이빨을 악문, 분노로 가득 찬 엄마 모습은 내 심장을 멈추게 했다. 나는 놀라 "앗!" 하고 소리를 질렀다. 하지만 엄마 목소리가 더 컸다.

"으악, 으아아……악."

엄마가 미쳐 날뛰며 소리를 질렀다. 엄마는 창고를 향해 뛰어가 손에 닥치는 대로 무언가를 잡았다.

강하게 나를 내리치는 소리가 들렸다. 나는 휘청하며 바닥으로 쓰러졌다. 정신이 몽롱해지면서 뿌옇게 엄마 모습이 보였다. 나를 내려다보며 광분한 엄마 모습이 귀신하고 닮았다. 엄마는 계속 무언가로 내리쳤다. 온몸의 뼈들이 부서지는 것 같았다. 곧 정신을 잃었다.

얼마가 지났는지, 아니면 며칠이 지났는지 기억이 나지 않았다. 눈을 떴을 때는 병원이었다. 병원에 누워 있는 나는 다리와 목과 머리에 붕대를 감고 있었다. 의사는 내게 괜찮다며 곧 퇴원할 수 있을 거라 했다. 나는 병원에서 엄마의 극진한 보살핌을 받았다. 엄마는 나를 보면 울기만 했다. 미안하다고 했다. 사람들에게는 내가 산에서 떨어졌다고 말했다.

엄마가 이렇게 보살펴 주는 것만으로도 마음이 풀렸다. 엄마의 관심이 좋았다. 엄마가 나를 때린 건 크게 기분 나쁘지 않았다. 내가 엄마에게 한 것에 비하면 아무것도 아니라는 생각을 했다. 죄책감을 느꼈다. 며칠이 지나고 병원에서 퇴원했다.

집에 도착하자 엄마는 내게 먹고 싶은 게 있냐고 물었다. 나는 국수가 먹고 싶었다. 엄마는 나를 위해 쌀국수를 만들어 줬다. 소고기 등심과 안심이 들어간 쌀국수를 엄마는 숟가락에 올려 내 입 안으로 넣어 줬다. 나는 엄마 눈을 쳐다보며 먹었다. 엄마 눈에 눈물이 그렁그렁 맺혀 있었다. 그리고 계속 작은 소리로 말했다.

"미안해. 엄마가 미안해. 우리 가희, 엄마가 많이 사랑하는데……. 미안해."

엄마는 술을 먹지 않으면 다정하고 아름다운 사람이었다. 술이 들어가는 순간 변했다. 엄마가 술을 집 안 가득 채워 놓은 걸 아빠는 알고 있었다. 아빠는 엄마를 말리지 않았다. 왜 말리지 않은 걸까?

아빠는 엄마 재산이 필요했다. 아빠는 영화가 망해 감당하기 어려운 빚이 있는 영화감독이었다. 엄마는 재산이 많은 부잣집 상속녀였다. 어쩌면 아빠는 엄마가 알코올 중독자가 돼 나를 죽이고 자살하길 바랐는지도 모르겠다. 아니면 그냥 술에 빠져 정신 분열 증세를 일으킨 후 병원에 감금되길 바랐는지도 모르겠다. 이유는 정확하지 않았지만, 아빠는 엄마의 돈이 절실히 필요한 건 사실이었다.

아빠는 엄마가 미쳐서 나를 학대하고, 방 안에 가두고, 며칠을 굶겨도 말 한마디 하지 않았다. 원망스러웠다. 나를 구해 줄 수 있는 유일한 사람이었으면서도 한 번도 손을 내밀지 않았던 아빠가 더 원망스러웠다.

엄마는 술을 마시면 송이를 보고 싶어 하며 울부짖기도 하고, 유산된 아기가 살아 있다는 듯이 행동하기도 했다. 술기운이 떨어져 정신이 돌아올 때쯤이 되면 엄마는 다시 술을 마셨다. 술을 마실 때는 아무것도 먹지 않았다. 엄마는 온종일 이상한 행동을 하다가 갑자기 내가 생각이 난 듯 내 방으로 올라왔다. 계단을 올라오는 엄마 발걸음 소리는 특이했다. 일정한 박자가 없었다. 갑자기 빨라졌다가 느려지고, 느려졌다가 멈추기를 반복했다. 그리고 내 방문의 손잡이를 돌렸다.

문이 열리면 귀신같은 모습을 한 엄마가 나타났다. 빨간 눈에 헝클어져서 풀어헤친 긴 갈색 머리, 하얀 잠옷을 입은 엄마 모습은 내가 공포를 느끼기에 충분했다. 입 안 가득 술 냄새를 풍기며 엄마는 소리 질렀다.

"그때 네가 창문에서 나를 봤지? 나를 봤다는 거 다 알아. 이 나쁜 년. 내가 살려 달라고 했는데 넌 숨었어. 내 아기를 죽인 건 너야."

엄마가 연못에 빠진 날, 내가 창가에 매달려 엄마를 노려보고 있었다는 걸 기억해 낼 때는 언제나 술을 마셨을 때였다. 알코올이 의심을 확신으로 바꿔 놓았다. 엄마는 내 머리채를 휘어잡고 질질 끌고 갔다.

"엄마, 아파! 살려 줘! 엄마, 엄마, 살려 줘! 아빠, 도와줘요. 엄마가 이상해. 아빠, 도와줘요."

아빠는 방 안에 있으면서 나오지 않았다. 2층 방문은 언제나 차갑게 닫혀 있었다. 엄마는 나를 끌고 계단 끝으로 가 밑으로 밀었다. 내가 1층 바닥으로 굴러떨어지는 동안 2층 방문은 열리지 않았다.

정신이 났다. 엄마는 며칠이 지나면 술을 이기지 못하고 잠들었다. 그렇게 잠이 들고 깨면 엄마는 정신이 들었다. 정신이 들면 나를 찾았다. 뼈가 부러져 거품을 물고 바닥에 쓰러져 있는 나를 보면 엄마는 고통스러워했다.

"가희야, 미안해. 엄마가 미안해. 다시는, 다시는 술을 마시지 않을게. 엄마를 용서해 줘. 제발 너마저 엄마 곁을 떠나면 안 돼.

엄마를 용서해 줘."

　다시 병원으로 실려 갔다. 엄마와 친분이 있는 의사는 내 일을 조용히 처리해 줬다. 학교 갈 나이가 됐는데도 엄마는 나를 학교에 보내지 않았다. 모든 일이 발각될까 두려워했다.

　술을 마시지 않겠다는 엄마의 약속은 언제나 거짓으로 끝났다. 내가 병원에 있는 동안 엄마는 술을 마시지 않고 나를 지극정성으로 돌봤다. 집으로 돌아가면 그때부터 다시 술을 마셨다. 학대의 강도는 점점 심해졌다.

　술을 마신 엄마는 인간이 아니었다. 미친개였다. 내 머리채를 끌고 온 집을 돌아다녔다. 내가 물을 마시고 싶다고 하면 화장실로 끌고 가 변기에 있는 물을 마시라고 했다. 내가 마시지 않으면 아무거나 손에 잡히는 것으로 나를 때렸다. 자기 몸이 지쳐 쓰러질 때까지 때렸다.

　엄마의 알코올 증세는 점점 심해졌다. 나를 송이로 착각할 때가 많았다. 나를 송이로 착각할 때는 내게 송이 옷을 입히고 세상에서 가장 다정하고 아름다운 엄마 모습을 보였다. 엄마는 나를 송이로 착각하기도 하고, 죽은 아기로 착각하기도 했다. 엄마가 나를 알아볼 때는 가끔 칼을 가져와 내 팔과 다리를 찔렀다.

　"넌 이런 고통을 느껴야 해. 넌 악마야. 네가 우리 집에 들어와서 내 아기가 죽은 거야. 어때, 고통스러워? 난 이것보다 더 고통스러워."

엄마는 나를 찌르다 자기 몸도 찔렀다. 피는 흘렀지만 깊게 찌르지는 않았다. 얕게 여기저기를 찔렀다. 피가 나올 때마다 엄마 눈동자는 흥분으로 가늘게 떨렸다. 악마의 제물로 바쳐진 기분이었다.

나는 칼에 찔려도, 계단에서 굴러도, 골프채로 맞아도 죽지 않았다. 세월은 계속 흘렀다. 참을 수 없는 고통 속에서 살았다. 고통 속에서도 가장 고통스러운 건 굶주림이었다. 엄마가 며칠씩 방 안에 가두고 아무것도 주지 않을 때가 가장 고통스러웠다.

엄마는 잠을 자고 정신이 들면 다락방으로 올라와 방문을 열고 나를 쳐다봤다. 온몸에 피멍이 든 나를 안고 울었다. 공포에 질린 나에게 맛있는 국수를 삶아 줬다. 그렇게 굶주리고 먹은 국수는 너무도 맛이 있었다.

세월이 흘렀다. 1년이 지나고, 2년이 지나고, 3년이 지났다. 내가 학교에 가지 않아도 아무도 나를 찾으러 오는 사람이 없었다. 나는 그렇게 세상에 잊힌 존재가 됐다. 내 고통은 영원히 끝나지 않을 것 같았다.

어느 날 엄마와 아빠는 사라졌다. 아무 흔적 없이 세상에서 사라졌다.

나는 이틀 동안 다락방에 갇힌 채 아무것도 먹지 못하고 굶주려 있었다. 엄마는 사라지기 사흘 전부터 술에 절어 있었다. 술을 먹은 엄마는 나를 악마라고 불렀다. 굶기고 때려 내가 정신을 잃으면 여기저기를 칼로 찔렀고 자기 몸에도 자해했다. 그리고 사라졌다. 나는 양부모가 사라진 후 하루가 지나서 사람들에게 발견됐다. 사람들은 내 처참한 모습에 경악했다. 내 모습은 인간의 모습이 아니었다.

나는 병원에 입원했다. 경찰들은 엄마와 아빠의 실종을 내게 알렸다. 모든 수사 기관이 양부모를 찾기 위해 노력한다고 말했다.

일주일 후 아빠 자동차가 바다에서 발견됐다. 시체는 찾지 못했다. 사람들은 아빠가 엄마를 죽인 것 같다고 수군거렸다. 빚쟁이들과 사채업자들에게 시달리고 있었던 아빠가 엄마를 죽였을 거로 추측하며 오랜만에 씹기 좋은 이야깃거리라도 나온 듯 즐거워했다. 병원에 있는 의사와 간호사들, 환자들은 내가 지나갈 때마다 뒤통수에 대고 쑥덕거렸다.

"응, 쟤 엄마 아빠가 빚 문제로 심하게 다툰 적이 많았나 봐. 복도에서 형사들이 대화하는 내용을 들었거든. 남편이 부인과 싸운 뒤 홧김에 부인을 죽인 것 같다고 하더라고. 남편 자동차가 바다에서 발견됐대. 그런데 그 안에서 사람은 찾지 못했다고 하던데. 자동차 창문이 열려 있어서 바닷물에 쓸려 간 것 같다고 하더라고. 확실하지는 않은가 봐."

"그러게. 남편이 부인을 죽이고 자살한 것 같다고도 하던데.

아니면 부인만 죽이고 도망을 친 건가?"

"돈이 문제야. 돈 때문에 부인을 죽이다니……."

나는 웃음이 나왔다. 사람들은 머리가 좋았다.

나는 오랫동안 치료를 받았다. 몇 년을 치료했다. 뼈와 내장이 파열돼 몇 번의 대수술을 했다. 수술 후 계속 면역력이 떨어져 병원에서 지냈다. 정신과 치료도 받았다. 정신과 의사는 내가 종종 이상한 행동을 한다며 병원에서 퇴원시키지 않았다.

나는 간호사에게 물었다.

"내가 몇 살인가요?"

하얀색 긴 바지를 입은 간호사는 불쌍하다는 듯이 나를 바라봤다.

"가희야, 열다섯 살이야."

열다섯이란 나이가 생소했다. 간호사가 내 이름을 부르지 않았다면 다른 사람의 나이라고 생각했을 거다.

모든 물리 치료와 정신과 치료를 다 끝내고 나는 집으로 돌아왔다. 혼자서 살았다. 변호사가 가끔 나를 찾아와 내 상황을 파악하고 갔다. 정신과 치료를 위해 한 달에 한 번 병원을 방문했다. 나는 다시는 병원에 갇히지 않기 위해 최선을 다해 의사 말에 순종했다. 약은 먹지 않고 버렸다. 양부모는 실종 후 5년이 지나자 사망 처리됐다. 나는 만 열아홉 살이 되자 변호사가 관리하고 있던 양부모의 모든 재산을 상속받았다.

2

"악!"

악몽을 꿨는지 온몸이 땀으로 흠뻑 젖어 있었다. 정신을 가다
듬으며 생각해 보니 내가 온돌방에서 잠이 든 거다. 오랫동안 잠
을 잤다.

"송이가 깨어났으면 나를 찾을 텐데……."

나는 송이를 생각하며 서둘러 별채를 나왔다. 송이는 밖으로
나와 혼자 뛰어놀고 있었다. 송이는 수영을 잘해서 연못에 빠져
도 크게 걱정을 하지 않는다. 나는 정원을 뛰어다니며 노는 송이
를 바라봤다. 송이는 나를 보자 팔짝팔짝 뛰며 좋아했다. 나와
송이는 정원에서 한참을 뛰어다니며 놀았다.

놀다 보니 아직 끝내지 않은 일이 생각났다. 나는 식물원 옆에
있는 작은 동물 우리로 갔다. 동물 우리 안에는 하얀 토끼들이
내가 뜯어다 준 풀을 입을 오물거리며 야무지게 먹고 있었다. 나
는 우리 안으로 들어가 하얗고 통통한 토끼 한 마리를 잡아서 안
았다. 토끼는 두려움이 가득 찬 눈으로 나를 쳐다봤다. 나는 웃
으며 토끼를 쓰다듬었다.

우리 밖으로 토끼를 안고 나왔다. 바로 송이가 놀고 있는 정원

에 풀어 놨다. 송이는 하얀 토끼를 보자 침을 꿀꺽 삼키며 정신 없이 쫓아갔다. 나는 토끼를 쫓아 정신없이 뛰어가는 송이를 무표정하게 쳐다보다 별채로 향했다.

다시 별채로 온 나는 아직 열기가 남아 있는 장작을 하나하나 조심스럽게 아궁이에서 꺼냈다. 다 꺼낸 장작더미 속에서 하얀 뼈들이 모습을 드러냈다. 오래도록 장작더미 속에서 태운 뼈들은 쉽게 부서진다. 조심스럽게 뼈들을 모아 돌로 된 절구통에 넣었다. 그리고 빻기 시작했다. 쿵쿵. 쿵쿵. 소리가 좋았다. 엄마의 엄마, 내게는 외할머니다. 외할머니는 이 절구 소리를 좋아했다고 한다. 할머니는 절구에 콩도 찧고, 깨도 찧고, 옥수수도 빻았다고 엄마가 말했다. 외할머니는 한번 나가면 좀처럼 집에 들어오지 않는 외할아버지를 원망하며 절구를 찧었다고 했다.

나는 지금 엄마 뼈를 빻고 있다. 쿵쿵, 쿵쿵.

쿵쿵. 내 심장 소리에 맞춰 뼈를 빻는다. 이마에 송골송골 땀이 맺혔다. 멀리서 송이가 내게로 뛰어오는 모습이 보였다. 하얗고 귀여운 토끼를 갈기갈기 물어뜯어 먹어 치운 후 빨간 피로 얼룩진 다리 한쪽을 물고 내게로 뛰어왔다. 송이가 내게 안겼다. 나는 송이 머리를 쓰다듬었다.

"잘했어, 송이야."

남자가 다시 오겠다고 했다. 내가 스무 살이 돼 재산을 상속받으면 그때 다시 오겠다고 말했다. 엄마와 아빠가 사라진 날, 남자는 나와 함께 있었다.

늦은 밤 아래층에서 요란하게 물건 깨지는 소리가 들렸다. 낯선 남자 목소리와 엄마, 아빠의 고함이 동시에 들렸다. 곧이어 남자 목소리가 조용한 집 안에 울려 퍼졌다.

"닥쳐. 닥치라고. 죽고 싶지 않으면 뒤로 돌아."

다시 몸싸움이 벌어지는 소리와 엄마 비명이 들렸다. 곧 '퍽' 소리와 함께 엄마, 아빠 소리가 사라졌다. 숨소리조차 들리지 않는 조용한 시간이 흘렀다. 누군가 정적을 깨고 계단을 올라오는 소리가 들렸다. 낯선 발걸음 소리였다. 비틀거리며 박자 없이 걷는 엄마 발걸음 소리는 아니었다. 힘없이 발바닥을 누르며 걷는 아빠 발걸음 소리와도 거리가 멀었다. 단단하고 힘 있게 일정한 박자를 유지하며 올라왔다. 소리만으로도 그의 몸이 커다랗고 힘이 세다는 걸 알 수 있었다. 발걸음 소리는 3층에 멈췄다. 송이 방에 들어가 한참 후에 밖으로 나왔다. 낯선 사람의 쿵쿵거리는 발걸음 소리는 점점 가까이 들렸다. 4층에 도착해 창고 문을 여는 소리가 들렸다. 이것저것을 뒤지는 소리가 났다. 잠시 후 발소리가 내 방문 앞에서 멈췄다.

낯선 사람은 방문 손잡이를 좌우로 신경질적으로 돌렸다. 방문이 굳게 잠겨 있는 걸 깨닫자 그는 주먹으로 '쾅' 소리가 나게 방문을 내리쳤다. 문밖의 낯선 사람이 자기 옷을 뒤지는 소리가 들렸다. 부스럭거리는 소리와 함께 열쇠 부딪치는 소리가 났다. 그는 열쇠 꾸러미에서 열쇠를 하나씩 골라 다락방문의 열쇠 구멍에 넣었다. 계속 열쇠를 열쇠 구멍에 넣었다. 화를 참지 못하는 낯선 사람의 신음이 들렸다. 여섯 번째 열쇠를 넣었을 때 열쇠 구멍에서 '딸깍' 소리가 났다.

나는 손과 발이 묶여 있었다. 이틀 동안 아무거도 먹지 못한 채 다락방에 갇혀 있었다. 나는 아무 소리도 내지 않고 있었다. 소리를 내면 술에 취한 엄마가 비틀거리며 올라와 다시 학대가 시작될까 두려웠다. 내 몸에서 똥 냄새와 오줌 냄새가 역하게 났다. 내 모습은 어떤 모습이었을까? 상상이 되지 않았다.

손잡이가 끝까지 돌아가더니 문이 열렸다. 남자가 들어왔다. 손에 생선회 칼을 든 남자가 방으로 들어와 정신이 희미한 나를 쳐다봤다. 나는 고개를 들어 남자를 봤다. 남자 눈이 보였다. 검은 마스크를 하고 머리에 모자를 쓴 남자는 눈만 보였다. 그 눈이 나를 보더니 빨갛게 충혈됐다. 빨갛게 충혈되면서 눈에서 눈물이 흘렀다. 남자가 왜 우는지 이유를 알 수 없었다. 남자는 눈물을 흘리며 손을 부르르 떨더니 밖으로 뛰쳐나가 창고를 열었다. 남자는 그곳에 있는 골프채를 들고 미친 듯이 소리를 지르며 아래층으로 내려갔다. 곧 아빠와 엄마의 비명이 집 안 가득 울려 퍼졌다.

다시 올라온 남자는 묶여 있는 나를 풀어 주며 물었다.

"지금 먹을 수 있겠니?"

나는 남자의 충혈된 눈을 쳐다보며 말했다.

"네, 배가 고파요. 국수가 먹고 싶어요."

남자는 고개를 끄덕였다. 남자는 나를 안고 계단을 내려와 주방으로 갔다. 그리고 국수를 삶기 시작했다. 국물에 멸치를 넣고, 건새우와 북어를 넣고, 양파와 대파도 넣었다. 국물에서 달콤한 냄새가 났다.

멸치국수가 완성됐다. 친엄마가 만들어 준 멸치국수와는 냄새부터 달랐다. 남자는 대접을 꺼내 국수를 부었다. 김이 모락모락 났다. 냄새만 맡아도 온몸에서 절규하듯 국수를 원했다. 남자가 내 간절한 눈을 쳐다봤다.

"굶은 다음 음식을 한꺼번에 먹으면 탈이 날 수 있어. 조심스럽게 천천히 먹어야 해. 내가 국물을 식혀 줄게. 배고프겠지만 조금만 참아."

남자는 마치 아빠라도 되는 듯이 내게 다정하게 말했다. 남자는 작은 그릇을 찾아 국물을 따른 후 숟가락으로 떠서 내 입에 넣었다. 나는 급하게 국물을 삼켰다. 국물이 목을 타고 내려가면서 차갑게 식어 있던 몸이 조금씩 따듯해졌다.

"맛있어?"

나는 고개를 끄덕이며 더 달라고 애원하는 눈빛으로 남자를 쳐다봤다. 남자는 작은 그릇에 담은 국물을 숟가락으로 떠서 내 입에 다 넣어 준 후 다시 작은 그릇에 국물과 국수 몇 가락을 넣어 내게 내밀었다.

눈물이 나왔다. 따뜻한 국수와 국물이 몸을 타고 내려가자 알 수 없는 눈물이 흘러나왔다. 남자는 나를 슬픈 눈으로 바라봤다.

갑자기 배가 아팠다.

"배가 아파요."

남자에게 말했다.

"조심해서 다녀와. 혹시 힘들면 같이 가 줄게."

"아니에요. 혼자 갈 수 있어요."

나는 몸을 구부린 채 화장실로 향했다. 긴 설사가 이어졌다. 한참 동안을 쪼그리고 앉아 있었다. 몸의 수분이 다 빠져나간 뒤에야 설사가 그쳤다.

손을 닦으며 거울을 봤다. 그곳에 어린아이는 없었다. 눈이 크고, 볼이 통통하고, 뾰로통한 입술이 예쁜 아이는 없었다. 어린 노파가 있었다. 온 얼굴이 파랗게 멍든 어린 노파였다.

나는 손을 닦은 후 주방으로 들어갔다. 남자가 나를 물끄러미 쳐다봤다.

"이제 국수를 많이 줄 거야. 하지만 천천히 먹어야 해. 아무리 먹고 싶어도 천천히 꼭꼭 씹어 먹어야 해. 그래야 몸이 놀라지 않거든. 몸이 놀라면 죽을 수도 있어."

남자는 내 머리를 쓰다듬었다. 나는 얌전히 앉아 있었다. 그래야 남자가 국수를 줄 것 같았다.

"너는 더 많은 행복을 느끼며 살아야 해. 이렇게 학대받으며 살면 안 돼. 오로지 쓰레기들만 아이들을 학대하는 거야. 내가 더 많은 행복을 느낄 수 있도록 도와줄게."

남자는 내게 국수를 주며 말했다.

"나도 어릴 적에 매일 굶고 지냈거든. 매일 죽을 만큼 맞았어. 아주 어릴 때부터 말이야."

남자는 아련한 먼 옛날을 회상하듯 더듬더듬 말을 이었다.

"나는 아버지와 같이 살았어. 엄마는 아버지 학대를 견디다 못해 어느 날 도망을 쳤어. 엄마가 도망간 후 다섯 살 때부터 아버지와 단둘이 같이 살았어. 아버지는 결벽주의자였어. 집 안에 먼지가 조금만 있어도 참지 못했지. 젠장. 쉬는 날이면 아버지는 새벽부터 밤늦게까지 청소를 했지. 내게도 온 집 안을 깨끗하게 닦으라고 말했어. 조금만 물기가 바닥에 있어도 아버지는 내 뺨을 치고 몸을 발로 걷어찼어. 난 아버지에게 맞지 않으려고 이를 악물고 걸레를 짰지. 그 걸레로 방 3개와 주방, 화장실을 깨끗하게 닦아야 했어. 창문도 빈틈없이 닦아야 했고. 화장실 거울에 물방울 하나 흐르면 안 됐어. 아버지가 무서웠거든."

남자 눈동자에 빨간 핏기가 돌았다. 목소리도 거칠어졌다.

"밥을 먹을 때 역시 한 톨이라도 흘리면 안 돼. 한 톨이라도 흘리게 되면 아버지는 바로 내 뺨을 사정없이 후려쳤어. 더 심할 때는 접시와 그릇을 내게 던지기도 했어. 아버지는 미친 듯이 화를 낸 뒤에도 분이 풀리지 않으면 접시에 맞아 피를 흘리는 나를 질질 끌고 창고로 갔어. 그리고 문을 잠가 버렸어. 미친 쓰레기 같은 인간이었어. 그곳에서 아무것도 먹지 못하고 며칠씩 갇혀 있었지. 아픈 것보다 더 슬픈 게 뭔지 너도 알 거야. 가장 고통스러웠던 건 배가 고픈 거였어. 지독히 먹고 싶었지. 아버지를 죽이고 싶도록 살의를 느낀 이유는 배고픔 때문이었어. 아까 너를 본 순간, 잊고 살았던 내 어릴 적 모습이 보였어."

남자는 이야기를 하면서 점점 눈동자가 흔들렸다. 분노로 몸을 부들부들 떨었다. 그리고 빨간 눈에서 눈물이 주르륵 떨어졌다. 내가 느끼는 고통보다 남자는 더 많은 서러움을 느끼는 것 같았다. 나는 아프고 고통스러웠지만 서럽지 않았다. 엄마는 정신이 들면 다시 내게 천사처럼 잘했다. 엄마를 크게 원망하지 않았다. 나는 보육원으로 돌려보내지는 것이 더 두려웠다.

내가 국수를 다 먹자 남자는 주방에서 칼을 찾아냈다. 남자는 찾은 칼을 내 손에 쥐여 줬다. 나는 칼을 잡은 채 남자를 멍하니 쳐다봤다. 왜 칼을 쥐여 주는지 이해할 수 없었다. 남자는 아무 표정 없이 내 손을 잡고 2층으로 올라갔다.

2층 침실에는 엄마와 아빠가 의자에 묶여 있었다. 입 역시 수건을 문 채 끈으로 묶여 있었다. 엄마는 나를 보자 울면서 웅얼거렸다. 엄마와 아빠는 머리에 골프채로 맞아 빨간 피가 흐르고 있었다. 입과 코에서도 피가 흘렀다. 빨간 피를 뒤집어쓴 양부모 얼굴은 괴물처럼 보였다.

남자는 나를 양부모 앞으로 데리고 갔다. 사방에 투명한 비닐이 깔려 있었다.

"어때, 골프채로 맞으니까 아프지? 고통스럽지? 이 아이가 얼마나 아파 했을지 생각해 봐, 이 벌레 같은 인간들아. 네 자식이잖아, 네 자식 맞지? 어떻게 부모가 돼 자식을 이렇게 만들 수 있어. 너희는 인간이 아니야. 인간이 아니란 말이야."

남자는 고함을 쳤다. 그리고 나를 바라봤다.

"죽여. 네가 가진 칼로 찔러 버려. 이 인간들은 언젠가 너를 죽일 거야. 너를 죽이고 편안하게 살 인간들이야. 아무것도 두려워할 필요 없어. 악마야. 악마를 우리가 죽이는 거야."

나는 입술을 부르르 떨고 눈물을 흘리며 고개를 저었다.

"널 죽일 거야. 넌 더 행복하게 살아야 해. 이 인간들이 죽으면 넌 이 집도 가질 수 있고 더 행복하게 살 수 있어. 너, 이 집 딸 맞지?"

나는 이 집을 가질 수 있다는 남자 말이 귀에 쏙 들어왔다.

"내가 먼저 죽일 게. 그럼 너도 찌르면 돼. 이런 악마는 찔러도 고통을 느끼지 않아. 네가 얼마나 아픈지 한 번도 네게 물어보지 않았잖아. 네가 얼마나 배가 고프고 고통스러운지 한 번도 신경 쓰지 않았잖아. 너를 벌레처럼 생각한 거야. 너를 아프게 하면서 행복해했잖아. 네 인생을 보상받아야 해. 내가 도와줄게. 죽이면 모든 일을 내가 해결해 줄게. 자, 죽이라고……."

　엄마는 술에서 깨어나면 나를 붙잡고 울었다. 미안하다고 가슴을 치며 울었다. 엄마가 나를 괴롭힐 때는 술에 취했을 때만이었다. 그때만 즐거워했다. 하지만 남자 말이 맞았다. 엄마는 언젠가는 나를 죽일 거다. 그리고 아무렇지도 않게 사망 신고를 하고 자기 삶을 살 인간이었다.

　"무서우면 내가 먼저 찌를게. 너도 같이 찔러. 그럼 넌 행복해질 수 있어. 하지만 네가 한 번도 찌르지 않는다면 내가 너도 같이 죽여 버리겠어."

　남자는 말이 끝나자마자 생선회 칼을 정신없이 휘둘렀다. 사방에서 피가 분수처럼 뿜어져 나왔다. 동시에 양부모의 끔찍한 비명이 내 귀를 때렸다. 내 몸이 움직이지 않았다. 오줌이 다리 사이로 흘러내렸다. 아무 생각도 할 수 없었다. 나는 양손으로 칼을 잡고 덜덜 떨며 서 있었다.

　남자가 양부모를 찌르며 나를 노려봤다. 분노로 이글거리는 눈으로 나를 쳐다봤다. 내가 가만히 있으면 남자가 나를 죽일 것 같았다. 남자 눈이 심하게 일그러졌다. 내가 덜덜 떨며 칼을 들자 남자 눈동자가 내 움직임을 따라 움직였다. 나는 남자의 시선을 느끼며 두 손으로 칼을 들어 아빠의 미간을 찔렀다. 내게 한 번도 도움의 손길을 주지 않은 아빠가 엄마보다 더 미웠다. 한번 찌른 손은 멈추지 않았다. 계속 춤을 추듯 아빠를 찔렀다.

아빠 손이 여러 번 경련을 일으키더니 곧 잠잠해졌다. 남자는 나를 보며 웃었다.

"악마를 죽인 거야. 내가 모두 잘 처리해 줄게. 난 전에도 이런 경험이 있어. 아주 잘 처리할 수 있어. 넌 가만히 있어."

끔찍한 비명이 사라졌다. 양부모 모습이 빨갛게 물들자 남자는 만족스러운 표정을 지었다. 나는 공포에 질린 얼굴로 손을 덜덜 떨고 서 있었다. 남자는 내 손에서 칼을 받아 들었다. 남자는 노래를 부르며 내 손을 잡고 다락방으로 올라갔다.

남자는 나를 처음 만났던 모습 그대로, 다시 손과 발을 묶었다. 남자는 잠시 밑으로 내려가 따뜻한 우유 한 잔을 들고 다시 나타났다.

"넌 이대로 있어. 내일 늦은 시간에 사람들이 이 집으로 네 부모를 찾으러 올 거야. 아니면 다음 날까지 말이야. 좀 배가 고프겠지만 참아. 그래야 아무 의심을 받지 않아. 넌 이대로 그냥 있어. 난 이 집에 대해 잘 알아. 오래전부터 이 집을 관찰해 왔거든. 정보도 많이 수집했어. 하지만 네가 있는 줄은 몰랐어. 몇 번이나 정원 공사 때문에 왔지만 너를 본 적이 없었어. 이제 네 부모를 끌고 가 식물원에 묻을 거야. 식물원은 넓어서 시체 두 구를 묻어도 티가 나지 않아. 시체가 썩으면서 냄새가 나고 구더기도 생기겠지만, 그 식물원은 환풍 시설이 좋아서 문제는 없어. 시체가 다 썩고 네가 의심을 받지 않으려면 5년 정도를 기다리는 것이 좋아. 그럼 실종 신고에서 사망 신고로 처리할 수 있거든. 사망 신고가 되면 넌 이 집의 모든 재산을 상속받게 되는 거야."

남자는 잠시 기침을 하더니 나를 보고 흥분된 눈빛으로 말을 이었다.

"이제부터 내 말을 잘 들어. 그래야 완벽하게 처리할 수 있어. 이 집의 모든 재산을 상속받은 후 네가 해야 할 일이 있어. 넌 식물원에 가서 뼈를 찾아내. 그리고 장작 때는 곳에 가서 뼈를 쑥과 같이 몇 시간을 태워. 그럼 뼈가 금방 부서질 거야. 장작을 다 태운 후 그 속에서 뼈를 찾아내 절구통에 넣고 가루가 되도록 빻아. 그렇게 빻은 가루를 봉투에 넣고 연못가에 가서 물고기에게 밥으로 줘. 그럼 모든 증거는 사라져 버리는 거야. 실종되면 사실 수사가 쉽지 않거든. 내 말 잘 기억해, 알았지? 잘 처리하면 넌 세상에서 가장 행복한 사람이 될 수 있어."

나는 남자 말을 제대로 이해하지 못했지만, 연신 고개를 끄덕였다.

"넌 이제 잠을 자도록 해. 모든 일은 내가 다 처리할게. 한 가지 기억해. 네가 스무 살이 돼 이 집의 재산을 모두 상속받게 되면 나는 다시 너를 찾아올 거야. 내가 모든 일을 다 처리해 줬잖아. 그에 대한 감사 인사를 하는 것은 당연하지 않겠어. 재산의 절반을 나에게 줘. 넌 나를 배신할 수 없어. 네가 네 부모를 찌른 칼을 내가 갖고 있거든. 잊지 마. 스무 살이 되면 다시 찾아올 거니까."

남자가 말을 끝내자 나는 조금씩 졸음이 쏟아졌다. 그리고 눈을 떴을 때 남자는 사라지고 없었다.

3

열일곱 살이 돼 집으로 돌아왔을 때 모든 게 꿈처럼 느껴졌다. 나는 혼자 집에서 지냈다. 아는 사람이 아무도 없었다. 가끔 변호사와 경찰들이 찾아와 내가 어떻게 살고 있는지 살피고 갔다. 나는 잘 지내고 있었다. 이 집을 잘 지키고 있었다.

정원을 가꾸고, 식물을 돌보고, 연못의 물고기에게 먹이를 주는 일도 빠지지 않고 했다. 그리고 별채와 본채를 청소했다. 그렇게 하면 하루가 갔다. 모든 것을 제자리에 뒀다. 하나도 건드리지 않았다. 나는 여전히 다락방에서 지냈다. 어릴 때 갖고 놀던 물건들은 모두 제자리에 있었다. 이곳에 있으면 시간이 멈춰버린 것처럼 느껴졌다.

나는 집에서 지내며 안정을 되찾자 입양을 했다. 세상에서 가장 잔인한 공격성을 가진 개. 한번 공격을 시작하면 상대가 죽을 때까지 놓지 않는 개다. 핏불테리어, 송이다.

송이는 귀여웠다. 까만 털로 뒤덮여 있고 반짝반짝 빛나는 눈은 바라만 봐도 예뻤다. 짧고 튼튼한 다리로 뛰는 모습은 보고만 있어도 미소 짓게 했다. 핏불테리어는 자기 주인에게 최선을 다해 애교를 부리는 애견이다.

하지만 송이는 눈동자를 바라보면서 머리를 쓰다듬으면 바로 공격을 했다. 송이 귀가 뒤를 향하고 입술에 침을 바르면 바로 공격을 하겠다는 뜻이다. 한번 공격을 시작하면 빠르고 정확하게 상대 숨통을 물어뜯었다.

핏불테리어에게 온몸을 물린 어린아이들의 사진이 인터넷에 떠돌아다녔다. 나는 핏불테리어 중 가장 사납고 공격성이 강한 종으로 입양했다.

송이는 어릴 때 내가 국수를 먹고 있으면 언제나 옆으로 다가와 입을 쩝쩝거리며 나를 핥았다. 국수를 작은 그릇에 덜어 주면 팔짝팔짝 뛰면서 맛있게 먹었다. 국수 국물도 우유보다 더 좋아했다. 송이가 가장 좋아하는 국수는 돼지고기로 만든 고기국수다.

나는 가끔 이성을 잃었다. 이유는 없었다. 술을 먹지도 않았는데 내가 한 행동은 엄마가 내게 한 행동과 똑같았다. 화가 폭발해 이성을 잃고 골프채로 송이를 때렸다. 그리고 송이를 양부모 방에 가둬 두고 며칠씩 굶겼다. 송이는 미친 듯이 그르렁거리며 짖어 댔고, 나는 송이의 울부짖는 소리가 좋았다.

송이 몸이 점점 커지면서 나는 송이를 가둬 놓기 위해 양부모 방에 쇠창살 문을 만들었다. 쇠창살 안에서 으르렁 소리를 내며 송이는 왔다 갔다 했다. 송이를 며칠씩 굶겼다. 그래도 나를 공격하지 않았다.

며칠이 지나면 갇혀 굶주린 송이에게 토끼 한 마리를 넣어 줬다. 송이는 정신을 잃을 정도로 흥분해 토끼의 목덜미를 단번에 공격해 숨통을 끊어 놓은 후 갈기갈기 찢어 먹었다. 난 입가에 피를 묻히고 흥분해 있는 송이를 보면 기분이 좋아졌다. 송이는 토끼를 세 마리 정도 잡아먹고 나면 얌전해졌다. 송이는 사흘 정도 굶었을 때 가장 잔인하게 공격했다.

토끼를 잡아먹고 배가 부른 송이는 얌전해졌다. 나는 흥분이 가라앉아 얌전해진 송이에게 고기국수를 삶아 줬다. 송이가 국수를 먹으면 우린 화해를 한 거다. 송이에게 미안했다. 미안해서 한참을 울었다. 송이가 나를 핥으며 잠이 들면 죄책감으로 가슴이 미어지는 듯했다. 그래도 그 짓을 계속했다.

송이는 계속 커 갔다. 몸집이 커진 송이가 그르렁거리면 덩치가 큰 남자들도 움츠러들었다. 나는 송이와 집에서만 머물며 동굴 안의 인간이 돼 참고 참으며 버텼다. 만 열아홉 살이 될 때까지.

스무 살이 되자 변호사가 관리하고 있던 양부모의 모든 재산이 나에게 상속됐다. 나는 당당한 성인으로 이 집안의 모든 재산을 상속받았다. 그리고 남자를 기다렸다. 남자는 약속을 지켰다.

닷새 전, 남자가 나타났다. 내가 어릴 적에 봤던 모습과는 다른 모습으로 나타났다. 남자는 모자도 쓰지 않고 마스크도 하지 않은 채 우리 집 벨을 눌렀다.

대문을 열자 낯선 남자가 서 있었다. 남자 눈을 쳐다보고 그를 알아봤다. 나는 남자의 눈동자만을 기억했다.

"나를 기억하지? 반갑네. 네가 원래 얼굴이 예뻤구나. 예쁘게 컸네. 우리 약속한 거 있지? 기억나냐?"

남자는 나를 보며 미소 지었다. 자연스럽게 미소 짓는 남자 모습이 친근하기까지 했다. 남자는 내 머리를 쓰다듬더니 대문 안으로 들어왔다. 그리고 천천히 현관까지 걸어갔다.

"여긴 예전하고 똑같네. 기억하니, 그날 밤? 난 지금 쫓기고 있어. 여기서 며칠을 지내야 할 것 같아. 날 받아 줄 거지?"

난 아무 말도 없이 남자를 쳐다봤다. 남자는 내 반응은 상관없다는 듯이 집 안으로 들어갔다.

"너 아직도 국수 좋아하냐?"

나는 고개를 끄덕였다.

"배가 고프네. 국수 좀 삶아 줘. 그때 너는 국수를 정말 맛있게 먹더라. 그날 이후 나도 국수를 좋아하게 됐어."

남자는 웃으며 말했다.

오랜 시간이 지났지만, 그날 밤에 먹었던 국수 맛은 잊지 않고 있다. 차가운 몸을 따뜻하게 녹여 준 멸치국수 맛을 평생 잊을 수 없을 거다.

국물에 멸치를 넣었다. 건새우와 북어를 넣고, 양파와 대파도 넣었다. 냄새를 맡자 그날의 기억이 머리를 스쳐 지나갔다. 양부모를 칼로 찌른 날의 기억이 새록새록 떠올랐다.

국수를 삶아 차갑게 헹군 다음 큰 그릇에 국수를 담고 멸칫국물을 부었다. 하얀 수증기가 피어오르며 국수 냄새가 온 주방에 퍼졌다.

남자는 만족스러워하며 국수를 먹었다. 남자가 맛있게 국수를 먹는 모습이 편해 보였다. 커다란 입을 벌려 한가득 국수를 집어넣었다. 후룩후룩 소리를 내며 국물까지 다 먹었다. 남자는 내게 국수가 맛있다고 말하며 다음 말을 이었다.

"재산은 다 상속받았지? 난 완전 범죄를 위해 그날 이 집에서 가져간 게 하나도 없어. 원래 난 좀도둑이야. 사람을 해치는 강도는 아니라고. 이 집은 큰 집이라 오래도록 지켜보고 있었어. 그날 난 돈하고 보석만 훔쳐 가려고 했어. 하지만 너를 보는 순간 마음을 바꿨어. 너를 위해 그들을 죽여야겠다고 생각했지."

남자는 바지 주머니에서 담배를 꺼내 불을 붙였다. 힘 있게 담배를 빨았다. 곧 코와 입으로 연기가 나왔다.

"식물원에서 뼈는 꺼냈어? 지금쯤은 완전히 뼈만 남아 있겠다. 네가 힘들면 내일 내가 처리할게. 음……, 내가 원하는 것부터 말하는 게 우선인 것 같네. 먼저 1억을 줘. 갑자기 돈을 많이 빼면 사람들이 의심할 테니……. 그리고 집을 고쳐. 차도 사고. 그러면서 돈을 많이 빼. 다시 5억 정도를 내 통장으로 보내 줘.

이 정도에서 끝날 거로 생각하면 안 돼. 매년 넌 나에게 1억씩 보내 주면 돼. 뭐 별로 어려운 일은 아니지? 기억하지? 내가 무 엇을 가졌는지 말이야. 그날 네가 부모를 찌른 칼을 아직 잘 간 직하고 있어. 난 크게 욕심은 없어. 그 정도면 너도 부담스럽지 는 않을 거야."

나는 남자에게 미소 지었다. 남자도 나를 바라보며 웃었다. 비 밀이 담긴 미소였다. 음침한 미소가 마음에 들지 않았다. 남자에 게 과일을 깎아 치즈와 함께 와인을 건넸다. 남자는 고맙다고 말 하며 와인을 한 잔 따라 맥주를 마시듯이 한 번에 들이켰다.

남자는 그날 자신이 나에게 준 우유 안에 무엇을 넣었는지를 잊은 듯했다.

남자가 정신을 잃자 2층으로 끌고 갔다. 남자를 양부모 방으 로 끌고 가 의자에 앉힌 후 밧줄로 묶었다. 입 안 가득 스타킹을 돌돌 말아 집어넣고 다시 끈으로 묶었다. 그리고 의자 주변에 투 명한 비닐을 깔았다.

남자를 굶겼다. 동시에 송이도 굶겼다. 남자가 방 안에서 계속 몸을 꿈틀거리며 밧줄을 끊으려고 노력했다. 남자 힘이 더 빠지 길 기다렸다. 굶은 지 사흘째 되는 날, 송이를 남자가 있는 방으 로 데려가 풀었다. 남자는 절규하듯 몸을 뒤틀었다.

송이는 남자를 노려보며 주변을 맴돌았다. 남자와 송이는 서 로를 노려봤다. 송이는 그르렁 소리를 내며 남자 목을 노렸다.

남자는 끈을 끊기 위해 눈에 핏발을 세우며 몸을 비틀었다. 남자가 몸부림치며 송이 눈을 회피하는 순간, 송이는 높게 점프해 날카로운 송곳니를 드러내며 남자의 목덜미를 물었다. 순간 남자 몸이 커다랗게 팽창하면서 끈이 끊어졌다. 남자는 독기를 뿜어내며 두 손으로 송이 목을 졸랐다.

나는 쇠창살 밖에서 숨을 죽이고 둘의 싸움을 지켜봤다.

송이는 한번 문 것은 절대 놓지 않는다. 숨통이 끊어질 때까지 놓지 않는 것이 송이의 본능이다. 남자 목에서 피가 흘렀다. 송이가 더욱 아래턱에 힘을 줬다. 남자 눈에서도 피가 나왔다. 남자는 피가 나오는 눈을 부릅뜨고 송이를 주먹으로 때리며 목을 졸랐다.

송이의 아래턱이 더 강했다. 남자 목의 살점이 떨어져 나가면서 피가 사방으로 분수처럼 뿜어져 나왔다. 그와 동시에 남자 몸에 힘이 빠졌다. 송이는 그 틈을 노려 남자 몸을 공격하며 물어뜯었다. 배가 부르도록 물어뜯어 먹었다.

송이는 배가 부르자 얌전해지더니 잠이 들었다.

나는 송이가 잠든 사이 남자 몸에서 피가 다 나올 때까지 기다렸다. 피가 다 빠져나오자 남자 몸이 하얗게 변하면서 얼굴이 아름다워졌다. 남자 몸이 무거워 별채에 있던 도끼를 가져와 두 토막을 냈다. 그리고 하나씩 비닐로 싼 후 냉장고 안에 넣었다. 내일 아빠 뼈를 다 처리한 후 남자 시체를 식물원에 심어 놓을 거다.

엄마와 아빠의 시체를 식물원에 파묻은 다음부터 식물원의 꽃들은 눈이 부시도록 아름다워졌다. 나뭇잎들도 윤기가 흐르고 도톰해졌다. 식물들이 고기의 맛을 안 것 같다.

내일은 아빠 뼈를 모아 장작더미와 같이 태운 후 절구로 빻아야겠다. 그리고 모레는 남자를 식물원에 묻어 줘야겠다. 남자를 식물원에 묻은 다음 송이와 나는 또 국수를 삶아 먹을 거다.

오늘은 엄마 뼈를 다 빻아 연못 속의 물고기들에게 뿌려 줄 거다. 쿵쿵. 쿵쿵. 이렇게 엄마 뼈를 빻고 있으니 엄마가 삶아 준 쌀국수가 생각이 난다. 등심과 안심이 들어가고 레몬즙을 살짝 뿌린 쌀국수가 먹고 싶다. 입 안에 군침이 돈다.

초콜릿케이크

1

　남편 책상을 정리하다 서랍 깊숙한 곳에서 남편이 대학 교수 시절 늘 지니고 다녔던 만년필을 발견했다. 독일에서 공부했던 남편은 그곳에 사는 지인에게서 선물 받았던 몽블랑 '마이스터스튁 149'를 양복 앞주머니에 끼고 다녔다.

　12년 정도 사용한 몽블랑 '마이스터스튁 149'의 펜촉은 조금 틀어져 있었다. 18k 금으로 된 닙 부분이 불빛에 반짝거렸다. 남편은 만년필을 사용한 다음 잉크가 묻은 부분을 깨끗한 헝겊으로 정성스레 닦고 말린 후 양복 주머니에 끼었다. 손 글씨를 좋아하는 남편은 종종 만년필로 편지를 써서 내게 건넸다. 정성이 담긴 아름다운 글씨체를 보며 남편의 사랑을 느낄 수 있었다. 남편이 만년필로 중요한 문서에 서명하는 모습 또한 사람들에게 깊은 인상을 남겼다. 우아하고 격조 있게 펜을 움직였다.

　남편의 몽블랑 '마이스터스튁 149'에 대한 사랑은 펜촉이 틀어져 글씨가 매끄럽게 나오지 않게 되자 멈췄다. 남편은 만년필을 보관함에 넣고 더는 사용하지 않았다.

　교수 시절 남편은 늘 양복을 입고 다녔다. 여름에도 양복을 입었다. 양복 앞주머니에는 몽블랑 '마이스터스튁 149'가 꽂혀 있었다. 남편은 단정했고 모든 사람에게 예의 바르고 친절하게 행동했다. 곱슬머리에 175cm 정도의 키, 굳게 다물어진 입술, 멋진 슈트와 고급 만년필, 웃을 때 사람 좋아 보이는 남편 모습은 오래된 외국 영화에 나오는 중년의 신사를 연상케 했다.

남편 강의는 약간 지루했지만, 여학생들에게는 인기가 좋았다. 잘생겼고, 학점도 잘 주고, 친절하고, 질문에 늘 존댓말로 응대했다. 남편을 싫어하는 사람은 거의 없었다. 성격이 온순하고 사람들과 부딪치는 걸 싫어했다. 가장 중요한 사실은 남편이 재벌가 자제라는 거다. 대학에 많은 기부를 했다. 사람들은 그런 남편을 싫어할 수 없었다.

서울에서 전문대를 졸업하고 편입해 다른 사람들과 어울리지 못하는 나를 남편은 따뜻하게 감쌌다. 자주 교수실로 불러 시큼한 향이 나는 예멘 모카 마타리를 간 다음, 뜨거운 물을 살살 부으며 내린 커피를 예쁜 꽃무늬가 그려져 있는 폴란드 찻잔에 담아 건넸다. 남편의 따뜻한 손과 마타리의 오묘한 향이 내 마음을 설레게 했다.

어린 시절 부모를 잃은 내게 남편은 아버지 같은 모습으로 다가왔다. 학교생활은 어떤지, 학점 관리는 잘하고 있는지, 사람들과의 관계는 괜찮은지에 대한 세세한 부분까지도 상담해 주고 조언해 줬다.

나는 남편의 따뜻한 배려가 좋았다. 남편의 하얀 머리도 좋았고, 남편의 만년필도 좋았다. 다만 남편의 잘생긴 얼굴 중에서 눈은 좀 불편했다. 그래도 전체적으로 내겐 과분한 사람이었다.

우린 서로에게 깊이 빠져들었다. 하지만 사람들의 시선 때문에 섣불리 다가가지 못했다. 시간만 흐르는 사이 조급해진 남편이 먼저 고백했다. 나는 그의 고백에 감동했고, 우린 서로의 마음을 확인한 후 주변 사람들에게 결혼 소식을 알렸다. 많은 비아냥거림이 있었다. 남편은 어린 여자나 좋아하는 파렴치한으로 몰렸고, 나는 아버지뻘 되는 남자의 재산이나 탐하는 창녀로 몰렸다. 사람들의 시기와 일그러진 시선이 우리에게 향했다.

타인의 불편한 시선을 뒤로한 채 우린 결혼했다. 결혼 후 행복하게 살았다. 서로에게 아무것도 요구하지 않았다. 같이 있는 것만으로 좋았다. 난 남편의 안정감과 깊은 애정을 좋아했고, 남편은 내 젊음과 조건 없는 사랑에 감동했다. 남들의 시선과 상관없이 우린 잘 살았다. 나이와 환경과 차가운 시선은 우리 삶에 걸림돌이 되지 않았다.

난 지독히 마음 아픈 삶을 산 사람이었고, 남편 역시 아내와 자식을 잃고 세상과 마음의 문을 닫고 사는 사람이었다. 우린 서로의 비워진 부분을 채워 주며 하나가 돼 갔다.

남편은 결혼 후 교수직을 그만뒀다. 남편은 집 안에서 번역 일을 하거나 글을 썼다. 외부 활동으로 가끔 방송에 출연했다. 자유로운 개인으로의 삶을 시작했다. 재벌이란 틀에서 벗어나고 싶어 했다. 나와 결혼 후 남편은 모든 걸 거부했다. 자신이 원하는 삶을 살기 위해 안간힘을 썼다.

나와의 결혼은 곧 남편 가족과의 절연으로 이어졌다. 창녀처럼 어린년을 남편 가족 누구도 받아들이지 않았다.

나와 행복한 삶을 살았던 남편은 결혼 후 5년 만에 지병으로 죽었다. 3개월 전에 죽은 거다. 아직 유품을 정리하지 못했다. 남편 유품이 집 안에 가득했다. 마치 남편은 잠시 여행을 떠난 듯했다. 금방이라도 현관문을 열고 "여진 씨, 나 왔어."라고 말할 것만 같았다.

남편이 지병으로 삶을 마감하자 남편의 이복형제와 친척들은 득달같이 달려와 내게 유언장 공개를 요구했다. 그들은 내가 늙은 남자의 재산을 노리고 결혼한 어린년이라 생각했다.

변호사는 모두가 있는 앞에서 유언장을 공개했다. 사납게 찡그리고 있던 그들은 일순간 평화를 찾은 듯 행복한 미소를 지었다. 남편이 내게 남긴 건 같이 살았던 집 한 채뿐이었다. 나머지는 형제와 친척들에게 남기고 일부는 학교와 사회에 기부했다.

내가 남편의 유언을 존중하겠다고 하자 그들은 천사를 만난 듯 갑자기 내게 과한 친절을 베풀며 그동안 미안했다고 말했다. 가식이 가득 든 그들 표정을 보며 나는 조소를 금치 못했다. 모든 게 순조로웠다. 남편의 이복형제와 친척들이 알아서 장례를 치렀다.

　남편은 재벌가 집안의 장손이었고 물려받은 재산이 많았다. 남편의 죽은 전 부인 역시 재벌가 자제여서 남편에게 많은 재산을 남겼다. 남편의 전 부인과 아들은 사고로 죽었다. 덕분에 남편 재산은 몇 배로 늘어났다.

　남편은 수천억 원의 자산가였다. 내겐 달랑 집 한 채만 남겼다. 모두 내가 재산이나 탐하는 어린 창녀가 아니라는 걸 인정하게 됐다. 사람들은 재산에 아무 욕심을 보이지 않는 내게 순수함을 느꼈다. 진정으로 남편을 사랑한 어린 여자라고 생각했다. 늙은 남편의 병시중만 들다 과부가 된 불쌍하고 마음이 따뜻한 여자라고 생각하기 시작했다.

　남편을 사랑한 평범한 여자는 유품을 바로 버리지 않아야 한다. 나는 집 안 곳곳에 있던 남편 유품들을 모아 서재에 쌓아 놓았다.

　오랜 시간 서재를 정리한 후 안방으로 들어갔다. 서재 안에 있으면 지독히 머리가 아팠다. 남편 냄새가 났다. 나는 안방으로 들어가자마자 화장대에 있는 향수를 온몸에 신경질적으로 뿌렸다. 샤넬 향이 몸에서 진동했다. 남편 냄새가 사라지자 불안했던 마음이 조금씩 안정됐다. 나는 깊게 숨을 내쉰 다음, 장롱 문을 열고 바닥에 놓여 있는 보라색 줄무늬가 있는 여행용 가방을 꺼냈다.

내일 언니를 만나러 간다. 오랫동안 언니를 만나지 못했다. 결혼 전부터 만나지 못했으니 7년 정도 만나지 못한 듯싶다. 그리운 마음에 손이 떨렸다.

'언니는 어떻게 변했을까? 아프지는 않았을까? 밤에 잠은 제대로 자고 있을까? 여전히 잠을 못 자서 수면제를 복용하고 있지는 않을까? 내 걱정으로 많이 말랐을 텐데…….'

언니에 대한 갖가지 생각들이 스쳐 지나갔다. 갑자기 지연이 얼굴이 떠올랐다. 나는 머리를 움켜잡았다. 쪼그리고 앉아 눈을 꼭 감았다. 가슴이 진정되지 않았다.

"앗, 안 되겠어."

나는 화장실로 뛰었다. 구역질이 밀려왔다. 오랫동안 감정을 억눌렀다. 기억 속 지연이 모습에 냉정함을 가장했다. 모든 게 마무리된 지금, 7년 동안 억눌렸던 감정들이 폭풍우처럼 밀려왔다. 나는 변기 앞에 주저앉아 오늘 먹은 걸, 다 게워 냈다.

지연이는 사랑스러운 아이였다. 언니와 나와 아버지의 사랑을 듬뿍 받으며 행복하게 살았던 아이였다.

신생아실에서 모든 이의 눈을 사로잡았던 예쁜 우리 지연이. 아버지와 나는 감탄하며 신생아실에 누워 옹알거리는 지연이를 바라봤다. 태어날 때부터 까만 머리가 있었던 지연이는 다른 아기들보다 더 하얗고 빛나 보였다. 두 손을 움켜쥐고 천장을 향해 눈을 깜박거리는 지연이가 얼마나 예쁜지 초등학생이었던 나는 집에 돌아와서도 그 감격을 잊지 못하고 계속 아버지에게 말했다.

"아빠, 지연이는 하늘에서 내려온 천사 같아. 엄마가 보내 주신 것 같아. 너무 예뻐서 계속 눈에서 아른거려."

아버지는 내 말에 웃으며 고개를 끄덕였다.

언니는 미혼모였다. 남자는 언니가 임신한 사실을 알게 된 후 언니를 버리고 외국으로 도망쳤다. 그 후 한 번도 연락이 없었다. 언니는 얼굴이 까맣게 되도록 혼자 고민하다 서럽게 울면서 아버지에게 도움을 청했다. 아버지는 시골의 평범한 농사꾼이었고 세상을 이치대로 살아가는 사람이었다. 아이를 지운다는 건 상상하지 못했다. 아버지는 늦은 나이에 결혼해 낳은 언니와 나를 아끼고 사랑했다. 당연히 언니가 낳은 아기 또한 지극히 사랑할 거다. 아버지는 우리가 같이 키우자고 말하며 울고 있는 언니 등을 토닥거렸다.

지연이는 천사였다. 언니의 괴로움을 알고 태어난 아이처럼 어릴 때부터 잘 울지도 않고 아프지도 않고 사람들을 잘 따랐다.

지연이가 보고 싶다. 예쁘고 천사같이 환한 웃음을 짓는 지연이 모습이 눈에 선하다. 지연이는 내가 만들어 준 초콜릿케이크를 좋아했다. 언니도 좋아하고, 아버지도 좋아하고, 남편도 좋아했다. 내가 사랑한 사람들은 모두 초콜릿케이크를 좋아했다.

초등학교 5학년 때 친구네 집에 놀러 간 적이 있었다. 친구는 내게 초콜릿케이크를 만들어 줬다. 눈물이 날 만큼 맛있는 초콜릿케이크였다.

친구 부모는 맞벌이라 집에는 동생 외에 아무도 없었다. 친구 동생은 좀 달랐다. 커다랗고 뚱뚱한 몸이 하얀 끈에 꽁꽁 묶여 있었다. 방에서 나갈 수 없도록 끈은 옷장의 고리에 묶여 있었다. 동생은 몸이 묶인 채 방 안을 돌아다녔다. 눈동자는 초점이 없었고 입은 벌어져 침을 흘리고 있었다. "아…… 아……." 소리를 낼 뿐 아무 말도 하지 않았다.

나는 친구 동생 모습을 보고 당황하며 말을 하지 못했다. 친구는 나를 쳐다보고 이상한 미소를 지었다.

"괜찮아, 내 동생이야. 동생은 좀 아파. 그래서 묶어 놔야 해. 만약 끈이 풀어지면 너랑 내가 죽을 수도 있어."

친구는 야릇한 미소를 지으며 말했다. 난 친구 말에 놀라 집으로 가고 싶은 표정을 지었다.

"놀랐지? 장난이야. 하지만 동생은 그냥 놔둬. 좀 아프니까."

친구는 동생을 한번 꽉 안더니 나를 끌고 주방으로 갔다.

"내가 인터넷에서 찾아봤어. 초콜릿케이크를 만들어 줄게."

주방에서의 생활이 익숙한 듯 친구는 여기저기서 재료와 조리 기구를 꺼냈다. 친구는 즉석에서 초콜릿을 녹이고, 달걀을 풀고 흰자와 노른자를 분류하더니 거품기로 흰자를 세차게 획획 저었다.

흰자를 오랫동안 저었더니 하얀 거품이 보글보글 일어났다. 나는 친구의 움직임을 신기하게 쳐다보며 초콜릿케이크 만드는 과정을 지켜봤다. 오븐이 없었던 친구는 전자레인지의 오븐 기능을 선택해 케이크를 구웠다.

전자레인지에서 '띵' 소리와 함께 불이 꺼졌다. 전자레인지 문을 열자 안에서 말로 표현하기 힘들 정도로 달콤한 초콜릿 향이 연기와 함께 주방에 확 퍼졌다. 나는 입을 벌린 채 초콜릿 냄새를 맡으며 코를 벌름거렸다. 친구가 전자레인지 안에서 케이크를 꺼냈다. 작고 못생긴 케이크였다.

친구는 초콜릿 향이 가득한 따뜻한 케이크를 얇게 저민 다음 내게 내밀었다. 모양은 찌그러지고 어설펐지만, 입 안에 들어가는 순간 온몸에 전기가 오른 듯 짜릿한 달콤함이 느껴졌다. 친구는 내게 물었다.

"여진아, 맛있어?"

"응, 진짜야. 진짜 맛있어! 울고 싶을 정도야."

나는 감동하며 말했다. 친구는 '까르르' 웃으며 조금 더 큰 조각을 접시에 덜어서 내게 주었다. 내가 두 조각을 먹는 동안 친구는 동생에게는 한입도 주지 않았다. 동생은 냄새를 맡고 더 심하게 "아…… 아…….." 소리를 냈다. 친구는 동생 목소리가 들리지 않는지 계속 맛있다며 케이크를 먹었다. 나도 초콜릿케이크

맛에 정신이 팔려 친구 동생 목소리가 들리지 않았다.

그날 초콜릿케이크를 잔뜩 먹은 나는 밤에 잠을 이루지 못했다. 마치 첫사랑을 만난 듯 설레어 잠이 오지 않았다. 꼭, 초콜릿케이크를 만들어 보고 싶었다. 친구가 케이크를 만드는 방법이 생각보다 간단해 보였다. 나는 케이크 만드는 방법을 잊지 않기 위해 계속 머릿속에서 되뇌며 잠들었다.

다음 날, 학교 수업이 끝나자마자 동네 슈퍼에 들러 까만 초콜릿을 여러 개 샀다. 집에 도착해 바로 주방으로 뛰었다. 가쁜 숨을 내쉬며 부리나케 재료들을 주방에 펼쳐 놓았다. 마음은 급한데 정신이 없었다. 정신을 가다듬으며 먼저 초콜릿을 녹였다. 나는 친구가 초콜릿케이크를 만들었던 순서를 하나하나 기억해 내려고 노력했다. 요리가 익숙하지 않은 나는 주방을 아수라장으로 만들며 부산스럽게 움직였다.

열심히 만든 찌그러진 케이크를 전자레인지에 넣을 때는 손이 부들부들 떨렸다. 조금 지나자 전자레인지에서 '띵' 하는 소리가 들렸다. 나는 놀란 토끼 눈을 하고 전자레인지 문을 열었다. 초콜릿 향이 온 주방에 퍼졌다.

실망스러웠다. 모양은 어제보다 더 찌그러져 있었다. 맛 역시 좀 떨떠름하고 지나치게 달았다. 특히 빵이 퍽퍽했다. 사르르 녹아야 하는 빵이 고무줄처럼 질겼다. 어제 친구와 먹었던 그 맛이 아니었다.

"처음이라 그래. 더 많이 연습하면 분명 맛이 더 좋아질 거야. 아직은 좀 별로네."

다른 사람들에게 먹어 보라고 하기에는 못생기고 맛도 별로였지만, 스스로에게는 그런대로 만족스러운 맛이었다.

"완전히 나쁘지만은 않네. 빵이 좀 별로지만, 먹을 만해."

나는 까맣게 초콜릿이 묻은 손을 쩝쩝 빨아 가며 케이크를 한번에 먹어 치웠다.

아버지와 언니에게 자랑할 정도가 되려면 더 많은 연습이 필요했다. 그날 이후 학교에서 돌아오면 나는 매일 초콜릿케이크 만드는 일에 열중했다. 언니와 아버지는 용돈이 부족하다고 투정하는 나를 의심스러운 눈초리로 바라봤다.

시간이 지나고 많은 연습 끝에 드디어 맛있는 초콜릿케이크를 만들 수 있게 됐다. 맛을 제대로 내려면 사용하는 재료의 용량을 정확하게 알아야 한다는 사실을 뒤늦게 깨달았다. 만족스러운 케이크가 완성되자 나는 손을 비비며 아버지와 언니를 기다렸다.

아버지와 언니가 밥을 다 먹은 후 잠깐 쉬는 동안, 나는 언니에게 절대 주방에 나오지 말라고 말했다. 깜짝 파티를 하는 것처럼 감동을 주고 싶었다.

못생기고 찌그러진 까만 초콜릿케이크를 잘라 접시에 담았다. 과일도 꾸불꾸불하게 깎아 어설프게 자른 후 초콜릿케이크와 같이 내놓았다. 아버지는 내가 만든 초콜릿케이크를 보며 한쪽 눈썹을 치켜세웠다.

"우리 딸이 이제 요리사가 됐네. 보기엔 똥 같은데 맛은 어떤지 궁금하네."

아버지의 짓궂은 말에 나는 입술을 삐죽거리며 케이크에 포크를 찍었다.

"아빠, 한번 먹어 봐. 진짜 맛있다고. 내가 얼마나 열심히 연습해서 만들었는데…… . 맛있다고 더 달라고나 하지 마. 절대 안 만들어 줄 거야."

어린 딸의 당돌한 말에 아버지는 '허허' 소리를 내며 웃었다. 내 말이 웃겼는지 만삭이 다 된 언니도 소리 내어 웃었다. 임신 후 식사량이 많아진 언니는 밥을 다 먹었는데도 케이크를 보며 침을 꿀꺽 삼켰다. 나는 두 사람이 케이크를 입 안으로 넣는 모습을 눈을 동그랗게 뜨고 두 손을 꼭 잡은 채 지켜봤다.

언니가 눈을 감으며 "음, 맛있다."라고 말했다. 아버지도 덩달아 고개를 끄덕이며 엄지를 위로 치켜세워 올렸다. 나는 아버지와 언니의 반응에 기분이 좋아 환호성을 질렀다. 아버지와 언니는 앉은 자리에서 바로 케이크를 다 먹었다. 언니는 만족스러웠는지 나를 보고 웃었다. 그 후에도 나는 오랫동안 초콜릿케이크를 만들었다. 아무리 먹어도 질리지 않았다. 그 맛에 중독성이 있었다. 한번 중독되면 쉽사리 빠져나올 수 없는 마법과 같은 힘이 있었다.

  언니는 지연이를 낳고 산후 조리원에서 일주일간 있었다. 일
주일 후, 지연이를 안고 집에 도착한 언니는 반가워하는 나를 보
며 말했다.
  "여진아, 언니 초콜릿케이크 먹고 싶다. 이제 중독돼서 안 먹
으면 기운이 없어. 만들어 줄 수 있어?"
  "응, 언니. 당연하지. 가만히 앉아 있어. 내가 실력이 훨씬 좋
아졌다고. 언니, 난 나중에 케이크 가게를 차릴 거야."
  "정말? 우리 여진이 케이크 가게 차릴 수 있게 언니가 돈 열심
히 벌어야겠네."
  언니가 웃으며 말했다. 나는 언니 말에 가슴이 아팠다. 아기까
지 있는 언니가 나까지 보살펴야 한다는 사실이 어린 마음에도
고맙고 미안했다.
  지연이는 잘 컸다. 무럭무럭 컸다. 기저귀가 축축할 때 외에
는 울지도 않았다. 먹는 것도 아무거나 잘 먹었다. 호기심이 강
해 언니와 내가 먹는 음식에 자주 손을 댔다. 만 12개월이 지나
면서 처음으로 지연이에게 초콜릿케이크를 떠서 먹였다. 그때
지연이의 표정을 잊을 수 없다. 커다란 눈을 동그랗게 뜨고 입을
커다랗게 벌린 채 놀라워했다. 지연이는 케이크가 조금씩 입 안
으로 들어갈 때마다 손뼉을 치며 춤을 췄다. 행복해서 두 눈을

질끈 감았다.

지연이는 내가 만들어 준 초콜릿케이크를 보물처럼 여기며 먹었다. 조그마하고 앙증맞은 두 손을 오므리며 조심스럽게 초콜릿케이크를 받았다. 이모가 만들어 준 세상에서 가장 맛있는 케이크라고 말하며 먹었다. 지연이가 초콜릿케이크를 먹는 모습은 어찌나 예쁜지, 보는 것만으로도 웃음이 절로 나왔다. 나는 지연이를 놀려 줄 마음으로 계속 지연이에게 한 입만 하고 입을 벌렸다. 그럼 지연이는 몸을 휙 돌렸다.

"나만 먹을 거야. 이모는 안 줘."

지연이는 약을 올리는 것처럼 고개를 좌우로 흔들거리며 즐거운 듯 냠냠 소리를 내며 먹었다.

지금도 지연이가 초콜릿케이크를 먹는 모습이 눈에 선하다. 지연이에게 더 맛있는 초콜릿케이크를 만들어 주고 싶었다. 세상에서 가장 맛있는 케이크를 만들어 우리 지연이를 행복하게 해 주고 싶었다. 우리 지연이가 보고 싶다. 손을 뻗으면 지연이가 달려올 것 같다.

"이모, 이모."

하며 어설픈 걸음으로 내게 달려와 안길 것만 같다.

먹은 음식을 다 게워 낸 나는, 변기를 잡고 있던 손에 힘을 주고 일어나 세면대에 가서 차가운 물로 얼굴을 씻었다.

지연이는 없다.

어제 언니에게서 문자가 왔다.

– 여진아, 케이크 먹고 싶다. 네가 만들어 준 초콜릿케이크가 먹고 싶어. –

언니 문자를 받고 가슴이 먹먹했다. 언니는 그날 이후 초콜릿케이크에 손대지 않았다.

언니를 위해 초콜릿케이크를 만들어야 했다. 차갑게 얼어붙은 언니 마음을 녹여 줄 부드럽고 촉촉한 맛이 필요했다.

나는 주방에서 케이크 만들 재료와 조리 기구들을 준비했다. 초콜릿, 달걀, 핸드믹서, 그릇, 주걱, 저울, 원형 틀, 유산지를 싱크대 위에 올려놨다. 오랜만에 초콜릿케이크를 만들어 본다. 약간 흥분이 돼 숨소리가 거칠어졌다.

먼저 초콜릿을 뜨거운 불에 녹였다. 초콜릿이 녹는 동안 달걀을 흰자와 노른자로 분리했다. 분리한 흰자를 다른 그릇에 옮긴 후 핸드믹서로 돌렸다. '윙' 소리를 내며 핸드믹서가 세차게 돌아가면서 달걀흰자에서 조금씩 거품이 일기 시작했다. 거품이 점점 많아질수록 기분이 좋아졌다. 맛있는 케이크가 완성될 거라는 신호처럼 느껴졌다.

녹여진 초콜릿에 달걀노른자를 넣고 잘 섞은 다음 초콜릿 반죽에 거품을 낸 흰자를 1/3쯤 섞었다. 그런 다음 나머지 1/3을 섞고, 다시 마지막 남은 거품 낸 흰자를 섞었다. 섞은 반죽을 틀에 부어 준 다음 오븐 팬 위에 올려서 180도에서 30분에서 40분 정도 구우면 언니가 좋아하는 초콜릿케이크가 완성된다. 내가 사랑하는 사람들이 모두 좋아한 초콜릿케이크다.

2

아침에 일어나 창문을 여니 하늘이 파랬다. 9월 중순, 초가을 하늘은 가슴이 찡하도록 푸른 모습이었다. 40도를 오르내리던 기온이 9월에 접어들자 갑자기 사라졌다. 아무 일도 없었던 것처럼 초가을을 알리는 시원한 바람이 불었다. 이글거리며 타오르던 아스팔트도, 숨 막히게 돌아가던 에어컨 실외기도, 살인적인 더위에 죽어 간 가난하고 병든 사람들에 대한 소식도 모두 한순간 사라졌다. 솜털처럼 가벼운 구름이 조용히 떠 있는 파란 하늘은 야속하기조차 했다. 파란 하늘에서 언니 모습이 보였다. 공중에 축 늘어져 있는 언니 모습이 보였다. 언니는 파란 하늘이 보이는 날, 빨간 줄에 목을 맸다.

나는 창문을 닫고 샤워를 했다. 간단히 아침을 먹고 어제 준비한 초콜릿케이크를 여덟 조각으로 자른 후 동그랗고 납작한 그릇에 담았다. 그릇에 담긴 케이크를 다시 까만색 상자 안으로 넣은 후 끈으로 단단히 묶었다.

집 앞에서 케이크 상자와 여행 가방을 들고 택시를 기다렸다. 예약한 주황색 택시가 대문 앞에 도착했다. 나는 택시 뒷문을 열고 가방과 케이크 상자를 올려놓은 후 뒷문을 닫았다. 나는 앞문을 열고 기사 옆에 앉으려다 잠시 망설였다.

"당신은 택시를 탈 때 꼭 뒷좌석에 앉도록 해. 택시 범죄가 주로 젊은 여자들 위주로 많이 일어나잖아. 만약을 대비해서라도 꼭 뒷좌석에 앉아."

남편이 택시를 탈 때마다 내게 한 말이었다. 나는 택시 앞문을 닫은 후 다시 뒷좌석 문을 열고 안으로 들어갔다. 70대 중반으로 보이는 택시 기사는 고개를 돌려 나를 위아래로 훑어보더니 아무 말 없이 시동을 걸었다. 택시는 주택가를 벗어나자 속도를 냈다. 나는 창문을 약간 밑으로 내렸다. 시원한 바람이 살짝 연 창문 틈 사이로 솔솔 들어오면서 눈을 간질였다.

그날도 이렇게 기분 좋은 날이었다. 아침부터 시원한 바람이 불고, 하늘도 파란 날이었다. 공기도 쾌적하고, 지연이도 동그란 눈을 비비며 찬란한 태양을 향해 길게 기지개를 켠 날이었다. 모두 행복한 날에 지연이와 아버지는 죽었다.

아버지는 걸쭉한 막걸리를 구멍가게 아주머니가 내민 대접에 따라 한 잔씩 들이켜며 하루의 피곤함을 달래고 있었다. 나는 가게에서 파는 하얗고 긴 아이스크림콘을 혀로 핥으며 하늘의 별을 바라보고 있었다. 지연이는 공놀이하며 엄마를 기다리고 있었다. 동네 작은 슈퍼마켓 앞의 파라솔 안에서 우리 가족은 언니를 기다리며 평범하지만, 행복한 시간을 보내고 있었다.

지연이는 그날 죽었다. 아버지 역시 그날 죽었다. 아버지는 심장 마비였다. 작고 연약한 지연이의 참혹한 죽음 앞에서, 아버지는 가슴을 움켜쥐고 숨을 쉬지 못한 채 그대로 뒤로 넘어갔다. 나는 앉아 있었다. 몸이 세상을 벗어난 듯 주변의 모든 게 느리게 느껴졌다. 일순간 세상이 천천히 움직였다. 주변의 소리가 저 멀리 우주에서 들리는 듯 작게 들렸다.

가게에서 뛰쳐나온 아주머니의 비명을 들으면서도 나는 가만히 앉아 있었다. 내 품에서 죽은 지연이를 바라보며 아무 미동도 없이 그대로 앉아 있었다.

눈물이 핑 돌았다. 나는 시큰한 코를 훌쩍거렸다. 택시 기사가 거울을 통해 나를 쳐다봤다. 서둘러 가방에서 휴지를 꺼내 코를 풀었다. 그날 아무 소리도 내지 못한 게 시간을 두고 한이 돼 불쑥 감당하기 어려운 감정으로 찾아왔다.

나는 울지 않았다. 아버지와 지연이 죽음 앞에서 울지 않았다. 장례식장에서도, 장례식이 끝난 후에도 울지 않았다. 아버지와 지연이 죽음을 받아들일 수 없었다. 나는 끝까지 입을 다문 채 수군거리는 사람들의 소리를 외면하고 두 사람의 죽음을 받아들이지 않았다.

장례식 후 평범한 일상으로 돌아갔다. 새로 입학한 중학교 생활도 열심히 하고, 친구들과 깔깔거리고 웃고, 집에 와서 언니

밥과 지연이 밥, 아버지 밥을 준비했다. 식사 준비가 끝나면 돌아오지 않는 지연이와 아버지를 기다렸다. 매일 집에서 아버지와 지연이를 기다렸다. 지나가는 발소리만 들려도, 하늘의 새소리만 들려도, 아이들의 킬킬거리는 소리만 들려도 나는 밖으로 뛰쳐나가 소리 질렀다.

"지연아, 이모 여기 있어. 아빠, 오늘 왜 이리 늦게 오는 거야?"

갑자기 대문을 열고 소리 지르면 지나가는 사람들이 놀라 나를 쳐다봤다. 동네 사람들은 내가 실성했다고 생각했다. 동네 아주머니들은 허공을 향해 소리 지르는 나를 보고 안타까워하며 다가와 물었다.

"괜찮니?"

나는 눈을 커다랗게 뜨고 곧 울 것 같은 표정으로 고개를 끄덕였다.

"우리 지연이는 언제 올까요? 우리 아빠 혹시 보셨어요? 늦은 시각인데 아직 안 오셨어요."

아주머니들은 고개를 절레절레 흔들며 말했다.

"여진아, 집에 들어가 있어. 밤공기가 서늘하다. 곧 오시겠지."

밤새 아버지와 지연이를 기다렸다. 언니도 기다렸다. 언니는 장례식 후 병원에 입원해 있었다. 나는 어두운 집 안을 서성이며 모두를 기다렸다.

내가 운 날은 언니가 목을 맨 날이었다. 감나무에 매달린 언니 모습을 보고 난 오줌을 지리며 창고로 달렸다. 나는 덜덜 떨면서 낫을 찾았다. 눈물이 앞을 가렸다. 그때 현실을 깨달았다. 감나무에 매달린 언니를 보고 지연이와 아버지의 죽음을 받아들였다. 온몸의 피가 마르는 듯했다. 지연이의 죽은 모습이 떠오르며 몸이 사시나무 떨리듯 떨렸다. 나는 창고 안에서 낫을 찾아 죽을힘을 다해 감나무를 탔다. 감나무에 올라타 빨간 줄을 끊으며 언니를 원망했다.

"죽지 마, 언니. 나를 혼자 두고 죽으면 안 돼. 그럼 나쁜 사람이야. 제발 나를 두고 죽지 마, 언니. 나를 두고 죽으면 언니는 정말 나쁜 사람이야. 지연이에게 미안하잖아. 이러면 안 되는 거잖아. 아버지에게 미안한 거잖아. 죽지 말라고……."

언니가 감나무에서 뚝 떨어지자 나도 감나무에서 뛰어내렸다. 나는 서둘러 줄을 푼 다음 파랗게 질린 언니의 몸을 때렸다. 언니를 때리며 울었다. 내가 정신없이 언니 몸을 때리는 동안 언니가 숨을 몰아쉬며 정신을 차렸다.

언니가 목을 맨 날은 우리 지연이를 죽인 범인이 보호 처분을 받은 날이었다.

만 14세 미만, 촉탁 소년으로 분류, 소년법이 적용돼 형사 처벌을 할 수 없었다. 범인은 우리나라 나이로 15세였다. 중학교 2학년이었고, 키 174cm에 몸무게 67kg이었다. 몸은 도저히 미성년자라 보기 어려웠다. 온몸이 근육으로 둘러싸여 있었다.

생일이 몇 개월 남지 않은 범인은 알아서 자수했다. 만 14세 이상이 되면 형사 처벌이 가능하고 기록에도 남는다는 걸 알았기 때문이다. 2명의 사람이 죽었지만 아무도 책임질 사람이 없었다. 세 살밖에 안 된 어린아이를 죽였지만 범인은 만 14세 미만이라는 이유로 보호 처분을 받았다.

언니는 그날 목을 맸다. 목을 맨 언니를 원망하며 나는 흐느꼈다.

"언니, 죽지 마. 내가 잘못했어. 우리 지연이를 지켜 주지 못해서 잘못했어. 미안해. 내가 아빠도 지켜 주지 못했어. 내가 정말 미안해. 내가 미안해. 미안해."

언니는 정신을 차린 뒤 한참을 그대로 누워 있었다. 언니는 절규하는 내 머리를 쓰다듬었다.

"아니, 네가 미안하면 안 돼. 세상 모두가 미안해야 해. 같이 살아남자. 살아남아서 그들 모두를 죽여 버리자. 너와 난 그날 지연이와 아빠와 같이 죽은 거야."

언니는 파란 하늘을 바라보며 목소리 낮춰 내게 말했다. 그날 이후 언니는 다른 사람이 됐다. 탈피하지 않으면 그 안에서 죽음을 맞이하게 되는 뱀처럼 언니는 몸부림치며 나약한 자신을 벗어던지고 잔혹한 인간이 돼 갔다. 나는 중학교 1학년이었고 언니는 스물다섯 살이었다.

보호 처분을 받은 범인은 정신 병원을 전전하더니 얼마 뒤 외국으로 유학을 떠났다. 범인의 부모는 변호사를 통해 20억 원을 언니 통장에 입금했다. 늙은 교활한 변호사는 처음부터 언니를 하찮게 생각했다. 자신이 충분히 구워삶을 수 있는 존재라 여기며 협박에 가까운 합의를 요구했다.

　"이봐, 아가씨. 아직 앞날이 창창하잖아. 여기서 버텨 봤자 아가씨만 손해야. 20억이란 돈은 결코, 적은 돈이 아니야. 아가씨가 평생 일해도 절대 만져 볼 수 없는 돈이라고. 피의자는 미성년자야. 민사 소송을 해도 이보다 많은 돈을 받기는 어려워. 잘생각해. 나는 아가씨를 이 동네에 발을 붙이지 못하게 할 수도 있는 사람이야. 합의금도 없이, 일도 못 하고 어린 동생과 어떻게 살아갈 수 있겠어. 불쌍하잖아. 동생이 상처도 많이 받았을거야. 빨리 병원에 가서 치료도 받아야지. 만약 동생마저 마음의 병으로 죽으면 어떻게 해. 잘 생각해 보라고."

　언니는 눈을 부릅뜨고 변호사를 쳐다봤다. 변호사는 한번 입맛을 다시더니 분노에 찬 언니를 보며 어깨를 으쓱했다. 언니는 옆에 앉아 손을 떨고 있는 내 손을 잡았다.

　"자자, 이대로 누이 좋고 매부 좋게 해결해 보자고. 이 돈이면 평생 잘 살 수 있어. 우리 이 선에서 조용히 처리하자고. 여기에 인장 찍고 사인해. 그럼 바로 통장으로 입금될 거야. 원하면 몇 억을 더 넣어 줄게. 죽은 사람은 되돌아올 수 없어. 살아 있는 사람부터 살고 봐야지. 안 그래, 아가씨?"

늙은 변호사는 언니를 음흉하게 쳐다보며 손에 볼펜을 쥐여 줬다. 변호사는 힘을 주고 있는 언니 손을 잡아끌어 하얀 서류에 사인하게 했다. 언니는 입술에 힘을 줘 깨물었다. 피가 입술에서 뚝 떨어졌다. 변호사는 흠칫 놀라며 언니 손을 놓았다. 언니는 흘러내리는 피를 엄지손가락에 묻힌 후 서류에 지장을 찍었다.

언니는 돈을 받았다. 우리는 돈이 절실히 필요했다. 복수를 위해서는 돈이 있어야 했다.

변호사를 만나고 온 날, 언니는 욕조에 뜨거운 물을 가득 받았다.

"여진아, 같이 목욕하자. 더러운 게 몸에 묻은 것 같아."

나는 언니와 같이 욕조 안으로 들어갔다. 언니는 뜨거운 물에 몸을 담그며 눈을 감았다.

"여진아, 많이 힘들지? 힘든 모습을 밖으로 보이지 마. 참고 마음속에 증오를 키워. 그래야 우리가 살아갈 수 있어. 누군가의 도움 따위는 받으려고 하지 마. 혼자 이겨 내. 네가 강해진 모습을 보여 줘야 언니가 마음 놓고 복수를 할 수 있어. 할 수 있겠지?"

나는 눈을 감고 있는 언니를 쳐다봤다.

"언니, 내가 어리광 피우지 않을게. 이겨 내 볼게. 아직은 힘들지만 내가 이겨 낼게. 내 걱정 하지 마. 언니가 복수를 못 하면 내가 할게. 무너지지 않고 내가 꼭 복수할게."

언니는 눈을 감은 채 내 손을 꼭 잡았다.

돈을 받은 순간 모든 죄를 용서받았다. 아무도 용서한 사람이 없는데 범인은 모든 죄를 용서받고 유유히 우리나라를 떠나 멀리 자유로운 곳으로 날아가 버렸다.

　합의금을 받은 언니는 나를 데리고 서울로 왔다. 언니는 아는 사람을 통해 논현동에 유흥업소를 차렸다. 그곳에서 냉정하고 잔혹하게 변해 갔다. 언니는 빨갛게 상처 난 사람들의 마음을 이용해 돈을 벌었다.

　언니는 가끔 한밤중에 울었다. 술을 마시고 늦은 밤에 들어오면 새벽까지 배를 움켜잡고 집 안을 돌며 고통스럽게 울었다. 지연이와 아버지를 찾으며 가슴을 쥐어뜯었다. 짐승의 울부짖음이었다. 언니는 눈물이 마르고 피곤이 밀려오면 나를 찾았다.

　"우리 여진이가 없었다면 언니는 살 수 없었을 거야. 언니가 우리 여진이 행복하게 해 줘야 엄마 얼굴을 제대로 볼 수 있을 텐데. 미안해, 여진아. 언니가 자꾸 변해서 미안해. 언니가 무서운 사람이 돼도 우리 여진이는 언니를 이해할 거지?"

　나는 말을 하지 못하고 고개만 끄덕였다.

　"고마워, 여진아. 고마워."

　언니는 '고마워'라고 계속 중얼거리며 서서히 잠들었다. 나는 아기처럼 잠들어 가는 언니 얼굴을 쳐다봤다. 눈물로 얼룩진 얼굴 안에 고통이 그대로 묻어나 있었다. 나는 수건을 물에 적신 후 언니 얼굴을 닦았다. 이렇게 수건으로 눈물 자국을 지우듯 언니 마음속의 고통을 지우고 싶었다.

변해 버린 언니, 삶의 지옥을 본 언니는 사악한 인간이 돼 갔다. 언니는 온갖 불법적인 일을 저질렀다. 그중 가장 중요하게 여긴 건 힘 있는 사람들의 치부를 찾아내 그들을 협박하는 일이었다. 언니와 나는 삶에 대한 아무런 애착도 보이지 않았다. 우린 지연이를 위한 일이라면 살인도 가능했다. 언니는 천천히 하나씩 준비했다. 모두 죽여 버릴 준비를 했다.

권력을 쥔 사람들의 치부를 찾는 건 생각보다 쉬웠다. 끊임없는 도청과 몰래카메라들이 그들을 쫓아다녔다. 권력자들은 생각보다 숨겨야 할 게 많았다. 언니는 그들에게 자기들이 저지른 비리를 하나씩 보여 줬다. 그들은 은폐를 요구했다. 언니는 그들에게 거액을 요구하거나 아니면 다른 정보를 넘겨 달라고 요구했다. 그들은 한 가지를 선택해 언니에게 건넸다. 돈을 주거나 정보를 넘겼다.

언니는 유흥업소를 차려 불법적인 일을 하면서도 지연이를 죽인 범인과 범인 가족에 대한 정보도 끊임없이 모았다. 그 집에 드나드는 도우미 아주머니, 운전기사, 골프 강사, 가까운 친인척들과 담당 세무사에게까지 접근해 집 안에서 일어나고 있는 사소한 일까지 알아냈다.

돈은 쉽게 벌 수 있었다. 언니를 믿고 따르는 사람이 많았다.

그중 몇 명은 집요하고 냉혹한 언니를 무서워했다.

언니와 나는 돈을 다 잃어도 괜찮았다. 처음부터 가지고 있었던 돈이 아니었다. 붙잡히더라도 상관없었다. 유명한 법무 법인의 변호사들 약점을 다 찾아냈다. 우리가 경찰 수사를 받게 되면 그들 역시 지옥으로 가게 된다. 세상에 약점 없는 인간은 아무도 없다. 태양이 환할수록 그림자는 더 짙게 깔리기 마련이다.

언니와 나는 막다른 골목에 놓인 생쥐였다. 고양이를 물어야 했다. 우린 생쥐지만 생존의 법칙을 고양이에게서 배웠다. 죽음을 각오하며 고양이를 물어 죽일 거다.

3

택시가 서울역에 도착했다. 나는 늙은 택시 기사에게 카드를 내밀었다. 택시 기사는 아무 말 없이 카드를 받아 단말기에 끼웠다. 택시 기사는 내가 내리는 동안 파란 하늘을 쳐다보고 있었다. 하늘에 비둘기들이 날아가는 모습이 보였다.

나는 에스컬레이터를 타고 역사 안으로 들어왔다. 아직 시간이 30분 정도 남았다. 주변을 둘러봤다. 진한 커피 냄새가 났다. 나는 커피 전문점에서 흘러나온 향에 이끌려 안으로 들어갔다. 사람들이 길게 줄을 서 있었다. 비좁은 탁자 사이로 옹기종기 앉아 값비싼 커피를 마시며 웃고 떠드는 20대 초반의 어린 학생들이 보였다. 나처럼 여행 가방을 들고 있었다. 상기된 얼굴로 대화를 나누는 그들 모습에 나는 눈이 갔다.

'행복한 나이구나.'

내 20대가 떠올랐다. 행복한 적이 없었던 20대였다. 나는 고개를 흔들며 떠오르는 기억을 지우려 휴대 전화기를 꺼냈다.

― 언닌 강릉역에 도착했어. 1시 58분에 도착하지? 기다릴게. 너무 보고 싶어서 먼저 와 버렸어. ―

나도 언니를 보고 싶은 마음이 간절했다. 당장 전화하고 싶었지만, 꾹 참으며 언니에게서 온 문자를 삭제했다. 언니와 나는 서로 주고받은 문자를 바로 삭제했다. 언니가 문자만 보내는 데는 이유가 있었다. 도청에 대한 두려움이 있었다.

언니를 보고 싶은 마음에 잠도 제대로 못 잤다. 언니는 내게 엄마 같은 존재다. 엄마는 나를 낳고 얼마 지나지 않아서 병에 걸려 죽었다. 나는 엄마 얼굴을 사진으로만 봤다. 언니와 나는 열한 살 차이다. 엄마가 세상을 떠난 뒤 초등학생이었던 언니가 내 기저귀를 갈아 줬다. 내게 분유를 먹이고, 울면 안아 주고, 심심하면 같이 놀아 줬다. 언니는 내게 엄마이면서 친구였고, 친구이면서 선생님이었다.

내가 초등학교 5학년 때 언니는 지연이를 낳았다. 이번엔 내가 지연이를 돌봤다. 언니가 나를 돌본 것처럼 내가 지연이를 돌봤다. 오전엔 아버지가 돌보고 오후에 내가 지연이를 돌봤다. 분유를 먹이고, 기저귀를 갈아 주고, 업어 수고, 안아 주고, 놀아 줬다. 지연이는 나를 잘 따랐다. 사람들은 종종 지연이가 내 동생이냐고 물었다. 지연이와 나는 많이 닮았다.

지연이가 처음 배운 단어는 엄마가 아니라 이모였다. 이모다.

범인은 죽었다. 내가 중학교 3학년 때 범인은 하와이에서 필로폰을 주입하고 서핑을 하다 물에 빠져 죽었다. 신문 사회면에 작게 난 기사를 보며 언니는 절규했다.

"안 돼. 안 된다고. 이렇게 죽으면 안 돼. 악마는 이렇게 죽으면 안 된다고."

언니는 가슴을 치며 오열했다.

"여진아, 언니 미칠 것 같아. 언니 죽을 것 같아. 이게 말이 되냐고? 언니는 이제 어떻게 살아야 하는 거야? 이게 천벌인 거야. 이렇게 죽는 게 천벌을 받는 거냐고?"

언니는 범인의 죽음을 온몸으로 거부했다. 나도 혼란스러워 언니를 안으며 몸을 떨었다.

"혹시 안 죽었을지도 몰라. 우릴 속이려고 거짓으로 만든 기사일 수도 있어."

언니는 갑자기 생각이 난 듯 혼자 중얼거렸다.

"언니, 진정해. 이러다 언니마저 죽을 수 있다고……."

언니는 가슴을 움켜쥐고 윗옷을 쥐어 뜯어냈다. 숨을 쉬기 어려운지 헉헉거렸다.

"여진아, 언니는 믿을 수 없어. 우리 지연이가 어떻게 죽었는데…… 우리 아버지가 어떻게 죽었는데…… 이 인간이 이렇게 세상에서 사라지면 나는 어떻게 살라는 거니? 여진아, 우린 어떻게 살아야 하는……."

언니는 마지막 말을 마치기 전에 "억!" 소리와 함께 앞으로 고꾸라졌다. 언니는 숨을 헉헉거리더니 조금씩 의식을 잃어 갔다.

나는 움직이지 못했다. 5월의 하늘이 떠올랐다. 지연이와 아버지가 죽은 날의 파란 하늘이 보였다. 핏빛으로 물든 그날이 떠오르며 내 심장은 빠르게 움직였다. 구급차를 부르기 위해 휴대 전화기를 찾아 손을 더듬거렸다. 다시 세상과 분리된 듯했다. 나는 뿌옇게 보이는 주변을 둘러보며 소파 밑 가방 옆에서 휴대 전화기를 찾아냈다. 힘이 빠진 다리로 걷기가 어려워 기어서 소파 밑까지 갔다. 덜덜 떨리는 손으로 119를 눌렀다. 계속 엉뚱한 번호와 연결됐다. 세 번째에 겨우 119를 누른 후 구급 대원과 통화를 했다. 내가 숨을 몰아쉬며 말을 제대로 못 하자 구급대원은 위치 추적을 해서 출동 명령을 내렸다.

나는 무거운 몸을 질질 끌고 주방으로 가 냉동실을 열었다. 바로 눈앞에 있는 얼음 통을 꺼내 물을 부은 후 머리에 쏟았다. 차가운 물과 얼음이 머리에서부터 발끝까지 흘러내렸다. 뿌옇게 보이던 주변이 조금씩 선명해졌다. 거실에 정신을 잃고 쓰러져 있는 언니 모습이 보였다.

 병원에 도착한 언니는 바로 수술실로 실려 갔다. 언니는 급성 심근 경색으로 관상 동맥 확장 성형술을 받았다. 수술 후 언니는 열이 40도를 오르면서 의식이 불분명했다. 의사는 착잡한 표정을 지으며 조금 더 지켜보자고 말했다. 언니는 계속 경련을 일으키며 지연이를 찾았다.

 "지연아, 미안해."

 언니는 바싹 마르고 부풀어 오른 입술로 마음이 아려 오도록 간절한 목소리로 말했다.

 "우리 지연이, 엄마에게로 와."

 언니는 허공을 향해 손을 뻗었다. 나는 입술을 깨물고 허공을 헤매는 언니 손을 잡아 가슴에 품었다

 "제발, 죽지 마. 언니, 나를 두고 혼자 멀리 가지 마."

 나는 두 손으로 언니 손을 잡았다. 가는 맥박이 내 심장 안으로 전해졌다.

 급성 심근 경색은 우리 집안 내력이다. 아버지 죽음이 떠올랐다. 가슴을 움켜잡고 고통을 호소하던 아버지는 수술할 병원을 찾지 못해 거리를 헤매다가 구급차 안에서 죽었다. 지방 소도시에서는 종합 병원을 찾는 일이 쉽지 않았다. 지연이는 싸늘한 시신이 된 채 차가운 하얀 천으로 얼굴이 덮여 있었다.

밤새 언니가 눈을 뜨길 기다리다가 어느새 잠이 들었다.

"여진아!"

아버지 목소리가 들렸다. 나는 놀라 눈을 떴다. 닫힌 커튼 사이로 새벽빛이 잔잔하게 병실을 비추고 있었다. 침대 위에서 내 머리를 쓰다듬는 따뜻한 손이 느껴졌다.

"언니, 정신이 들었어?"

언니는 잠이 깬 나를 바라보며 웃었다.

"응, 우리 지연이가 나를 찾아왔었어. 창문 옆에서 나를 바라보며 웃고 있었어. 내가 지연이에게 손을 뻗었어. 너무 안고 싶어서. 우리 지연이 숨결을 느끼고 싶어서 손을 뻗었어. 그런데 지연이가 손을 저으며 아직 자기를 만나러 오면 안 된대. 그렇게 말하고 사라졌어. 여진아, 아직 우리가 해야 할 일이 있나 봐."

언니는 힘없는 미소를 지으며 내 손을 잡았다. 언니는 꿈속에서 지연이를 만난 후 음식을 조금씩 먹기 시작했다. 몸이 회복돼 갔다.

하지만 언니가 퇴원한 날, 우리를 기다리는 또 다른 소식이 있었다. 범인이 죽은 지 얼마 지나지 않아, 범인의 모친 역시 자동차 사고로 사망했다는 소식이었다.

언니와 나는 몇 년 동안 깊은 상실감에 빠져 있었다. 복수를 위해 살았던 삶이 갑자기 사라지면서 길을 잃고 말았다. 죽어 버린 이들을 미워할 수 없다는 사실이 더 감당하기 어려웠다. 용서도 되지 않았다.

복수가 사라졌다. 복수가 사라지자 세상이 안개 속에 휩싸여 보였다. 또렷한 무엇도 남아 있지 않았다. 안개 속에서는 아무것 도 생각할 수 없었다. 우린 배회하는 삶을 살았다.

언니는 사업체를 정리했다. 모은 재산 대부분을 같이 일했던 사람들에게 나눠 줬다. 언니의 광기 어린 행동을 무서워했던 사람들은 돈 앞에서 쪼그라들며 감사함을 잊지 않았다. 언니는 모든 사람과 연을 끊고 신분을 세탁한 후 조용한 시골 동네에 거처를 마련했다. 그사이 나는 고등학교를 졸업하고 서울에 있는 전문대에 다니고 있었다.

우린 평범한 삶을 살고 있었지만, 예전으로 돌아갈 수는 없었다. 세상에 아무 두려움이 없던 시절로 돌아가지 못했다. 동네 파라솔 안에서 아이스크림을 먹으며 하늘을 바라보던 시절로 돌아갈 수는 없었다.

사람들을 의심하며 일상의 안정감에 대해 강한 두려움을 느꼈다. 항상 주위를 둘러보고 안전한가를 확인했다. 평범한 사람들의 가려진 이중성에 대한 두려움은 아무도 믿지 못하게 했다. 언니와 나는 서로에게 의지했다. 우리 외의 사람들은 모두 살인자로 생각했다. 깨진 거울로 세상을 바라봤다.

언니의 범인에 대한 집착은 오랜 시간 이어졌다. 언니는 범인에 대한 자료를 오랫동안 보물처럼 여기며 갖고 있었다. 자료들을 모두 모아 펼쳐 놓고 몇 시간씩 들여다봤다.

　그날도 언니는 범인에 대한 자료를 거실에 펼쳐 놓고 바라보고 있었다. 주말을 맞이해 나는 언니 집을 방문했다. 조그만 단독 주택의 현관을 열고 거실로 들어갔다. 거실 바닥에 주저앉아 사진들과 자료들을 물끄러미 쳐다보는 언니를 봤다. 언니는 눈이 충혈된 채 나를 바라봤다. 나는 그날 처음 범인의 가족사진을 봤다.

　지연이와 아버지가 죽던 날, 나는 죽어 있는 지연이를 안은 채 범인과 눈이 마주쳤다. 범인에게서 지독한 술 냄새가 났다. 모자를 깊게 눌러쓰고 마스크를 한 범인과 순간적으로 눈이 마주쳤다. 범인은 내 눈을 노려보고 사라졌다. 내가 본 건 범인의 눈밖에 없었다.

　사건이 일어나고 며칠 후, 나는 경찰서에서 모자와 마스크를 벗은 범인 모습을 봤다. 내가 제대로 기억하지 못하자 형사들은 범인에게 모자와 마스크를 씌웠다. 눈동자가 같았다. 옷과 몸도 비슷해 보였다.

　나는 제정신이 아니었다. 범인이 눈앞에 서 있다가 사라졌지만, 기억은 불확실했다. 모두 범인으로 보였다. 모자를 눌러쓰고 마스크를 한 남자들은 모두 범인으로 보였다. 내가 본 게 현실인지 꿈인지조차 구분하기 어려웠다. 나는 지연이와 아버지 죽음을 받아들이지 못하고 있었다.

형사들은 계속 자수한 범인의 얼굴을 확인하라고 재촉했다. 나는 앞뒤가 맞지 않는 말로 수사에 혼선을 줬다.

"저는 기억이 제대로 나지 않아요. 마스크를 하고 모자를 쓴 사람이 순식간에 제 앞을 지나갔다고요. 정말 순식간에 사라졌어요. 그리고 지연이와 아빠가 쓰러졌어요. 형사 아저씨, 죄송하지만 아빠를 언제 만날 수 있을까요? 병원에 실려 간 이후 아빠와 지연이를 볼 수 없어서요. 무슨 일이 생긴 건 아니겠죠?"

내 질문에 담당 형사들은 대답을 못 하고 서로를 쳐다봤다.

"충격으로 머리가 좀 이상해진 것 같은데……. 이대로 계속 물어도 제대로 된 증언을 할 수 있을지 모르겠어."

낡은 잠바를 입은 형사 두 명이 나를 바라보며 귓속말로 속닥거렸다. 속닥거려도 다 들릴 정도로 큰 목소리였다.

다행히 그날 입은 범인 옷에서 혈흔이 발견됐다. 유전자 검사를 통해 지연이 피라는 사실이 밝혀졌다.

거실에 펼쳐진 범인과 범인 가족사진을 바라보는 언니의 빨간 콧등이 보였다. 슬픔에 빠진 언니 얼굴을 본 순간 날카로운 칼날이 내 가슴을 스쳐 지나간 듯한 통증이 느껴졌다. 나는 애써 아픈 마음을 숨기며 언니에게 물었다.

"언니, 사진을 어디서 구했어?"

"응, 범인이 죽기 전에 구한 거야. 범인 집에서 일하는 도우미 아주머니께 집에 있는 사진 좀 찍어 달라고 부탁했어. 그리고 우리 가게에서 일했던 아저씨들이 찍은 사진도 많아."

언니는 빨개진 눈을 비비며 내 손을 잡았다. 언니의 따뜻한 체온이 느껴졌다.

"그런데 여기 사진을 봐. 아버지와 아들이 얼굴형은 다른데 이목구비가 똑같아. 정말 비슷하게 생겼어. 특히 눈이 비슷하네. 나쁜 유전자가 아버지 쪽에서 왔나 봐."

언니는 그렇게 말하며 두 사람의 코와 입을 손으로 가렸다. 눈동자 네 개가 보였다. 그때 난 심장이 멈췄다.

범인은 잡혔다. 세상 누구도 의심하지 않았다. 모든 게 확실했다. 하지만 언니 손에 코와 입이 가려진 사진을 보고 나는 자리에 주저앉았다. 네 개의 눈동자가 나를 쳐다보고 있었다.

범인을 보며 뭔가 부족한 부분이 있다는 생각이 떠나지 않았다. 내 기억 속에 무언가가 더 남아 있었다. 그게 무엇인지 몰라 나는 형사들에게 횡설수설했다. 그들이 말하는 범인 모습에서 내가 봤던 중요한 게 빠져 있었다.

아래 속눈썹 밑에 작은 점 한 개가 한 사람의 사진 속에 있었다. 바로 범인 아버지 눈 아래 있었다. 범인은 열네 살 아들이 아니었다. 범인은 아들의 아버지였다. 나를 노려봤던 범인 눈 아래에는 작은 점 하나가 있었다. 사진을 보는 순간 범인의 얼굴이 선명하게 떠올랐다.

범인의 아버지를 몇 번이나 봤지만 멀리 있었고, 양복을 입고, 만년필을 꽂고, 안경을 쓰고 있었다. 나는 그의 모습을 두려움 속에서 몇 번을 봤지만 한 번도 의심하지 않았다.

4

커피 전문점 안에서 유리창 너머로 지나가는 사람들을 쳐다보며 커피를 마셨다. 사람들이 여행 가방을 끌고 내 앞을 지나갔다. 내일의 존재를 믿는 사람들의 모습은 행복해 보였다. 우린 언제나 죽음 앞에 놓여 있다는 사실을 망각한다. 내 옆 사람이 살인자가 될 수 있다는 사실조차 인식하지 못하며 삶을 산다.

나는 커피를 다 마신 후 전광판에서 열차 번호를 확인하고 승강장으로 향했다. 아직 열차가 도착하지 않았다. 나는 승강장에서 짐을 들고 우두커니 서 있는 게 불편해 주위를 둘러봤다. 기둥 옆에 있는 노란색 플라스틱 의자들이 보였다. 사람들이 모두 앉아 있었다. 승강장 맨 앞부분에 빈자리가 보였다.

빈자리 한쪽에 70대 후반으로 보이는 늙은 남자가 셔츠를 가슴까지 풀어 헤치고 앉아 있었다. 늙은 남자는 지나가는 여자들을 뚫어지게 쳐다봤다. 여자들은 불편한 듯 늙은 남자를 피해 발걸음을 돌렸다. 나도 잠시 주춤했다. 남자가 나를 쳐다보는 눈빛이 불편했다. 남자는 계속 나를 쳐다봤다. 침을 꿀꺽 삼키며 쳐다보는 모습에 강한 혐오감이 밀려왔다. 나는 조금 걷다가 방향을 돌려 반대 방향으로 움직였다. 늙은 남자가 나를 향해 욕을 했다.

"쓰레기 같은 년, 왜 안 오고 지랄이야. 누가 잡아먹기라도 한대. 그래, 가라, 가. 멀리 떠나 뒈져 버려. 다 쓰레기 같은 년들이라고."

갑작스러운 늙은 남자의 욕설에 나는 일순간 분노가 치밀어오르며 얼굴이 빨갛게 달아올랐다. 쫓아가 달려오는 기차에 남자를 던져 버리고 싶었다. 나는 불규칙하게 뛰는 심장을 가라앉히려 노력했다. 깊게 호흡을 하며 늙은 남자와 되도록 멀리 떨어지기 위해 승강장 맨 뒤쪽으로 빠르게 걸었다. 늙은 남자가 더 고함을 지르며 욕을 했다. 나는 이어폰을 꺼내 서둘러 귀에 꽂았다. 누가 부르는지 알 수 없는 음악을 들으며 파란 하늘을 바라봤다. 파랗게 맑은 하늘을 보자 눈살이 찌푸려졌다. 영원히 지울 수 없는 날의 기억들이 파란 하늘과 연결돼 있었다.

언니는 다시 정보를 모았다. 범인으로 지목된 아들은 사고로 죽은 게 아니었다. 자살로 추정됐다. 사고로 위장한 자살이었다. 범인은 죽기 전에 한 번도 필로폰을 주입한 적이 없었다. 사고 당일만 다량의 필로폰을 주입했다. 그리고 자기가 좋아하는 서핑을 하기 위해 태풍이 부는 날 파도를 탔다.

아들은 모범생이 맞았다. 학업 성적도 우수했고, 운동도 좋아했고, 친구 관계도 원만했다. 거짓말을 하거나, 술을 마시는 학생이 아니었다. 큰 문제 없이 학교생활을 했던 성실하고 모범적인 학생이었다는 증언들이 맞았다.

범인은 병원에서 몇 번의 자살 소동을 일으켰다. 범인은 심신쇠약을 인정받아 정신과 치료를 받다가 하와이로 떠났다. 그곳에서 평화로운 듯 아무 일 없이 지냈다. 새로운 친구를 사귀고 학교생활에 적응하며 파도타기에 열중했다. 모두를 안심시킨 뒤 자살했다.

범인의 모친 역시 자동차 사고가 아니었다. 범인이 죽은 후 몹시 괴로워하던 모친이 다량의 수면제를 먹고 자살을 시도했다. 집에 불을 지른 적도 있었다. 불은 바로 꺼졌지만, 그녀는 심한 화상을 입었다.

그녀는 화상 치료를 받으며 조용한 시간을 보내다가 어느 날 혼자 여행을 떠났다. 그녀는 고속도로를 달리다 낭떠러지가 나오는 부분에서 속도를 높여 가드레일을 부수고 밑으로 떨어졌다.

사고가 아니었다. 그들은 자살했다.

범인의 아버지는 지방 대학교수였다. 아버지가 아들에게 죄를 뒤집어씌우고 자신은 법망을 피해 갔다. 어린 아들은 보호 처분만 받고 아무 기록도 남지 않는다는 것을 알고 자식을 이용한 거다.

아버지에 대한 전과 기록은 없었다. 하지만 외국에서 그가 저지른 많은 악행에 대한 소문은 쉽게 찾아낼 수 있었다. 폭력과 알코올 중독, 마약 복용 등으로 문제를 일으켰다. 남자가 일으킨 사고는 모두 돈으로 처리됐다.

남자는 결혼을 하고 한국으로 돌아와 교수 생활을 하면서 겉으로는 정상적인 삶을 살았다. 아들에게 죄를 뒤집어씌운 남자였다. 아들과 아내가 그의 죄로 인해 괴로워하다 자살을 선택했는데도 편히 삶을 사는 그런 인간이었다.

1년 동안 남자에 대한 자료를 모았다. 1년이 지난 후 언니는 사라졌다. 전화기를 없앤 후 아무도 모르는 곳으로 사라졌다. 나는 외롭고 두려워도 혼자 견뎌야 했다. 언니는 지연이와 아버지를 잃고 복수를 위해 고통스러운 탈피를 했다. 나 역시 내 안에서 오래도록 묵어 있던 삶의 찌꺼기 같은 두꺼운 껍질들을 입과 손으로 찢어 내야 했다. 나약하고, 의존적이고, 두려움에 사로잡혀 있는 마음들을 찢어 버리고 새로 태어나야 했다.

나는 전문대를 졸업하고 범인이 교수로 있는 지방대 3학년으로 편입을 했다. 그곳에서 남자를 다시 만났다.

남자가 평생 찾아 헤맨 여성상은 모친 모습이었다. 남자의 모친은 그가 어릴 때 집을 나갔다. 폭력과 여자 문제로 남자 부모 사이는 틀어져 있었다. 남자의 아버지는 어머니의 불만을 종종 폭력으로 대응했다. 그 둘은 시간이 지날수록 서로를 증오하는 사이가 돼 갔다. 남편의 바람기와 폭력, 폭언을 견디지 못한 그녀는, 어느 날 아무도 모르게 집을 나와 비행기를 탔다. 그녀는 어린 아들을 두고 멀리 프랑스로 떠났다. 아름답고 자유로운 성격의 그녀는 프랑스에서 자신을 아껴 주고 사랑해 주는 남자를 만나 재혼했다.

혼자 남은 남자 가슴속에는 아버지와 새엄마에 대한 증오가 있었다. 남자는 그들에 대한 증오를 풀지 못하고 유학 중 술에 빠지거나 여자에게 빠졌고, 곧 마약에도 손을 댔다.

그는 사귀고 있던 여자를 집 안에 가둔 후 술에 취해 죽을 만큼 주먹을 휘둘렀다. 온몸에 피멍이 든 여자는 남자가 잠든 사이 겨우 탈출했다. 여자는 신고하지 않았다. 머리가 좋고 돈에 대한 욕심이 많은 여자였다. 여자는 폭력에 대한 증거 자료를 모아 남자 아버지를 협박했다. 그녀는 거액을 받아 낸 뒤, 그의 곁을 떠났다. 남자의 아버지는 그를 강제로 정신 병원에 집어넣은 뒤 알코올 중독 치료를 받게 했다. 오랜 시간 동안 치료를 받은 후 그는 집안에서 소개해 준 여자와 결혼했다. 그 뒤 독일에서 박사 학위를 받고 한국으로 귀국했다.

언니는 남자 모친 사진을 모으며 내게 말했다.

"여진아, 언니 얼굴은 이 늙은 남자가 많이 봐서 알아볼 거야. 하지만 너는 어렸고 그 남자가 네 얼굴을 제대로 기억하지 못할 거야. 네가 이 남자의 엄마 모습처럼 꾸미고 남자에게 접근해야할 것 같아. 확실한 증거가 나올 때까지 그 남자 곁에 있어야 해. 할 수 있겠어?"

나는 망설여졌다. 두려움까지 밀려왔다.

"언니, 내가 잘할 수 있을까?"

"잘할 수 있어. 여진아, 우리 지연이가 왜 꿈속에서 나왔는지 이제 알 것 같아. 범인을 잡아 달라고 나온 거야. 이대로 아무도 모르게 덮일까 봐 걱정돼 나온 거야."

언니는 얼굴이 상기돼 말했다.

"언니 말이 옳아. 그대로 묻어 버릴까 봐 걱정된 거야."

나는 고개를 끄덕였다.

아버지가 언니에게 지연이를 보낸 듯싶었다. 간절히 지연이를 보고 싶어 하는 언니를 위해 잠시 지연이를 보낸 거라는 생각이 들었다. 아버지는 죽음 앞에서도 눈을 감지 못했다. 지연이의 참혹한 모습을 눈 속에 담고 죽음을 맞이했다. 아버지 한을 풀어야 했다.

나는 다양한 시도를 하면서 늙은 남자의 모친 모습을 내 안에 담아 내려고 노력했다. 영상에 나온 그녀의 표정과 손짓과 몸짓을 연구했다. 머리 모양을 바꾸고, 그녀가 주로 입는 원피스 색깔을 연구하고, 갈색 눈인 그녀의 눈동자 색깔을 따라 컬러 렌즈를 꼈다. 다행히 남자 모친과 나는 키가 작고 말랐다. 체형이 비

숫하다는 것은 큰 상섬이었다. 조금만 꾸며도 사람들은 쉽게 착각했다.

언니는 한 번도 남자를 사귄 적이 없는 나를 걱정했다. 나는 투명 인간처럼 대학 생활을 했다. 누구와도 말하지 않았고, 아무와도 친하지 않았다. 강의실 구석에서 숨죽이고 수업을 들은 후 소리 없이 사라졌다. 나는 언니만 바라보며 언니만을 위해 살았다. 사랑과 기쁨, 쾌락과 행복은 내겐 부담스러운 감정이었다.

언니는 남자 경험이 없는 내가 섣부르게 늙은 남자와 잠자리를 한다면 노리개로 전락될 수도 있다고 생각했다. 생일날, 언니는 나를 데리고 호스트 바에 갔다. 그중에서 가장 잘생기고 잠자리 실력이 좋은 남자에게 나를 맡겼다.

"여진아, 남자를 알아야 남자를 조종할 수 있어. 쾌락이 무엇인지 알아야 해. 그래야 네가 남자를 이끌 수 있는 거야. 사소한 감정에 휩싸이지 않을 수 있게 돼."

그 후 언니는 여러 명의 남자를 소개해 줬다. 내게 잠자리로 남자를 유혹하는 법을 익히게 했다. 언니는 기다렸다. 내가 쉽게 감정에 휘둘리지 않을 때까지 기다렸다.

내가 이성에 대한 집착을 버리기까지는 시간이 필요했다. 짧고 가벼운 만남의 반복은 내게 많은 상처를 줬지만, 이성에게 의존하지 말고 살아야 한다는 강한 의지를 갖게 했다. 몇 명의 남자를 만난 뒤에야 겨우 첫 번째 남자를 지울 수 있었다. 첫 번째를 지운 후 그다음부터는 생각보다 정리하는 게 어렵지 않았다.

내가 어느 정도 준비가 되었다는 걸 느낀 언니는 최종적으로 교수 모친의 생사를 확인했다. 그녀는 사라졌다. 프랑스에서 결혼 후 행복한 삶을 살던 그녀는 어느 날 집 앞에서 사라졌다. 전 세계의 수많은 여자가 어느 날 집 안에서 사라지는 것처럼, 그녀도 갑자기 세상에서 사라졌다. 남자의 참을 수 없는 분노가 어디서 나오는지 짐작이 됐다.

나는 남자가 있는 대학으로 편입했다. 남자의 수업을 들으며 그의 마음을 설레게 했다. 그가 좋아하는 스타일의 옷을 입고, 머리 모양을 연출하고, 엷은 갈색 눈으로 남자를 수줍은 듯 쳐다봤다. 말을 삼가고 그가 하는 말에 조용히 동조하는 미소를 지으며 먼저 다가가지 않았다.

부모가 어린 시절에 죽고, 언니 역시 사라지고, 혼자 남은 가여운 여자의 모습을 하고 다녔다. 아무도 의지할 곳 없는 가여운 여자여야 했다. 가벼운 이유만으로도 접근할 수 있으면서도 쉽게 다가올 수 없도록 만들었다. 남자는 알아서 내게 접근했다.

첫 수업부터 남자는 나를 쳐다봤다. 강의실에서 남자의 시선은 내 자리에 멈춰 있었다. 그 후 남자는 종종 교수실로 나를 불렀다. 나는 남자가 부를 때마다 그가 좋아하는 디저트를 들고 교수실 문을 두드렸다. 유럽에서 생활했던 남자는 디저트에 대한 욕구가 남달랐다. 바로 만든 디저트를 가지고 교수실 문을 두드리면 남자가 환하게 웃으며 나를 반겼다.

결정적인 증거가 필요했다. 언니와 내가 갖가지 추측을 했지만 내 머릿속의 기억만을 믿을 순 없었다. 찾아내야 했다. 조각나 있던 많은 이야기가 퍼즐처럼 맞춰지며 모양을 드러냈지만, 정확한 증거 없이 살인을 저지를 수는 없었다.

나는 남자에게 접근해 그의 집과 교수실, 차 안, 강릉의 별장을 뒤졌다. 남자는 아내와 아들이 죽은 후 두 사람의 유품을 모두 처분하거나 소각했다. 그리고 이사했다. 그의 집에는 아내와 아들의 흔적이 없었다. 증거를 찾기가 쉽지 않았다. 증거를 찾을 때까지 남자 곁에 머물러 있어야 했다. 괴로운 시간이 흘렀다. 남자와 나는 선을 넘은 상태였다.

남자는 늙어 가고 있었고 끊임없이 남성성을 확인하고 싶어 했다. 일주일에 두 번씩 우리는 잠자리를 했다. 나는 남자의 능숙함과 집요한 접촉에 쉽게 몸과 마음을 허락했다. 그가 원하는 대로 나는 몸을 움직였다. 섹스가 끝난 뒤에 남자는 거친 숨을 내쉬며 나를 보물처럼 안아 주었다.

"여진 씨가 있어 행복해. 정말 외로웠거든."

"나도 행복해요. 당신만이 나를 이렇게 행복하게 해 줄 수 있어요."

나는 남자 몸에 밀착하며 대답했다. 남자는 내 밀착에 쉽게 흥분하며 달아올랐다. 다시 섹스가 이어졌다. 두 번의 섹스가 끝나고 남자는 피곤한 듯 잠에 빠져들면서 중얼거렸다.

"나를 꼭 안아 줘. 성모마리아처럼 나를 꼭 안아 줘."

남자는 몸을 부르르 떨며 내 몸으로 파고들었다.

"나는 큰 죄를 지은 인간이야. 당신이 나를 용서해 준다고 말해 줘. 제발, 부탁이야."

나는 남자 머리를 쓰다듬었다.

"당신의 죄를 용서합니다."

건조한 목소리로 남자에게 말했다. 남자는 그제야 안심한 듯 잠이 들었다. 나는 기다렸다. 그의 고해를 기다렸다.

그날도 케이크를 들고 교수실을 방문했다. 남자는 나를 보더니 반가워하며 양손을 벌려 안았다.

"내가 급한 일이 있어서 나가 봐야 해. 조금 길어질 수도 있어. 가지 말고 기다려 줘. 갔다 와서 같이 저녁 먹자. 좋은 곳을 예약해 놨거든. 아마 마음에 들 거야. 조금만 기다려 줘. 미안해."

남자는 내 볼에 살짝 입술을 대며 말했다. 나는 애틋한 미소를 보이며 고개를 끄덕였다. 남자는 겉옷을 챙기더니 급히 교수실을 나갔다.

나는 남자가 문을 닫고 사라질 동안 미소 지었다. 남자가 사라지자 책상으로 가 의자에 앉았다. 남자의 시선으로 주위를 살펴봤다. 빽빽이 꽂힌 책들 사이에 무언가 비밀이 있을 것 같았다. 남자가 잠깐씩 자리를 비울 때마다 교수실을 뒤졌지만, 아무것도 찾을 수 없었다. 짧은 시간이라 마음이 조급해 제대로 찾을 수 없었다. 그날은 다른 때보다 여유가 있었다. 나는 남자의 책상 서랍 하나하나를 열어 보며 그곳에 무엇이 들어 있는지 살펴봤다. 책상 속을 꼼꼼히 살펴봐도 살인에 대한 단서는 아무것도 없었다. 책장 사이에 꽂혀 있는 책들을 일일이 살펴봤다. 또 미리 알아 둔 비밀번호로 컴퓨터를 뒤졌다.

마음이 조급했다. 남자가 언제 들어올지 몰라 상황을 자연스럽게 연출해야 했다. 갑자기 들어올지도 모를 상황에 대비해 그에게 변명할 거리를 준비해 놔야 했다.

머리가 어지러웠다. 긴장해서인지 자꾸 손에서 땀이 났다. 배도 고팠다. 나는 케이크 상자를 열고 두 조각 중 한 조각을 꺼냈다. 남자가 바로 내린 커피를 따라 마시며 케이크를 먹었다. 케이크가 입 안에 들어가면서 조금씩 마음이 진정됐다.

의자에 앉아 케이크를 먹으며 책상 위를 둘러봤다. 작은 액자 하나가 눈에 들어왔다. 액자 안에는 가족사진이 있었다. 남자와 눈이 똑같은 아들과 웃을 때 보조개가 들어가는 우아한 여성이 의자에 앉아 있었다. 남자는 양팔을 벌려 아내와 아들의 어깨를 살짝 껴안고 있었다. 평범하고 행복해 보이는 가족사진이었다.

사진 속의 남자 아들이 눈에 들어왔다. 케이크 조각이 목 안으로 넘어가지 않았다. 코끝이 시큰했다. 얼마나 견디기 어려웠으면 자살했을까? 언니와 나도 살아 있는데 남자의 아들은 죽음을 선택했다. 미안했다. 내가 제대로 알아보지 못해 미안했다. 아들의 엄마에게도 미안했다. 아들을 잃고 얼마나 견디기 어려웠을까? 얼마나 힘들면 아들을 따라 죽음을 선택했을까?

"미안해요. 정말 미안해요. 평생 미안한 마음을 갖고 살게요. 죽어서도 잊지 않을게요. 미안해요."

나는 액자를 잡고 눈물을 흘렸다.

띠링띠링.

갑자기 울린 휴대 전화기에 놀란 나는 "앗." 소리와 함께 손에 들고 있던 액자를 떨어뜨렸다. 순간 내 얼굴은 사색이 됐지만, 다행히 액자는 플라스틱이라 깨지지는 않았다. 놀란 가슴을 쓸며 서둘러 전화를 받았다. 남자가 아직 교수실에 있는지 확인하는 전화였다. 나는 숨을 가다듬으며 말했다.

"네, 아직 교수실에 있어요."

[미안해. 한 시간만 기다려 줘. 일이 생각보다 빨리 끝나지 않네. 한 시간 안에 도착할 거야.]

"네, 알겠어요."

나는 공손히 대답한 후 전화를 끊었다. 남자가 오기 전에 모두 제자리에 놓아야 했다. 액자가 바닥에 떨어지면서 뒷부분이 풀어졌는지 사진이 옆으로 삐죽 튀어나와 있었다. 나는 서둘러 액자를 들고 뒷부분을 풀었다.

액자 뒷면에 습자지처럼 얇은 종이 몇 장이 있었다. 얇은 종이들이 살짝 접힌 채로 액자와 사진 사이에 끼어 있었다. 나는 끼어 있는 종이를 빼서 펼쳤다. 누군가 쓴 편지였다.

남자의 아내가 쓴 편지였다. 남자에게 쓴 건 아니었다. 비밀스럽게 그곳에 숨겨 놓은 느낌이 들었다. 얇은 종이에 깨알 같은 글자들이 질서 정연하게 쓰여 있었다. 나는 궁금함을 참지 못하고 빠르게 편지를 읽어 내려갔다.

누군가에게 발견되길 간절히 바라며 이 글을 씁니다.

남편의 기이한 행동에 대해 조금은 눈치채고 있었습니다. 조금만 더 빨리 알았다면, 치료가 가능했을지도 모릅니다. 남편의 행동을 이상하게 느끼면서도 항상 '설마'란 단어가 먼저 떠올랐습니다.

남편은 언제부터인가 현석이와 똑같은 옷을 샀습니다. 현석이가 즐겨 쓰고 다니는 모자나 신발과 외투와 청바지, 웃옷을 샀습니다. 아들과 아버지가 커플처럼 입고 다니면 재미있겠다는 게 남편의 생각이었습니다. 현석이와 나는 남편이 나이 먹는 걸 아쉬워하며 하는 행동이라고 생각하고 마음에 두지 않았습니다.

하지만 조금씩 남편의 행동에 의심이 들었습니다. 현석이처럼 옷을 입고 나간 날이면 남편은 술에 취해 귀가했습니다. 남편은 평상시 술을 입에 대지 않았습니다. 그런 남편이 술에 취해 집에 온 날은 옷이 찢겨 있거나, 얼굴과 몸에 멍자국이 있었습니다. 무슨 일인지 묻고 싶었지만, 나는 남편을 믿었습니다. 결혼해서 지금까지 한 번도 마음 상하게 행동한 적이 없는 사람이었습니다.

지금은 후회합니다. 믿고 사랑한 대가가 너무도 참혹합니다. 믿음과 사랑 때문에 자식을 잃었습니다. 왜 그때 남편에 대해 좀 더 알아보지 않았을까요. 그때 알았다면 지금과 같은 불행한 일은 생기지 않았을 겁니다. 현석이의 죽음이 없었을 것입니다. 현석이만 생각하면 가슴이 무너집니다.

그날, 남편이 현석이 옷을 입고 외출하는 모습을 보았습니다. 그날은 현석이가 시험이 끝나고 친구들과 강릉에 가 있던 날이었습니다. 몇 명의 친구들과 강릉 별장에서 놀기로 했습니다. 친구들은 다음 날 학원에 가야 했기 때문에 저녁에 집으로 돌아가고, 우리 부부는 일이 있어서 다음 날 아침 현석이와 강릉에서 합류하기로 했습니다.

남편은 그날 늦은 밤에 집에 들어왔습니다. 심하게 술에 취한 상태였고 옷에서는 피 냄새가 났습니다. 검은색 재킷에 붉은 핏자국이 있었습니다. 나는 놀라 남편에게 무슨 일이냐고 물었습니다. 남편은 술에 취해 그대로 잠들어 버렸습니다. 나는 심장이 두근거려 잠을 잘 수 없었습니다.

아침에 일어난 남편에게 옷에 묻어 있는 피에 관해 물었습니다. 남편 얼굴이 하얗게 질려 갔습니다. 그때 남편 휴대 전화기가 울렸습니다. 남편은 간단한 대답만 했지만, 손은 덜덜 떨고 있었습니다. 상대방이 전화를 끊은 듯했는데도 남편은 그 자리에 굳어 있었습니다. 남편에게 무슨 전화냐고 묻자 경찰서에서 현석이를 찾는 전화가 왔다는 거였습니다. 나는 놀라 남편을 쳐다봤습니다. 남편은 그대로 주저앉았습니다.

　남편은 정신을 차리더니 내게 서둘러 강릉 별장으로 현석이를 만나러 가자고 말했습니다. 남편은 제대로 걷지도 못했습니다. 나는 남편을 진정시키며 자동차 뒷좌석에 앉아 있으라고 말했습니다. 운전은 제가 했습니다. 남편은 아무 말도 하지 않고 하늘만 쳐다보고 있었습니다.

　강릉 별장에 도착하자 남편은 나와 현석이에게 소파에 앉으라고 말했습니다. 남편은 그 자리에서 무릎을 꿇었습니다. 그리고 울기 시작했습니다. 나와 현석이는 놀라 남편에게 다가가 어깨를 안으며 무슨 일인지 말해 보라고 했습니다. 우린 가족이니 남편의 힘이 되겠다고 말했습니다.

　우린 가족이었습니다. 가족! 남편이 원하는 건 자기 이외 사람들의 희생이었습니다. 남편에게 가족은 단지 자신의 과거를 숨기기 위한 안전한 보금자리였을 뿐이었습니다. 자신을 보호하기 위한 울타리였던 거였습니다.

　남편은 지난밤에 어린 여자아이를 자신이 죽인 것 같다고 말했습니다. 울면서 말했습니다. 가슴을 치고 바닥을 치며 말했습니다. 현석이와 나는 놀라 입을 다물지 못했습니다.

　세상이 무너지는 게 이런 것일까요? 내게, 우리 가족에게 이런 일이 일어난다는 걸 상상이나 할 수 있었겠습니까? 아무 이유 없이 거리에 있는 아이를 죽였다는 말이 세상에 존재하는 말일까요? 이런 인간이 사람일까요? 짐승일까요? 그래도 우린 가족이라 이 모든 사실을 받아들여야 하는 걸까요?

　현석이와 나는 아무 말도 하지 못했습니다. 놀라고 두려워 남편을 쳐다보지도 못했습니다. 그런데 남편 입에서 더 놀라운 말이 나왔습니다. 나는 지금까지 괴물과 살을 맞대고 살고 있었던 거였습니다. 남편을 죽이고 싶었습니다.

남편은 현석이 발에 머리를 묻고 자신을 살려 달라고 말했습니다. 자기가 잡히면 친가와 처가의 사업이 위태롭게 된다고 말했습니다. 또 자기는 감옥에 가게 되면 영원히 그곳에서 나오지 못할 수도 있다며 피를 토하며 말했습니다. 하지만 현석이가 대신 잡힌다면 촉탁 소년으로 분류된다고 말했습니다. 촉탁 소년으로 분류되면 범죄 기록도 남지 않고, 감옥에도 가지 않는다고 하더군요. 또 유능한 변호사를 고용하면 보호 처분을 받아 병원으로 간 뒤 바로 외국으로 나가면 된다고 말했습니다.

다시는 술을 입에 대지 않겠다고 말했습니다. 결혼 전에 알코올 중독 치료를 받은 적이 있다고 했습니다. 결혼 후 행복하고 안정감을 느끼면서 술을 입에 대지 않았는데 점점 스트레스가 심해지면서 술에 대한 욕구를 참아 내기 어려웠다고 했습니다. 남편은 술을 마시면 감정 조절이 안 되면서 폭력적인 행동이 나온다고 하더군요.

남편은 몇 년 전에 술에 취해 술집에서 큰 싸움이 있었다고 말했습니다. 상대 팔을 부러뜨려서 고소당할 뻔한 것을 겨우 돈으로 마무리할 수 있었다고 했습니다. 그 후 남편은 극도로 조심했지만, 술에 대한 유혹을 이겨 내기가 쉽지 않았다고 말했습니다. 남편은 술이 먹고 싶은 날은, 만일에 대비해 현석이 옷을 입고 다니기 시작했다고 했습니다. 무슨 일이 생기면 미성년자인 현석이에게 뒤집어씌울 생각을 한 것입니다. 그날도 일부러 현석이가 있는 강릉에 가서 술을 마신 것입니다. 문제를 일으킬 것을 대비한 것입니다.

남편은 강릉의 허름한 술집에서 혼자 폭음을 한 다음 길거리에 나와 돌아다니다 사소한 일로 건달들과 시비가 붙었다고 말했습니다. 남편은 분노를 참지 못하고 건달들이 마시고 있던 술병으로 한 남자의 머리를 내리치고 무조건 뛰었다고 했습니다. 건달들이 뒤에서 계속 쫓아오는데 걷잡을 수 없는 쾌감이 밀려왔다고 말했습니다. 그리고 알 수 없는 힘에 이끌려 구멍가게 앞에서 공을 갖고 놀고 있던 작은 아이를 향해 뛰어갔다고 말했습니다. 순간 자신이 무슨 일을 저지르는지도 모른 채 흥분된 자아가 미쳐 날뛰었다고 말했습니다. 모든 게 알코올 때문이라고 하더군요.

남편은 울면서 현석이 발에 얼굴을 묻었습니다. 현석이는 남편과 같이 울었습니다. 어린, 아직 어린 아이가 이런 일을 어떻게 감당할 수 있을까요? 내 아들 현석이가 울면서 남편에게 자신이 대신 자수하겠다고 말했습니다. 왜, 내 아들 현석이가 남편을 대신해 살인 누명을 뒤집어써야 하는 걸까요? 왜 남편은 어린 아들을 보호하고 싶어 하지 않는 걸까요?

나는 안 된다고 말하지 못했습니다. 그때까지도 사태의 심각성을 제대로 인식하지 못하고 있었습니다. 모두 제 책임입니다. 제가 좀 더 현명했다면 이렇게 많은 사람이 불행해지는 일은 생기지 않았을 거라는 생각이 듭니다. 죄책감으로 잠을 이룰 수 없었습니다.

현석이는 자수했습니다. 사건은 남편이 계산한 대로 흘러갔습니다. 현석이는 실력 좋은 변호사의 변호로 인해 보호 처분을 받았고, 정신 병원으로 이송됐습니다. 현석이는 그곳에서 아무 말 없이 지내다가 어느 날 자살 기도를 했습니다. 경찰서에서 아버지가 죽인 세 살 여자아이의 살해된 사진을 본 것입니다. 자기 몸에 아버지의 피가 흐르고 있다는 것을 참을 수 없었을 것입니다. 현석이는 오랫동안 병원 치료를 받은 뒤 하와이로 떠났습니다.

현석이가 본 아이의 사진을 나도 봤습니다. 나는 구토를 하고 말았습니다. 몸을 일으켜 세울 수 없었습니다. 어린아이의 얼굴이 머리에서 떠나지 않았습니다. 괴로워하며 잠을 이루지 못한 나날이 이어졌습니다. 정신과를 찾아갔습니다. 하지만 아무리 많은 약을 입에 털어 넣어도 아기 얼굴이 지워지지 않더군요.

어느 날 하와이에서 비보가 전해져 왔습니다. 현석이가 태풍이 부는 날 파도타기를 하다가 파도에 휩쓸려 사라졌다는 소식이었습니다. 내 아들 현석이는 며칠 뒤 해안가에서 발견됐습니다. 내 아들이 그렇게 죽었습니다.

남편을 죽이고 싶었습니다. 남편을 죽여야 했습니다. 같이 죽으려고 집 안에 불을 지른 적도 있었습니다. 남편은 재빨리 나를 끌고 집 밖으로 나왔습니다. 남편도 나도 죽지 않았습니다.

혼자라도 죽어야 했습니다. 약을 먹고 죽으려고 했는데 쉽지 않았습니다. 더는 견디기 어려웠습니다. 남편에게 같이 여행을 떠나자고 말했습니다. 남편은 내가 불을 지른 뒤부터 나와 같이 있는 것을 두려워했습니다. 남편 혼자 세상에 남으라고 하고 싶습니다.

나는 남편을 신고할 수 없습니다. 아직도 남편을 사랑합니다. 하지만 누군가 이 편지를 발견하면 남편을 용서하지 마십시오. 남편을 신고해 주세요.

나는 현석이 곁으로 가려고 합니다. 현석이가 밤마다 나타나 울고 갑니다. 괴롭다고 울면서 내 옆에 앉아 있습니다. 혼자 고통받게 할 수 없습니다. 내가 가서 불쌍하게 죽은 내 아들, 현석이를 안아 줘야 합니다.

남편을 믿을 수 없어 편지를 이곳에 숨겨 놓습니다. 나머지는 신에게 맡깁니다.

손이 떨렸다. 편지 속에 담겨 있는 그녀의 고통이 느껴지면서 한순간 숨을 쉴 수 없었다. 살아남은 사람들은 죽은 자의 고통을 감당하지 못하고 점점 미쳐 가나 보다. 그녀도, 나도, 언니도 미쳐 있었다. 그녀는 죽고, 우리는 살아남았다. 범인도 살아남았다.

나는 편지를 접어 가방 안에 넣었다. 액자는 깨끗하게 닦은 후 책상 위에 처음 그대로 올려놨다. 시간이 조금 지나자 교수실 문이 열리면서 남자가 들어왔다.

"기다려 줘서 고마워. 배고플 테니 같이 빨리 나가자. 좋은 곳 예약해 놨거든."

남자는 나를 데리고 예약해 놓은 호텔 레스토랑으로 향했다.

산으로 둘러싸인 호텔에 도착하자 남자가 주문한 프랑스 코스 요리가 나왔다. 나는 열심히 먹었다. 잃었던 식욕이 다시 생겨났다. 안개가 걷혔다. 세상이 또렷하게 보였다.

남자는 맛있게 음식을 먹는 내 모습을 흐뭇한 눈으로 바라봤다. 남자가 계속 나를 힐끔거리며 쳐다봤다. 할 말이 있는 듯한 표정으로 자꾸 내 눈을 보며 웃었다. 본식이 끝나고 후식으로 남자가 좋아하는 디저트, 갸또 쇼콜라가 나왔다. 남자가 특별 주문한 디저트였다. 나는 초콜릿 향과 물기를 가득 품은 갸또 쇼콜라를 포크로 살짝 떼어 냈다. 불빛에 황홀하도록 반짝거리는 다이아몬드 반지가 그 안에 있었다. 남자는 당황해하는 나를 바라보며 반지에 묻은 초콜릿을 닦아 낸 뒤 내 왼손을 자신의 가슴 쪽으로 살며시 잡아당겼다.

"나와 결혼해 줘. 죽는 날까지 당신만을 사랑할게. 내 마지막 여자가 돼 줘. 간절히 부탁해."

눈물이 손등 위로 떨어졌다. 감당하기 어려운 감정의 눈물이었다.

"당신의 사랑을 받고 싶어요. 당신의 마지막 여자가 되고 싶어요."

남자는 눈물을 닦아 주며 내 왼손 약지에 반지를 끼웠다.

"꼭 행복하게 해 줄게. 고마워."

나는 고개를 끄덕였다. 남자는 남편이 됐다.

5

이어폰을 끼고 음악을 듣는 동안 멀리서 강릉 가는 KTX 열차가 승강장을 향해 들어오는 모습이 보였다. 애벌레 모습을 한 열차는 커다란 소음과 함께 천천히 승강장 안으로 들어와 멈춰 섰다. 나는 고개를 돌려 늙은 남자를 다시 쳐다봤다. 남자는 누군가의 신고로 경찰들에게 끌려가고 있었다.

"이거 놔. 왜 나를 끌고 가는 거야? 난 선량한 시민이라고. 이

거 놓지 못해!"

"어르신, 기차역에서 이렇게 행동하시면 안 됩니다. 같이 가주셔야겠습니다. 이렇게 난동을 부리시면 저희도 강하게 나올 수밖에 없습니다. 조용히 따라오세요."

경찰관 중 키가 크고 몸집이 큰 남자가 인상을 찡그리며 강하게 말하자, 늙은 남자는 이내 풀이 죽었다. 여자들을 향해 거침없이 내뱉던 욕설은 사라지고 경찰들이 이끄는 대로 조용히 걸어갔다. 나는 늙은 남자가 시야에서 조금씩 멀어져 가는 걸 지켜봤다. 나약한 존재에게만 군림하고 폭력적인 행동을 하는 쓰레기 같은 인간들이 세상에는 많다.

나는 몇 호차인지 확인 후 열차를 탔다. 열차 안으로 들어가 좌석 번호를 확인 후 케이크 상자와 가방을 내려놨다. 좌석에 앉아서야 비로소 실감이 났다. 언니를 만나러 간다는 사실이 현실처럼 느껴졌다. 언니는 내게 기차를 타고 오라고 문자를 보냈다.

– 기차 타고 와. 자동차 타고 오면 언니가 걱정돼 잠을 잘 수 없을 것 같아. 혹시 늦으면 사고라도 났을까 싶어 심장을 졸일 것 같아서 말이야. 조금 피곤하겠지만 꼭 기차 타고 와. 알았지, 여진아. –

기차를 타고 오라는 언니 마음이 이해됐다. 7년 동안 내 걱정에 제대로 잠도 못 잤을 거다. 내가 보고 싶어도 언니는 이를 악물고 참았을 거다. 나를 믿고 참았을 거다. 나 역시 점점 지쳐 가는 마음을 가눌 수 없어 뜬눈으로 밤을 지새운 적이 많다. 복수를 포기하고 언니에게로 돌아가고 싶은 마음을 붙잡는 일이 쉽지 않았다. 마음이 약해질 때마다 언니와 마지막 밤을 보내며 내가 한 약속을 떠올렸다.

살인자가 교수로 있는 대학의 편입 합격을 확인한 날, 언니는 내 옷가지를 정리하며 아무 말도 하지 않았다. 저녁을 정성스레 준비하고 나를 불렀다. 언니는 내가 음식을 먹는 모습을 물끄러미 쳐다봤다. 밤이 돼 창문 너머로 달빛이 비치자 언니의 긴 한숨 소리가 들렸다. 나는 침대에서 몸을 돌려 옆에 누운 언니를 안았다. 언니도 몸을 돌려 나를 안으며 말했다.

"여진아, 이제 언니는 엄마를 어떻게 볼 수 있을까? 이렇게 위험한 일에 너를 끌어들여서 언니는 죽어서도 엄마 얼굴을 못 볼 것 같아. 여진아, 언니는 네가 어떤 선택을 하든 그 선택을 인정할 거야. 네가 원하는 삶을 살아. 언니처럼 점점 파괴되지 말고. 내가 없는 곳으로 멀리 떠나 버려. 그곳에서 네 인생을 살아. 언니 곁에 있으면 너는 죽는 순간까지 고통에 시달려야 해."

나는 언니 등을 쓰다듬었다.

"언니, 나는 언니 곁을 떠날 수 없어. 언니와 나는 한 몸이야. 나는 불행하지 않아. 이대로 멀리 떠난다면 그게 더 불행할 거야. 내가 어떻게 지연이와 아버지를 잊고 인생을 살 수 있겠어. 나를 믿어. 우리 지연이에게 부끄러운 일은 하지 않을 거야. 내가 꼭 증거를 찾아낼 거야. 걱정하지 마, 언니."

"여진아, 꼭 명심해. 중간에 힘들면 포기해. 언니는 괜찮아. 언니가 알아서 할게. 너마저 잃는 걸 원치 않아. 알았지? 언니가 점점 나약해지고 있어. 오랜 분노로 몸과 정신이 부서진 것 같아. 네게 할 수 있다고 강하게 말했지만, 마음 한구석은 너를 잃을까 두려워."

언니는 내 어깨에 얼굴을 묻고 슬픔으로 몸을 떨었다.

다음 날 아침, 눈이 퉁퉁 부은 언니는 나를 대전에 있는 작은 오피스텔까지 데려다줬다. 언니는 나와 같이 짐을 다 정리한 후 혼자 집으로 돌아갔다. 그날 이후 언니는 세상에서 사라졌다. 아무도 모르는 곳에서 7년 동안 잠적해 있었다.

언니를 다시 찾는 일은 쉽지 않았다. 유흥업소에서 같이 일했던 직원들 도움이 없었다면 언니를 영원히 찾아내지 못했을 거다.

7년 전 마지막 밤, 언니에게 약속했지만 예상하지 못한 남자의 청혼으로 내 정신은 피폐해져 갔다. 청혼을 받아들였지만, 나는 극심한 갈등을 겪으며 잠을 이루지 못했다. 매일 도망치는 꿈을 꿨다. 현실에서는 더욱 간절하게 남자로부터 도망치고 싶었다. 결혼식 당일 아침이 되어서야, 모든 갈등을 마음 한구석에 묻어 버릴 수 있었다.

남자와 나는 결혼했다. 내게 남은 가족이 없다는 걸 알고 있던 남자는 호텔에 몇 명의 친구들을 부른 다음 혼인 서약식을 했다. 하늘이 파랗게 물든 날, 검은색 양복을 입고 하얀색 넥타이를 맨 남자는 내게 말했다.

"영원히 사랑할게. 죽어서도 당신을 놓지 않을 거야."

남자는 내게 속삭이며 이마에 입을 맞췄다. 하얀 웨딩드레스는 순결한 듯 하얗게 나를 감싸 안았지만, 내 마음은 핏빛으로 물들어 버렸다.

우린 신혼여행을 타히티 보라보라섬으로 갔다. 에메랄드빛 바다로 둘러싸인 아름다운 섬이었다. 우리는 그곳의 하얀 백사장에서 사랑을 나누고, 같이 카누를 타고, 승마를 즐겼다. 남편은 항상 내 손을 잡고 다녔다. 손을 놓은 순간 날아가 버릴까 봐 두려워했다. 우린 세상에 단둘이만 존재하는 것처럼 서로에게 빠져 아름다운 섬과 같이 동화돼 갔다.

남편은 죽는 그 순간까지 나를 지켜 주고 사랑했다. 내게 청혼할 때 한 말을 지켰다. 남은 인생의 마지막 여자인 듯이 소중하게 여기고 아꼈다. 나도 남편 마음에 들도록 모든 행동을 조심했다. 그리고 헌신했다.

남편의 배려와 관심과 애정은 종종 내 마음을 흔들어 놓았다. 그날 내가 본 사람이라 믿기 어려웠다. 그는 삶 중심에 내가 있다는 확신을 줬다. 마음이 흔들려 복수를 접고 싶었다. 그의 죽은 아내가 한 번도 그를 의심하지 않았던 이유를 알 수 있었다.

그는 여자를 서서히 조종하는 타고난 능력이 있었다. 나를 지배하고 보호하는 강인한 느낌과 모성 본능을 자극하는 여린 남성의 모습을 동시에 보였다. 남편의 잠자리 능력 또한 탁월했다.

언니가 소개해 준 호스트들 외에도 몇 명의 남자들과 잠자리를 했지만, 그들에게서는 기계적인 기술만이 느껴졌다. 소통하지 못하고 지배하고 싶어 하는 단조로움만이 있었다. 특히 호스트들과 잠자리 후의 시간은 공허함만이 가득했다. 현란한 몸놀림과 자극적인 기술이 있었지만, 섹스가 끝난 후 벌어지는 끔찍한 허무함은 감당하기 어려웠다.

남편은 그들과 달랐다. 깊이, 아주 깊이 내게 파고들면서 몸과 정신을 만족시켰다. 세상에서 나만을 사랑하는 유일한 사람이란 신뢰감을 줬다. 나와의 섹스만이 자신의 유일한 기쁨이라는 감정을 느끼게 했다. 남편과의 섹스에는 타인에게서 느낄 수 없는 간절함이 있었다.

남편과 살을 섞으며 복수를 꿈꾸는 일이 쉽지 않았다. 그의 몸과 내 몸은 서로 소통이 잘됐다. 남편은 내가 만족을 느낄 때까지 호흡을 멈추지 않았다. 눈을 마주치며 속삭였다.

"당신에게는 나를 애태우는 무언가가 있어. 위험하고 절망스러운 것들이 느껴져. 나는 그런 당신의 모습이 참을 수 없게 좋아."

남편은 격렬한 키스를 하며 말했다.

"사랑한다고 말해 줘."

"사랑해요."

남편은 조금씩 빠르게 움직이며 말했다.

"더, 더, 사랑한다고 말해 줘."

남편은 집요하고 치밀하게 움직이며 나를 쾌락 속으로 빠뜨렸다. 나는 숨을 헐떡거리며 남편에게 매달렸다.

"말해 봐. 더 크게 말해 봐."

쾌락의 끝에 도달한 나는 소리를 치듯 대답했다.

"사랑해요, 당신만요."

순간 내 몸이 빨갛게 달아오르면서 깊은 깊은 쾌락이 밀려왔다. 머리에서부터 발끝까지 온몸에 충격을 받은 듯 저릿했다. 나는 활처럼 휘며 움직이지 못하고 가만히 있었다. 남편은 전율하는 내 몸을 느끼면서 다시 빠르게 몸을 움직였다. 남편의 짧은 비명이 들렸다. 남편 역시 잠시 몸을 정지한 듯 멈췄다. 남편의 열기가 가득 찬 몸에서 하얀 연기가 보였다.

남편과 나는 서로를 갈구하면서 열정으로 몸을 떨었다. 흔들리며 남편을 바라봤다. 늘 곁에서 호흡하며 바라보는 남자, 내 손을 잡고 사랑한다고 말해 주는 남자, 내 허리를 따뜻한 손으로 감싸 안아 주는 남자였다.

남편 몸에 취하기 전에 그의 눈을 봤다. 남편 눈은 일순간 광기를 띨 때가 있었다. 찰나의 광기를 느끼면 나는 안심했다. 파란 수염의 눈이었다. 우리 지연이를 고통스럽게 죽인 살인자의 눈동자였다. 나를 바라보는 애정 어린 눈빛에서 가끔 어린 사슴의 목덜미를 물어뜯는 승냥이의 눈동자를 봤다.

파란 수염의 눈동자를 본 날은, 그가 잠들어 있을 때 양복 주머니에 꽂혀 있던 만년필을 꺼냈다. 뾰족한 부분을 그의 눈꺼풀에 가까이 댔다. 눈 가까이에 차가운 만년필 촉이 닿으면 남편은 살짝 인상을 찌푸리며 고개를 돌렸다. 나는 만년필로 남편 눈동자를 찌르고 싶었다. 눈동자가 없는 남편과 살고 싶었다.

가족은 한집에 산다. 한집에서 살을 맞대며 오래도록 같이 산다. 가족이 되면 살인은 소리 없이 서서히 일어날 수 있다. 서서히 숨통을 조이며 아무 증거 없이 살인을 저지를 수 있다. 사람들은 의심하지 않는다. 병든 사람이 서서히 죽어 가는 것에 대해서는 아무 관심이 없다.

남편을 서서히 죽게 만들어야 했다. 아무도 눈치채지 못하게 지병으로 죽어 가게 해야 했다. 조금씩 고통스러움의 절정을 느끼며 자신의 썩어 가는 육체에 분노하며 그렇게 죽어 가야 했다.

남편은 만성 질환을 앓고 있었다. 어릴 때부터 심한 스트레스로 인한 천식이 있었고, 전 부인의 방화 사건으로 걸린 만성 폐쇄성 폐 질환으로 고통스러워했다. 천식 증상은 밤이 되면 더욱 심해졌다. 숨이 넘어갈 정도로 기침을 했다. 부인과 아들이 자살한 후 그는 조금만 스트레스를 받아도 숨을 쉬지 못했다. 남편은 명상하며 천식을 다스리려고 노력했다. 나와 결혼 후 더욱 열심히 자기 병을 고치려고 노력했다. 하지만 노력할수록 더 많은 기침을 했다.

결혼 후 한동안 괜찮아지던 천식 증상이 날이 갈수록 심하게 나타났다. 천식과 폐 질환에는 스테로이드가 많이 들어간 약을 처방받았다. 남편은 증상이 심해지자 약의 양을 늘렸다. 흡입기의 사용도 잦아졌다.

천식약 중에는 다량의 스테로이드 성분이 포함된 것들이 많았다. 효과가 좋은 약일수록 스테로이드 양이 많았다. 곧 남편은 스테로이드 부작용으로 몸이 짓물렀다. 쿠싱 증후군으로 골다공증 증세와 당뇨, 고혈압 증세를 보였다. 면역력이 떨어지면서 감기만 걸려도 폐렴으로 이어졌다. 또 피부가 짓물러지는 극심한 피부병에 시달려야 했다. 종종 복통으로 설사를 했다. 약은 남편을 지치게 했고 약해진 체력으로 인해 천식 증세는 더욱 심해졌다. 약과 병의 악순환이 꼬리를 물고 늘어지면서 병은 더욱 고통스럽고 잔인하게 남편에게 다가갔다.

남편의 병은 시간이 지날수록, 그가 노력할수록 더욱 깊어졌다. 천식이 심해지면서 약간의 바람이나 차가운 음식, 인스턴트 음식이나 조금의 먼지에도 죽을 듯이 기침을 했다. 숨을 몰아쉬며 가슴을 움켜쥐고 피를 토하기도 했다. 날이 갈수록 쇠약해지는 남편을 바라봤다.

남편의 천식약이 면역력을 심하게 떨어뜨리면서 감기나 설사에도 응급실로 실려 갔다. 기침하며 흡입기를 찾는 남편의 파랗게 질린 얼굴을 바라볼 때마다 미안한 마음으로 심장이 두근거렸다. 남편에게 내 심장 소리가 들릴까 두려웠다.

　　남편은 자신이 서서히 죽어 가고 있는 걸 느꼈다. 남편은 더욱더 나를 아끼며 배려했다. 미워하는 마음과 사랑하는 마음의 공존은 내 영혼을 파괴했다. 깊은 갈등의 숲에 빠지게 되면 지연이와 아버지가 죽었던 그 시각으로 기억을 되돌렸다. 기억이 살인현장으로 되돌아가게 되면 살인자의 눈과 남편의 눈이 일치됐다. 나는 절망하며 자신을 끊임없이 채찍질했다.

6

　　기차 좌석에 앉아 창밖을 내다보는 동안, 사람들이 하나둘 나타나 자리에 앉았다. 내 앞에는 안경을 낀 30대 주부가 세 살 정도 돼 보이는 여자아이와 같이 앉았다. 긴 머리를 하나로 묶은 눈이 큰 여자아이는 나를 보며 빙그레 웃었다. 나도 따라 웃었다. 여자아이는 내 얼굴을 보며 자신이 갖고 있던 막대 사탕 하나를 내밀었다. 나는 당황해하며 아이가 내민 사탕을 받았다.

　　"고마워. 아줌마도 사탕 좋아해."

　　나는 비닐 껍질을 벗기며 말했다. 아이 옆에 있던 엄마가 웃으며 나를 쳐다봤다.

"아줌마가 아닌 것 같은데……."

나는 살짝 웃으며 여자아이를 쳐다봤다. 아이는 내게 습관적인 미소를 보이더니 내 무릎에 놓인 케이크 상자를 바라봤다. 나는 아이에게 케이크 한 조각을 주고 싶었다. 우리 지연이와 나이가 비슷해 보이는 아이에게 맛있는 초콜릿케이크를 맛보게 하고 싶었다.

끈을 풀고 상자를 열었다. 아이 표정이 환하게 바뀌었다. 나는 조각난 케이크 중 한 조각을 꺼내 아이에게 내밀었다. 아이는 엄마를 바라보며 머뭇거렸다.

"혜원아, '고맙습니다.' 하고 받아. 고마워요. 아주 맛있어 보여요. 직접 만드셨나 봐요?"

"네, 맛은 별로지만 한번 드셔 보세요."

나는 아이 엄마에게도 한 조각을 건넸다. 아이 엄마는 손사래를 쳤지만 내가 자꾸 권하자 고마워하며 받았다. 나도 한 조각을 꺼냈다. 아이가 작은 손으로 케이크를 잡고 입을 오물거렸다. 입주변이 까맣게 되는 것도 모른 채 맛있게 먹는 모습을 나는 웃으며 쳐다봤다. 나도 케이크 조각을 입에 물었다. 검은 케이크가 입 안으로 넘어갔다.

남편은 살해됐다. 나에게 살해됐다.

결혼 한 달 후부터 복수는 시작됐다. 서서히 죽이는 방법을 찾아냈다. 남편이 식후 먹는 갸또 쇼콜라에 수면제를 조금씩 뿌렸다. 남편은 천식약으로 미각이 둔해져 있었다. 남편이 후식을 먹고 졸음에 겨워 자리에 누우면 남편 숨소리에 귀를 기울였다. 일정한 시간이 지나면 남편이 코를 골았다.

남편이 잠자는 틈을 타 방에 불을 붙인 번개탄을 가져왔다. 창문과 방문을 꼭꼭 잠그고 번개탄 연기가 방 안에 가득 차길 기다렸다. 나는 산소마스크를 쓰고 남편의 몸 상태를 살폈다. 번개탄의 매캐한 냄새와 연기가 방 안에 가득 차면 남편은 일산화탄소에 중독돼 몸을 뒤틀었다. 남편이 신음을 내며 고통스러워하면 창문과 방문을 열었다. 나는 냄새가 다 빠질 때까지 기다렸다가 방향제를 뿌렸다.

방 안에서 가스가 빠져나가면 남편은 다시 온순하게 잠에 빠져들었다. 그렇게 아침을 맞이하면 그날 온종일 남편은 기침을 멈추지 않았다. 기침이 심해지면 더 많은 천식약을 복용했다. 천식약의 부작용은 천식보다 더 고통스러웠다.

사람은 천식으로 죽으려면 오랜 시간이 필요하다. 천식약으로 죽어야 했다. 면역력이 떨어지면 작은 곰팡이나 세균, 바이러스에도 죽을 수 있다. 내가 해야 하는 일은 남편이 천식으로 더 강한 천식약을 복용하게 만드는 거였다.

남편은 급속히 쇠약해졌다. 사람들은 비쩍 마르고 안색이 백색으로 변한 남편 얼굴을 보며 그가 얼마 살지 못할 거라는 생각을 했다. 가끔 자지러질 듯한 기침으로 주위 사람들을 놀라게 했다. 남편은 주위 사람들의 반응에 더 많은 상처를 받았고 상처받은 만큼 천식약의 양을 늘렸다.

조금만 걸어도 숨이 차고 계단을 오를 수 없게 되자, 남편은 외출을 줄이고 서재에서 보내는 시간이 길어졌다. 시원한 바람에도 몸은 경련을 일으켰다. 집 안은 늘 청결하게 닦아야 했다. 남편은 조금의 먼지에도 숨을 쉬지 못할 정도로 기침을 했다.

남편이 죽는 건 시간문제였다. 하지만 남편은 죽지 않았다. 남편은 미라처럼 말라 갔지만 계속 음식을 먹었고 죽지 않았다. 남편은 내게 더 많이 사랑한다고 말했다. 나를 사랑한다면 '제발 이제 죽어 줘!'라고 말하고 싶었다.

남편의 이복형제와 친척들 역시 남편 죽음을 간절히 원했다. 남편이 죽은 후 남을 막대한 유산에 대해 관심이 많았다. 그들은 자식이 없는 남편의 재산을 모두 내가 갖는 게 부당하다고 생각했다. 나는 재산 따위에는 관심이 없었다. 내가 원하는 건 오직 하나다.

남편이 내게 많은 재산을 남기고 싶다고 말했을 때 나는 남편 손을 꼭 잡았다.

"내게 아무 재산도 남기지 말아요. 사람들의 비난을 견디기 어려울 것 같아요. 돈 때문에 당신과 결혼한 거라며 그들이 나를 경멸하고 있다는 거 잘 알고 있어요. 나는 사람들의 조롱으로 충분히 상처받았어요. 당신이 있기에 모든 걸 감당한 거예요. 당신이 세상을 떠난 뒤 다른 사람들의 시선으로 고통받고 싶지 않아요. 나를 사랑한다면 이 집 외는 아무것도 내게 남기지 말아요. 이 집만 내게 꼭 필요해요. 당신을 기억하며 살고 싶어요."

남편은 내 말에 놀란 표정을 지었다.

"여진 씨, 고마워. 당신의 진심을 나도 의심한 적이 있었어. 미안해. 내가 잘못했어."

남편은 감동한 표정을 지으며 말했지만, 다시 나를 시험했다. 남편은 유서를 새로 작성한 후 내게 보였다. 나는 아무 말 없이 만족한 표정을 지었다. 남편의 의심은 모두 사라졌다. 남편의 의심이 사라지자 살인 계획은 더 과감해졌다.

남편은 천식으로 고통받으면서도 디저트로 갸또 쇼콜라를 먹고 싶어 했다. 어린 시절 친엄마와 같이 프랑스에서 먹었던 디저트가 남편의 마음에 행복으로 자리 잡고 있었다.

"나는 당신과 같이 이렇게 갸또 쇼콜라를 먹을 때가 제일 행복해. 어머니가 이 케이크를 좋아하셨어. 어머니와 같이 프랑스로 여행을 가면 우린 매일 초콜릿케이크를 먹었어. 어머니와 나는 모두 갸또 쇼콜라를 좋아했어. 유일하게 행복했던 어린 시절의 기억이야. 어릴 때 나는 운동을 좋아했어. 육상 선수가 되고 싶었거든. 하지만 어머니가 떠난 후 내 인생은 지옥과 같았지. 그때 받은 정신적 충격으로 천식이 생겼어. 그래서 운동도 그만뒀어. 어머니가 집을 나간 후 아버지를 지독히 증오했어. 한때 술에 빠진 적도 있었어. 술을 마시면 아무리 달려도 천식 증세가 나타나지 않았거든. 지금은 끊었어. 당신 덕분에 행복한 삶을 살고 있어서인지 술 생각이 전혀 나지 않네. 당신을 보고 있으면 어머니가 생각나. 당신과 이렇게 갸또 쇼콜라를 먹고 있으면 행복했던 어린 시절로 되돌아가는 느낌이야."

남편은 씁쓸한 표정을 잠시 지었다가 나를 바라보며 웃었다. 상처받은 어린 시절로 삶이 엉망이 돼 버린 남편, 그에 대한 연민으로 가슴이 아팠다. 나는 일어나 남편 의자 밑으로 가 남편 무릎에 머리를 기댔다.

"당신 곁에 내가 있을게요."

"고마워."

남편은 무릎에 머리를 기댄 내 얼굴을 쓰다듬었다.

남편이 폐렴으로 병원에 입원 후 며칠 뒤 퇴원했다. 오후 1시쯤 남편은 휠체어를 타고 집에 도착했다.

"여진 씨, 갸또 쇼콜라가 먹고 싶군. 병원에서 건강식만 먹느라고 죽는 줄 알았어. 빨리 케이크 좀 사 와."

남편은 나를 보고 기분이 좋은지 활기찬 목소리로 말했다. 나는 남편에게 바로 내린 커피를 내밀며 한마디 했다.

"천식에는 초콜릿이 안 좋아요. 이제 줄여 보도록 노력해 보는 게 어때요?"

"알았어. 이번이 마지막이야. 다음부터는 절대 아이처럼 조르지 않을게. 부탁이야. 며칠 동안 정말 죽은 듯이 지냈잖아."

남편은 장난기가 발동했는지 눈을 찡긋거리며 내게 빌었다.

나는 휠체어에 앉아 있는 남편의 얼굴을 만졌다. 남편이 고개를 돌려 자기 얼굴을 어루만지는 내 손에 입을 맞췄다.

"보고 싶었어. 빨리 초콜릿케이크 먹고 당신을 안고 싶어. 요즘 갑자기 왜 이리 당신이 그립지? 초콜릿케이크가 내 열정을 깨워 주는 것 같아."

갑작스러운 남편의 짓궂은 말에 나는 얼굴이 빨개져 가방을 들고 밖으로 나왔다. 서둘러 집을 나왔지만, 발걸음은 천근처럼 무거웠다. 케이크 가게가 멀리 이사 가서 찾을 수 없길 바랐다.

케이크를 사서 집에 도착했을 때, 집 안은 조용했다. 안방 문을 열었다. 남편이 깊이 잠들어 있었다. 나를 기다리며 잠든 남편 입가에 미소가 남아 있었다. 손이 떨렸다. 침대 옆에 찻잔이 놓여 있었다. 남편은 내가 준 커피를 마시고 깊이 잠들어 있었다. 수면제를 넣은 커피였다.

"사랑하는 내 남편."

고개를 숙여 남편 입술에 입을 맞췄다. 나는 안방을 나와 파우더룸으로 들어갔다. 옷장에서 가장 관능적인 옷을 한 벌 꺼내 입었다. 묶었던 머리를 풀어 헤친 후 빨간 립스틱을 발랐다. 화장대에서 긴 인조 속눈썹을 꺼내 눈가에 붙였다. 진한 화장을 끝내고 거울 속 나를 쳐다봤다.

"다른 사람 같네. 그럼 시작해 볼까!"

나는 가방에서 병 하나를 꺼내 주방으로 향했다. 냉장고를 열고 갸또 쇼콜라를 꺼냈다. 케이크를 여덟 조각으로 자른 뒤 케이크 바닥에 병에 든 살모넬라균을 살짝 뿌렸다. 건강한 사람도 자칫 잘못하면 죽을 수 있지만, 면역력이 떨어진 사람에게는 치명적인 균이었다.

순간 케이크를 먹는 남편 모습이 떠올랐다. 눈물이 뚝 떨어졌다.

"이제 파티할 시간이야."

나는 나오려는 눈물을 애써 삼키며 하얀 종이를 찾아 정성 들여 글씨를 썼다.

[여보, 저 약속이 있어서 잠깐 나갔다 올게요. 케이크는 냉장고 안에 있어요. 저녁 식사 전까지 돌아올게요.]

나는 매춘부같이 입은 옷을 사람들에게 들키지 않으려고 외투를 걸친 후 선글라스를 쓰고 밖으로 나가 택시를 잡았다.

비밀 호스트 바로 향했다. 아는 사람에게 부탁해 알리바이를 만들어 놓았다. 화려한 조명이 반짝이는 호스트 바에 도착한 후 나는 죽어 가는 남편에 대한 죄책감을 없애려고 정신과 몸이 혼미해지도록 낯선 남자와 몸을 섞었다.

오후 6시쯤 미리 준비해 간 옷으로 갈아입고 화장을 지운 후 집으로 향했다. 나는 집 앞에 도착했지만 택시 기사에게 길을 잘 모르겠다는 이상한 변명을 하며 동네를 돌게 했다. 집으로 들어가고 싶지 않았다.

기사가 계속 나를 쳐다봤다. 나는 입술을 질근질근 씹다가 동네 입구에서 내렸다. 두둑이 택시비와 팁을 받은 기사는 나를 보며 한마디 했다.

"복 받으세요. 팁을 이렇게 많이 주시니 복 많이 받으실 거예요."

낯선 택시 기사 말에 나는 쓴웃음이 나왔다.

천천히 걸었다. 걸어서 10분 거리인데 마치 낯선 거리를 걷는 듯 주위를 두리번거리며 주변 상가들과 지나가는 사람들을 유심히 쳐다봤다. 미용실 입구에 붙어 있는 머리가 풍성한 여자들의 사진을 쳐다보기도 하고, 부동산 중개업소 유리창에 붙어 있는 매매 물건들의 가격을 일일이 읽어 보기도 했다. 느릿느릿 시간을 지체하며 무거운 발을 한 발 한 발 떼어 냈다. 30분 정도가 지나 집 앞에 도착했다. 대문 앞에 서 있는 동안 심장이 말할 수 없이 방망이질 쳤다. 나는 숨을 몰아쉬며 대문을 열었다.

'지옥으로 들어가 보자.'

현관문을 여는 순간 역한 냄새가 집 안에서 진동했다. 거실과 주방에 구토의 흔적들이 보였다. 남편이 살기 위해 몸부림친 흔적들이 곳곳에서 보였다. 나는 흔적을 따라 천천히 걸었다. 화장실 근처에 몸을 웅크린 채 정신을 잃은 남편 모습이 보였다.

　"여보, 여보! 죽으면 안 돼. 제발 죽지 마!"

　나는 흐느끼며 소리쳤다. 다 알고 있었지만, 미리 계획했던 일이었지만, 그래도 내 마음속에서는 절망으로 갈가리 찢어진 메아리가 절규하듯 뿜어져 나왔다.

　남편은 바로 병원으로 실려 간 뒤 3일 후 세상을 떠났다.

　아무도 의심하지 않았다. 담당 의사는 남편 죽음을 예상했고, 이복동생들과 친척들 역시 남편 죽음을 간절히 원했다. 유서가 공개된 후 나는 남편에게 헌신한 가련하고 불쌍한 나이 어린 과부가 됐다. 돈이 없는 살인을 상상하는 사람들은 없었다. 나는 남편의 죽음을 애도하며 그동안 남편의 병을 정성을 다해 돌봐 준 병원에 거액을 기부했다.

　장례식장에서 나는 처연한 모습으로 앉아 있었다. 검은 상복을 입은 채 입술을 떨며 눈물을 주르륵 흘렸다. 검은색 한복을 입고 하얀 리본 핀을 꽂은 화장기 없는 내 얼굴을 보며 사람들은 안타까움을 드러내며 술잔을 비웠다.

　"부인이 어리네. 남편이 재산을 모두 자기 형제들에게만 남겼다고 하더라고. 저렇게 어린데도 눈물이 마르지 않네. 구슬피도 우네. 내 아내는 하루 울면 눈물이 마를 텐데 말이야."

"3일 동안 잠을 한 번도 안 자고 자리를 지키고 있다지 뭐야. 어제는 일어서다 쓰러져서 바로 병원에 실려 갔는데 가서 링거 맞은 후 다시 장례식장으로 왔다는군."

"재산 한 푼 안 남겨 준 늙은 남자가 뭐가 좋아서 저런다지? 이해 안 되는군."

"맞아, 이제 자기 나이에 맞는 젊은 남자 만나서 새 인생을 시작해야지, 뭐."

"부인이 미인이었네. 꽁꽁 숨겨 둬서 누군지 궁금했는데 말이야."

사람들은 3일 동안 계속 바뀌었지만, 그들이 밥을 먹고 술잔을 비우며 하는 이야기들은 언제나 같았다. 나를 비웃기도 하고, 가련하게 생각하기도 하고, 어린 과부를 욕망의 대상으로 보기도 했다.

남편은 죽기 전 변호사를 불러 가족들이 모르는 현금과 채권을 내게 남겼다. 내가 평생 아무 걱정 없이 살 만큼의 돈이었다. **[사람들 시선에서 벗어나 자유롭고 행복하게 살아. 내 사랑, 내 신부]** 라고 쓰인 작은 메모와 함께 변호사가 내게 전달했다.

고마웠다. 사랑한다고 말하고 싶었다. 미안해서 나는 남편에게 아무 말도 할 수 없었다. 우리 지연이가 죽었을 때처럼 가슴이 아려 왔다. 숨이 막히고 머리가 아팠다.

내 첫사랑. 내가 살해한 남자. 그것을 알면서도 침묵하고 죽음을 받아들인 남자였다.

　남편은 삶과 죽음의 경계선에서 급하게 나를 찾았다. 나는 두려움에 떨며 병실 안으로 들어갔다. 병실 안은 무균실이었지만 역한 죽음의 냄새와 차가운 알코올 냄새가 가득했다. 남편은 병실 안에 있는 사람들을 모두 나가게 한 다음 숨을 몰아쉬며 말했다.
　"여진 씨, 할 말이 있어. 마지막으로 고해를 하고 싶어. 나……는 지옥에 갈 거야. 용서받을 수 없는 죄를 지었어. 아이를 죽였거든. 거리에서 놀고 있던 세 살 여자아이를 죽였어."
　남편 말에 나는 숨이 막혔다. 분노가 치밀어올랐다. 남편 몸을 찢어 버리고 싶었다.
　'당신이 죽인 아이가 지연이라고. 우리 지연이라고.'
　나는 아무 말도 못 하고 입가에 경련을 일으키며 묵묵히 그의 이야기를 들었다.
　"당신을 처음 봤을 때가 생각나는군. 처음엔 돌아가신 내 어머니 모습과 닮아 호기심이 생겼어. 헉……헉. 숨을 쉬기 힘들군. 하지만 어느 날 당신 눈을 보면서 그게 컬러 렌즈라는 걸 알게 됐어. 당신이 어떤 사람인지 호기심이 생겼어."
　남편 말에 충격을 받은 나는 얼굴이 조금씩 굳어 갔다.
　"개인 사설 탐정 사무실에 찾아가 당신 신원 조회를 부탁했어.

몇 개월이 지나도 당신에 대한 특별한 내용을 찾기 어렵다는 말만 하더군. 당신과 첫 섹스가 있었던 날, 화장을 지운 당신 얼굴이 내가 어디선가 본 얼굴과 닮아 있더군. 나는 누군지 계속 고민했어. 헉……헉. 분명히 본 얼굴이었거든. 기억이 나질 않아 혼자 고민하고 있었지. 사립 탐정이 당신에 관한 정보를 줄 때까지 기다리는 수밖에 없었어."

남편 입을 다물게 하고 싶었다. 다음 이야기를 듣는 게 두려웠다. 당장 링거를 떼어내고 남편 목을 조르고 싶었다.

"어느 날, 난 깊이 잠들지 않은 상태에서 코를 골고 있었지. 옆에 누워 있던 당신이 슬그머니 일어나 양복에 꽂혀 있던 펜을 빼더군. 그리고 내 배를 올라탔어. 당신이 펜 뚜껑을 열더니 펜촉 끝을 내 눈 가까이 대고 한참을 망설이더군. 나는 그때 기억이 났어. 죽은 아이 얼굴이 떠올랐어. 당신 얼굴과 겹쳐지더군. 둘이 많이 닮아 있었어."

내 눈에서 눈물이 뚝뚝 떨어졌다. 온몸에 힘이 빠지며 서 있을 수 없었다. 남편은 숨을 다시 몰아쉬었다. 기운이 없어진 듯 눈을 감았다. 나는 주저앉아 고개를 숙이고 고통의 눈물을 흘렸다.

남편이 내 손을 잡았다.

"당신을 사랑했어. 헤어지고 싶지 않더군. 나는 많이 지쳐 있었어. 몸과 정신이 황폐해져 있었어. 더는 도망갈 길이 없는 듯했어. 내가 도망쳐도 당신이 쫓아와 죽일 거라는 생각이 들더군. 나는 포기했어. 내가 당신을 사랑한다고 느낀 순간, 모든 걸 포기했어. 마지막 남은 인생을 당신을 사랑하며 살고 싶었어. 헉……헉."

남편은 숨을 계속 몰아쉬었다.

"헉……헉. 죽기 전 꼭 당신에게 말하고 싶었어. 용서해 달라고 하지는 않을게. 미친 나를 죽여 줘서 고마워. 나는 모든 사실을 부정하며 달아나고 있었어. 멈출 수 없었어. 당신이 나를 멈추게 한 거야. 괴물이 돼 가는 나를 멈추게 한 거야. 헉……헉."

남편은 숨을 헐떡거리며 내 눈을 쳐다봤다. 남편이 미소 지었다. 죽음 앞에 선 남편 눈동자에 내 눈동자가 비쳤다. 파란 수염의 눈동자는 내 눈동자였다.

7

강릉역에 도착했다. 역을 나오자마자 파란 하늘이 보였다. 멀리서 언니가 나를 보고 손을 흔들었다. 백발이 된 언니 모습은 멀리서도 눈에 띄었다. 아버지와 지연이가 죽은 날부터 흰 머리가 생기더니 언니는 서른이 되기도 전에 머리가 하얗게 됐다. 언니는 일을 그만둔 후 염색을 하지 않고 머리를 짧게 잘랐다. 하얀 피부와 하얀 머리가 어쩐지 이국적인 느낌마저 들었다.

언니는 달려와 나를 안았다. 꼭 끌어안고 내 숨소리를 들었다.

언니의 따뜻한 품이 느껴지자 오랫동안 긴장해 있던 마음이 한 순간에 풀리면서 나는 긴 숨을 내쉬었다. 언니를 7년 만에 만났다. 내 언니. 지연이와 아버지를 가슴속에 묻고 백발이 돼 버린 내 언니.

언니는 내 얼굴을 어루만지고 등을 토닥거리고 내 눈을 바라보며 웃었다. 나도 언니를 따라 웃었다. 무수한 사연을 담은 웃음이었다. 언니는 내 손에서 여행 가방을 받았다. 언니는 한 손에 가방을 들고 다른 한 손으로 내 손을 꼭 잡았다. 우린 천천히 걸었다. 언니 손이 자꾸 내 손을 더듬었다. 손에 땀이 배었다. 언니 손이 우는 것처럼 느껴졌다. 우린 할 이야기가 많았지만 침묵했다. 아무것도 말로 표현할 수 있는 게 없었다.

언니가 가져온 자동차, 은색의 볼보 V40이 주차장에서 보였다. 언니는 자동차에 올라탄 후 시동을 걸며 눈이 빨개졌다. 나는 언니 눈을 쳐다보며 고개를 끄덕였다. 그리고 가방을 열어 남편의 영정 사진을 꺼내 언니에게 건넸다. 언니는 떨리는 손으로 사진을 받더니 그 자리에서 오열했다. 사무친 한을 풀듯 오래도록 가슴을 들썩였다.

나는 창문 넘어 보이는 가을의 파란 하늘을 쳐다봤다. 파란 하늘에 지연이 얼굴이 보였다. 9월의 가을 하늘이 5월의 파란 하늘과 닮아 있었다.

8

 5월 중순, 그날은 하늘이 높고 파란 날이었다. 맑은 하늘 때문에 이유 없이 행복해지는 날이었다. 저녁을 먹고 조금 늦은 시각에 우리는 동네 슈퍼의 파라솔 안에서 언니를 기다리고 있었다. 토요일이었다. 언니는 회사에 급한 일이 있어 출근했다. 조금 늦게 올 수도 있다는 문자를 보냈다.

 아버지는 하루를 마무리하며 새우깡을 안주 삼아 막걸리를 따라 마셨다. 지연이는 내가 먹여 주는 아이스크림을 먹었다. 나는 지연이에게 아이스크림을 먹여 주며 어두운 밤하늘에서 반짝이는 별들을 바라봤다.

 아이스크림을 먹고 배가 부른 지연이는 가지고 온 통통 볼을 던지며 놀았다. 나는 지연이가 남긴 아이스크림을 먹었다. 지연이는 혼자 공을 던지며 까르르 웃고 다시 공을 던지고 따라가 잡은 후 다시 던지는 놀이를 반복했다. 나와 아버지는 그런 지연이 모습을 보며 같이 웃었다.

 멀리서 모자를 깊게 눌러쓰고 마스크를 한 남자가 우리가 앉아 있는 가게를 향해 전력을 다해 뛰어오는 모습이 보였다. 그 뒤로 세 명의 남자가 그를 쫓아오며 소리쳤다.

 "저 새끼 잡아. 미친놈이야. 잡으면 죽여 버리겠어. 야, 이새끼야! 거기 안 서!"

뒤에서 쫓고 있는 사람 중 한 사람의 머리에서 피가 흐르고 있는 듯이 보였다. 그 남자는 이마를 잡고 절뚝거리며 모자 쓴 남자를 쫓았다. 남자는 머리를 잡고 고통을 참을 수 없는지 길거리에 주저앉았다. 나머지 두 명의 남자들은 계속 소리를 지르며 모자 쓴 남자를 쫓았다.

두려움을 느꼈다. 나는 혼자 공놀이하는 지연이를 붙잡아 얼른 무릎 위에 올린 다음 안았다. 아버지는 막걸리에 취해 내가 느끼는 공포감을 느끼지 못하는 듯했다. 지연이는 바닥에 떨어진 공을 잡고 싶어 발버둥을 쳤다.

남자는 마치 폭주족처럼 우리 쪽을 향해 달려오고 있었다. 쫓아오던 남자들은 지쳤는지 도중에 속도를 늦추며 자리에 서서 숨을 헐떡거렸다. 나는 두려움을 갖고 그들을 지켜봤다. 모든 게 순식간에 일어났다.

검은색 모자와 하얀 마스크를 쓴 남자가 우리 쪽을 향해 미친 듯이 달려오더니 내가 품고 있는 지연이 머리를 향해 주먹을 힘껏 내리쳤다. 순간 지연이는 목이 '똑' 하고 부러졌다. 지연이 입에서 피가 나왔다.

나는 얼어붙은 채 남자를 쳐다봤다. 남자는 나를 노려보더니 고개를 돌려 우리 앞에서 사라졌다.

아버지는 목이 부러져 피를 흘리고 있는 지연이를 보더니 입을 다물지 못하고 그대로 쓰러졌다. 아버지가 고통스럽게 숨을 헐떡이는 소리에도 나는 아무것도 못 한 채 그대로 앉아 있었다. 목이 부러진 지연이를 우두커니 쳐다보고 있었다. 세상이 멈췄다. 내 숨소리만 귓가에 들렸다.

"헉……. 헉…….."

레시피

초판 1쇄 인쇄 2021년 7월 27일
초판 1쇄 발행 2021년 7월 27일

지은이 최정원
편집 주자덕
윤문 및 교정 김미숙
발행인 주자덕
인쇄 미래피엔피
펴낸 곳 아프로스미디어
출판등록 제 2016-000073호
주소 서울특별시 성동구 금호로 173, 101동 904호
전화 02-6352-5133
팩스 02-6455-5891
홈페이지 www.aphrosmedia.com
전자우편 spitz70@aphrosmedia.com
ISBN 979-11-89770-15-0 (03810)